ullstein

Das Buch

So etwas hätte sich Anni nicht einmal in ihren wildesten Träumen vorstellen können. Es ist eine Begegnung der dritten Art: Anni kann ihn zwar nicht sehen und auch nicht fühlen, aber als sie nach einem schweren Unfall im Krankenhaus aufwacht, ist da ein fremder Mann. Besser gesagt, eine Stimme. Und zwar in ihrem Kopf. Der Eindringling heißt Ben und gibt sich als im Koma liegender Architekt aus. Angeblich weiß Ben nicht, wie seine Stimme in Annis Kopf gekommen ist. Anni traut ihm trotzdem nicht über den Weg, und sie hat erst recht keine Lust, mit ihm ihre geheimsten Gedanken zu teilen. Ihn loszuwerden gestaltet sich allerdings schwieriger als gedacht, denn wann immer sie glaubt, Ben sei verschwunden, taucht seine Stimme plötzlich wieder auf. Anni will es zwar nicht zugeben, aber insgeheim ist sie froh darüber, denn sie fängt an, Ben zu vermissen, wenn sie ihn einmal nicht hören kann. Als Gesprächspartner ist er nämlich gar nicht mal so übel. Tatsächlich entwickelt sich schon bald eine innige Freundschaft zwischen den beiden, und sie kommen sich immer näher. Zu nah, denn beide sind in festen Beziehungen …

Die Autorin

Julia Hanel, geboren 1987, studierte Germanistik in Bamberg und arbeitete danach als Redakteurin für ein Lokalmagazin in Fulda. Heute lebt und arbeitet sie in Würzburg. *Zwei fürs Leben* ist ihr erster Roman.

Julia Hanel

Zwei fürs Leben

Roman

Ullstein

Besuchen Sie uns im Internet:
www.ullstein-taschenbuch.de

FSC
www.fsc.org
MIX
Papier aus verantwortungsvollen Quellen
FSC® C083411

Originalausgabe im Ullstein Taschenbuch
1. Auflage Juni 2015

Umschlaggestaltung: bürosüd° GmbH, München
Titelabbildung: © bürosüd° GmbH, München
Satz: LVD GmbH, Berlin
Gesetzt aus der Albertina
Papier: Pamo Super von Arctic Paper Mochenwangen GmbH
Druck und Bindearbeiten: CPI books GmbH, Leck
Printed in Germany
ISBN 978-3-548-28672-3

Für Andy

Prolog

»Hast du es ihnen jetzt endlich gesagt?«

»Du schon wieder.«

»Hast du?«

»Nerv mich nicht.«

»Sag schon!«

»Nein. Hau ab.«

»Du musst es ihnen sagen!«

»Was soll ich ihnen denn sagen? ›Ich höre Stimmen‹? Dann komme ich hier nie wieder raus.«

»Eine Stimme.«

»Hä?«

»Du hörst nur eine Stimme. Meine.«

»Klar, das ändert natürlich alles. ›Herr Doktor, ich höre eine Stimme seit dem Unfall‹, ›Ach, nur eine? Na dann …‹«

»Das ist nicht witzig.«

»So ein Zufall. Seh ich genauso.«

»Du musst mit deinem Arzt reden. Es gibt sicher eine harmlose Erklärung.«

»Eine harmlose Erklärung dafür, dass ich Stimmen höre? Du bist echt ein Freak.«

»Eine Stimme. Es ist nur eine Stimme.«

»Und ein Korinthenkacker noch dazu!«
– Schweigen –
»Vielleicht ist das ganz normal nach einem Unfall.«
»Pah, einen Moment lang hatte ich gehofft, du wärst tatsächlich verschwunden.«
»Tja, Pech gehabt. Nicht weinen.«
»Wegen dir bestimmt nicht.«
– Schweigen –
»Wie heißt du eigentlich?«
»Bitte?!«
»Wie heißt du? Das hab ich dich noch gar nicht gefragt.«
»Und es geht dich auch überhaupt nichts an. Verschwinde einfach.«
»Würde ich ja gern. Und zu deiner Information: Ich habe mir das hier auch nicht ausgesucht.«
– Schweigen –
»Anni.«
»Wie?«
»Ich heiße Anni.«
»Dann bist du mindestens sechzig.«
»Warum?«
»Vor sechzig Jahren war dieser Name noch schön.«
»Idiot.«
»Stimmt doch. Würdest du dein Kind Anni nennen? Also ich nicht.«
»Nein, würde ich nicht, denn so heiße ich ja schon. Es gibt nichts Schlimmeres als Kinder, die den Namen ihrer Eltern tragen. Das ist wie im Mittelalter.«
»Mein Vater und ich haben den gleichen Namen. Hatten.«
»Das ändert rein gar nichts an meiner Meinung.«

»Soso, wir sind also eine kleine Zicke.«
»Ein ›wir‹ gibt es hier schon gleich gar nicht. Und ich bin sicher keine Zicke, nur weil ich keine Lust habe, mit einem Verrückten zu smalltalken.«
»Also, wenn das Smal Talk ist, beherrschst du ihn nicht sonderlich gut. Hättest wenigstens mal nach dem Wetter fragen können.«
»Haha. Witzig.«
– Schweigen –
»Also, wie heißt dein Vater?«
»Mein Vater? Ha, das ist ja so was von billig. Frag doch einfach, wie ich heiße. Das willst du ja anscheinend wissen.«
»Pah, dein Name interessiert mich nicht mal ansatzweise.«
»Aber der meines Vaters?«
»Jep.«
»Ben.«
»Wie?«
»Ben.«
»Das ist kein Name.«
»Sondern?«
»Eine Kurzform.«
»Ich heiße aber Ben.«
»Und ich habe nach deinem Vater gefragt.«
»Der hieß auch Ben.«
»Ben ist kein Name.«
»Ach, aber Anni ist einer?«
»Das ist eine Abkürzung, kein Name. Niemand heißt Ben.«
»Ich schon. Mein Vater auch. Und Anni ist auch nicht gerade viersilbig.«

»Na super. Ich höre eine Stimme, und sie heißt Ben. Geht's schlimmer?!«

»Also, wenn ich so heißen würde wie du, würde ich mich nicht so weit aus dem Fenster lehnen.«

»Pah.«

»Hat dieses ›pah‹ eigentlich einen Sinn? Ich meine, hat das was zu bedeuten? Du pahst nämlich ständig vor dich hin.«

»Sehr witzig. Ein kleiner Scherzkeks in meinem Kopf. Hab ich mir schon immer gewünscht.«

»Reg dich ab. Länger als zwei Minuten hat das mit uns bisher nie gedauert.«

»Es gibt kein ›uns‹.«

»Ja, ja. Bald hast du es geschafft.«

»Für heute. Außerdem warst du erst zweimal … da. Woher willst du wissen, wie lange das dauert?! Weißt du etwas, was ich nicht weiß?«

»Gesunder Menschenverstand.«

»Also, wenn man Stimmen hört, ist da gar nichts mehr gesund.«

»Eine Stimme.«

– Schweigen –

»Die längsten zwei Minuten meines Lebens.«

»Komm, hör auf zu jammern. Das bringt uns auch nicht weiter.«

»Wer jammert denn hier die ganze Zeit?!«

»Du! Dir passt ja nicht mal mein Name.«

»Na, weil das kein Name ist.«

»Wärst du glücklicher, wenn die Stimme in deinem Kopf Josef hieße? Oder Hans? Oder Fritz? Oder Georg? Oder …«

»Ist gut, ist gut. Du kennst beeindruckend viele konservative Namen.«

»Oder Manfred? Oder Klaus?«

»Auf jeden Fall. Das sind wenigstens normale Namen.«

»Dich hat's echt am Kopf erwischt, Anni.«

»Tja, damit hast du sogar leider recht.«

– Schweigen –

»Okay, Schluss mit diesem Kindergarten. Sprich mit deinem Arzt, erzähl ihm, was passiert ist. Vielleicht hat er eine Erklärung. Das würde uns doch beiden weiterhelfen.«

»Vergiss es. Die stecken mich in die Klapse.«

»Blödsinn.«

»Ich muss hier einfach raus, raus aus diesem miefigen Zimmer, weg von diesem Fraß, diesen sterilen Gerüchen, diesem Scheiß-Krankenhaus. Dann verschwindest du von ganz allein.«

»Zu schön, um wahr zu sein.«

»Wenn ich wieder zu Hause bin, wird sich alles normalisieren, da bin ich mir sicher.«

Schweigen –

»Noch da?«

– Schweigen –

»Hallo?«

– Schweigen –

»Ben?«

– Schweigen –

»Wo bist du denn hin?«

– Schweigen –

Anni erzählt

Juli

1

Wer möglichst unbemerkt auf einer deutschen Intensivstation sterben will, sollte es gegen 14 Uhr versuchen. Immer um diese Zeit treffen die Schwestern und Pfleger der Frühschicht auf die der Nachtschicht, sitzen für ein paar Minuten zusammen, reden und lachen, trinken eine Tasse Kaffee und genießen die Ruhe vor und nach dem Sturm. Ihr Gelächter dringt dann bis ins Zimmer nebenan, und an manchen Tagen kann man zwischen piepsenden Monitoren und Maschinen sogar ganze Gespräche belauschen. Zumindest bilde ich mir ein, dass es so war.

Die Gelegenheit, mich um 14 Uhr klammheimlich aus dem Leben zu stehlen, habe ich verpasst. Nach 13 Tagen und sieben Stunden auf der Intensivstation habe ich meinen Dornröschenschlaf beendet und die Augen geöffnet. Hannes hat mir erzählt, dass ich als Erstes wissen wollte, ob wir die Europameisterschaft gewonnen haben. Ich kann mich nicht mehr erinnern, traue mir so eine Frage aber durchaus zu.

Wir haben sie nicht gewonnen, doch im Koma ist es auch nicht anders als sonst: Was du nicht weißt, macht dich nicht heiß. Bei mir ist also gerade Eiseskälte angesagt. Die vergangenen zwei Wochen gleichen einem großen schwarzen Loch. Meine letzte Erinnerung ist ein Song von Bruce Springsteen, der im Radio lief, als ich an jenem Tag im Bad stand, und ich finde es nicht gerecht, dass ausgerechnet so etwas Banales das Letzte ist, was sich mir eingeprägt hat. Jetzt hallt jedes Mal, wenn mich die Ärzte nach meiner Erinnerung fragen, »Dancing in the Dark« in einer Endlosschleife durch meinen Kopf, während Bruce Springsteen in engen Jeans und zerrissener Lederjacke vor meinen Augen das Mikro schwingt: *I check my look in the mirror, I wanna change my clothes, my hair, my face.*

In den Spiegel habe ich heute noch nicht gesehen – aber gestern, und das, was ich gesehen habe, hat mir gereicht. Ich habe selten so beschissen ausgesehen, nicht mal in den 90ern. Mein halber Kopf steckt in einem Turban aus weißen Binden, der Rest in einer Halskrause à la Queen Elizabeth, und über meiner rechten Augenbraue zieht sich die Naht einer Schnittwunde, die mich nie vergessen lassen wird, was am 27. Juni um 18.51 Uhr passiert ist – und die auch in zehn Jahren leider niemand als »interessant« bezeichnen wird. Andere tragen Erinnerungen im Herzen, ich auf meiner Stirn.

»Denkst du immer so viel?«

»Du schon wieder.«

»Ich würde dich zu gerne in diesem Turban sehen.«

»Danke fürs Lauschen. Wie lange hörst du schon zu?«

»Nicht mal eine Minute.«

»Das gibt Anlass zur Hoffnung, dass du bald wieder weg bist.«

»Glaub mir, ich hoffe das auch.«

»Kannst du das nicht einfach bleiben lassen?«
»Würde ich ja gerne. Aber leider kann ich deine Stimme nicht ausblenden. Das hatten wir doch schon.«
»Hör einfach weg.«
»Geht nicht. Du denkst so laut.«
»Die Gedanken sind frei.«
»Von mir aus. Aber müssen sie auch laut sein?!«
»Puh, Menschen ohne Bildung tun mir einfach leid.«
»Kann man sich selbst leidtun?«
»Haha, wie komisch.«
– Schweigen –
»Und, hast du mit dem Doc gesprochen?«
»Du redest ja, als würdest du ihn kennen.«
»Hast du?«
»Fang nicht schon wieder damit an.«
»Anni!«
»Seit wann nennst du mich so?«
»Seit ich weiß, dass du so heißt.«
»Du klingst wie meine Mutter, wenn sie meine vernachlässigten Zimmerpflanzen sieht.«
»Wenn Klein Anni nicht gegossen hat?
»Klein Anni ist größer, als du denkst.«
»Heißt was?«
»Dass Klein Anni das Gegenteil von klein ist.«
»Also Groß Anni?«
»Du nervst. Deine zwei Minuten sind vorbei.«
»Meine zwei Minuten?! Soll ich jetzt dankbar sein, dass ich diese Zeit mit dir teilen darf?«
»Das ist mir so was von egal. Ich will nur wieder meine Ruhe. Und länger als zwei Minuten ertrag ich dich nicht.«

»Doch, gestern waren es drei Minuten. Und ich glaube, das steigert sich.«
»Lässt du eine Stoppuhr mitlaufen?«
»Haha.«
»Ich ertrag das nicht. Mein Kopf tut auch so schon weh.«
»Dann sprich endlich mit deinem Arzt.«
»Der weiß, dass mein Kopf wehtut. Sonst würde ich ja nicht seit Wochen hier liegen.«
»Du weißt genau, was ich meine. Sag ihm doch einfach, dass du etwas in deinem Kopf hörst, was da nicht hingehört und dir Sorgen macht.«
»Stimmen zu hören kommt aber nicht so gut bei Ärzten, wenn man entlassen werden will, weißt du?«
»Du hörst doch nur EINE *Stimme. Und ich habe genauso wenig Lust, weiterhin in deinem Kopf herumzuspazieren, das kannst du mir glauben.«*
»Dann rede DU *doch mit deinem Arzt. Ständig geht es hier nur um mich. Dabei sitzen wir im selben Boot.«*
»Das kann ich nicht. DU *hörst ja* MICH. *Nicht andersherum.«*
»Aber DU *spazierst in* MEINEM *Kopf.«*
»Ich finde aber, dass deine Geschichte plausibler klingt.«
»Äh, ich habe eine Stimme in meinem Kopf. Plausibel ist was anderes.«
»Ja, aber du hattest einen Unfall und ein Schädel-Hirn-Trauma. Da kann schon mal was verrücktspielen.«
»Die Antwort ist ›nein‹. Ich werde meinem Arzt nicht sagen, dass ich die Stimme eines Wildfremden höre und mich mit ihm unterhalte. Das glaubt mir kein Mensch. Diese Geschichte klingt viel zu … verrückt. Die werden mich hier-

behalten. Noch schlimmer, die schicken mich zum Psychologen.«

»Vielleicht gehörst du da ja hin.«

»Du bist so ein Arsch.«

– Schweigen –

»Hat es dir jetzt die Sprache verschlagen?«

– Schweigen –

»Ben?«

– Schweigen –

»Bist du noch da?«

– Schweigen –

2.

Mein behandelnder Arzt heißt Dr. Behnsen. Er ist noch Assistenzarzt, sieht aber aus wie Mitte vierzig, weil seine Haare an den Schläfen ergrauen und sich drei tiefe Falten über seine Stirn ziehen. Ich kenne Dr. Behnsen schon sehr lange, aber er würde das bestimmt nicht behaupten, weil er vergessen hat, wann wir uns zum ersten Mal begegnet sind – und das war nicht, als ich mit meinem zertrümmerten Schädel in den OP geschoben wurde, sondern mehr als drei Jahre früher in einem kleinen Café namens »Moccacino«, das berühmt ist für seine Trinkschokoladen und Blaubeermuffins.

Dr. Behnsen saß am Tisch neben mir und erzählte jemandem, der ihm viel bedeutet haben muss, am Telefon freudestrahlend und detailreich von seiner ersten erfolgreichen Blinddarmoperation. Ich weiß noch, dass ich ihn in diesem Moment um die Begeisterung in seiner Stimme beneidet und mir gewünscht habe, eines Tages mit derselben Euphorie von meinem Beruf sprechen zu können.

Und dann ist es passiert: Dr. Behnsen will sein Handy in die Jackentasche gleiten lassen und lässt es vor Hochgefühl fallen, bückt sich, um es wieder aufzuheben, und knallt mit dem Kopf gegen das Tablett jenes Studenten, der just in diesem Moment meine Traubensaftschorle servieren will und nicht mehr verhindern kann, dass sich die dunkelrote Brühe über meine helle Hose ergießt. Dr. Behnsens Gesicht nimmt die Farbe von Traubensaftschorle an, und der Student sagt mit einem Grinsen: »Wenigstens war's kalt.« So habe ich Hannes kennengelernt. Und Dr. Behnsen.

»Das sieht doch ganz gut aus«, murmelt er, als er rund drei Jahre später mit einer kleinen Lampe in meine Augen leuchtet und irgendwelche Reflexe testet, die ich wahrscheinlich nicht mal vermissen würde, weil ich gar nicht weiß, dass ich sie habe.

»Dann kann ich gehen?«

Er schüttelt den Kopf. »Nein, das dauert schon noch ein paar Tage.« Dann kritzelt er etwas in seine Mappe. »Mit einer Kopfverletzung darf man nicht zu leichtfertig umgehen. Die Gefahr von bleibenden Schäden ist zu groß, und dieses Risiko will ich nicht eingehen.«

Einen Moment lang überlege ich, ihm von der Stimme in meinem Kopf zu erzählen, aber ich lasse ihn verstreichen, und ein zweiter kommt nicht.

»Was machen die Erinnerungen?«

I check my look in the mirror, I wanna change my clothes, my hair, my face.

»Nichts.«

Er nickt, und für einen Moment spüre ich seinen Blick auf der Narbe über meinem rechten Auge. Ich frage mich, ob ich solche Blicke nun mein Leben lang ertragen muss – ein Schicksal, das ich lieber Harry Potter überlassen würde.

»Haben Sie noch einmal über einen Termin bei Frau Dr. Heller nachgedacht? Ich rate Ihnen wirklich dazu.«

»Ich brauche keinen Psychologen«, schießt es ungewollt forsch aus meinem Mund.

Dr. Behnsen nickt, als hätte er mit dieser Reaktion gerechnet. Vielleicht ist ihm auch eingefallen, dass er mir vor drei

Jahren eine Hose mit Traubensaftschorle ruiniert und kein Recht der Welt hat, mich zu einer Therapie zu zwingen. Doch das ist eher unwahrscheinlich.

»Manchmal kann es helfen …«, beginnt er vorsichtig, überlegt es sich dann aber wieder anders. »Sie wären fast gestorben. So etwas verarbeitet die Seele nicht so leicht. Hilfe in Anspruch zu nehmen ist kein Zeichen von Schwäche.«

»Es geht mir gut.«

Er nickt wieder und lässt die Lampe in die Tasche seines weißen Kittels gleiten. Wie ein Handy. Aber diesmal landet es nicht auf dem Boden.

»Sie lassen es mich wissen, wenn Sie Ihre Meinung geändert haben, ja? Ich kann Ihnen wirklich nur dazu raten, und Dr. Heller ist gut auf ihrem Gebiet.«

Ich weiß nicht genau, was er mit Dr. Hellers »Gebiet« meint, aber da ich dazuzähle, muss es etwas mit Unfällen und Nahtoderfahrungen zu tun haben. Kurz darauf ist Dr. Behnsen weg, und ich bin wieder allein in meinem Zimmer. Das Bett neben mir steht seit drei Tagen leer, und ich hoffe, dass es die restliche Zeit, die ich in diesem Krankenhaus verbringen muss, so bleibt. Einen Moment lang schließe ich nostalgisch die Augen und kehre noch einmal zurück ins »Moccacino«. Wenigstens mein Langzeitgedächtnis funktioniert.

»Wer ist Hannes?«

»Erschreck mich doch nicht so!«

»Entschuldigung. Wer ist Hannes?«

»Das geht dich gar nichts an.«

»Warum so aggressiv?«

»Warum willst du wissen, wer Hannes ist?«
»Weil du eben an ihn gedacht hast.«
»Also DAS geht dich nun wirklich nichts an.«
»Seh ich genauso. Aber ich kann hören, was du denkst, vergessen?«
»Natürlich nicht. An wen ich wann denke, ist trotzdem meine Sache.«
»Vorschlag: Denk einfach an was anderes. An Schneemänner oder Butterblumen. Oder Lamas.«
»Schneemänner und Butterblumen? Lamas?«
»Nur ein Beispiel.«
»Wie kommt man auf solche Beispiele?«
»Denk an was du willst … Ich hab doch auch gar nichts Schlimmes gehört. Also reg dich ab.«
»Das sagt sich so leicht. Was würdest du denn sagen, wenn ich deine ganzen Phantasien hören könnte?«
»Also dass du eben Phantasien hattest, war mir jetzt nicht bewusst. Und wenn, sind sie ziemlich prüde.«
»Ich hatte ja auch keine Phantasien! Aber du würdest auch nicht wollen, dass ich weiß, was du über … bestimmte Frauen denkst … oder über deine Freundin.«
»Hannes ist also dein Freund.«
»Als hättest du das nicht schon mitgekriegt.«
»Ich höre immer nur Teile deiner Gedanken, und den Rest muss ich mir zusammenreimen.«
»Das wird ja immer schöner. Puzzlespiele mit meinen Gedanken.«
»So in etwa.«
– Schweigen –
»Und, wie lange kennt ihr euch schon? Du und Hannes?«

»Warum willst du das wissen?«
»Frag doch nicht immer, warum ich was wissen will. Nur so. Aus Interesse. Mir ist langweilig, wenn du nicht mit mir sprichst. Ich kann hier ja nicht … weg. Und wenn es schon mal so ist, wie es ist, können wir uns auch unterhalten.«
»Bis du wieder plötzlich verschwindest.«
»Dafür kann ich nichts. Das hab ich nicht in der Hand.«
»Du kommst und gehst, wie es dir passt.«
»Ja, so ist es wohl. Ich hab keinen Einfluss darauf. Aber lange kann es jetzt nicht mehr dauern.«
»Du stoppst das wirklich mit, oder?«
»Reine Schätzung.«
»Ja, ja.«
»Also?«
»Also was?«
»Du schuldest mir noch eine Antwort. Hannes und du?«
»Ich find's seltsam, wenn du seinen Namen sagst. Das klingt, als wären wir alle gute Freunde.«
»Wenn es dir hilft, kann ich ihn auch John nennen.«
»John?!«
»Was passt dir denn jetzt an diesem Namen wieder nicht?«
»Nichts, schon gut. Ungefähr drei Jahre sind es jetzt. Warum erzähl ich dir das eigentlich?«
»Wohnt ihr zusammen?«
»Eigentlich geht dich das ja gar nichts an.«
»Also?«
»Noch nicht. Wir wollten eigentlich … aber dann ist der … Unfall passiert, und die Sache hat sich verschoben. Vielleicht im Herbst. Mal sehen. Hannes ist beruflich auch ziemlich eingebunden, da muss der Zeitpunkt passen.«

»Und bist du glücklich mit ihm?«
»Also deine Fragen sind ziemlich persönlich.«
»Sorry, ich bin ein direkter Mensch.«
»Hm, das geht dich genauso wenig was an. Aber ja, bin ich. Sehr sogar. Hannes ist die Liebe meines Lebens.«
»Woher willst du das wissen? Es ist doch noch nicht vorbei?«
»Na ja, es war fast vorbei. Da wird einem einiges klar.«
»Verstehe.«
»Und du?«
»Was?«
»Hast du eine Freundin?«
»Hm, lange Geschichte. Zu lang.«
»Geht sie gut aus, die Geschichte?«
»Schwer zu sagen.«
»Am Ende zählt nur, ob sie gut ausgeht.«
»Das klingt, als hättest du es aus einem Buch geklaut.«
»Ich bin gerade noch poetisch genug, um das selbst formulieren zu können. Also? Geht es gut aus?«
»Ich weiß nicht …«
»Details!«
»Ich denke, das Ende wird erst noch geschrieben.«
»Mehr Details!«
– Schweigen –
»Hey, jetzt bin ich neugierig!«
– Schweigen –
»Ben?«
– Schweigen –
»Noch da?«
– Schweigen –

3.

Als Hannes mir die Traubensaftschorle über die Hose gekippt hat, weil Dr. Behnsen das Tablett umgeschubst hat, weil er sein Handy fallen gelassen hat, weil er aufgeregt war, weil er an diesem Tag seine erste Blinddarmoperation durchgeführt hatte, war es … nicht … Liebe auf den ersten Blick.

Für mich war es der Grund, warum ich 20 Minuten zu spät zu meinem Vorstellungsgespräch gekommen bin, für Hannes das Ende seines einzigen Arbeitstages im »Moccacino«. Das hat er mir erzählt, als wir uns eine Woche später an einer Supermarktkasse wiedergetroffen haben und er den vollen Preis für einen Artikel kassieren wollte, der um 50 Prozent reduziert war, was eine lautstarke Diskussion nach sich zog, aus der ich als Sieger hervorging, und ihm eine Verwarnung seines Chefs einbrachte.

»Warum musst du eigentlich ständig auftauchen und mich den Job kosten? Du bist echt eine Plage«, hat Hannes damals gegiftet, und ich habe geantwortet, dass er seinen Job vielleicht einfach mal richtig machen sollte. Dann hat er die Augen verdreht und mich gedanklich in sämtlichen Sprachen dieser Welt beschimpft, und ich musste sie nicht einmal sprechen können, um seine Blicke zu deuten. Wenn ich heute daran denke, muss ich schmunzeln, aber damals entlockte mir das kein Lächeln.

»Ich konnte überhaupt nichts dafür, dass dieser Typ mich geschubst hat«, kam es vorwurfsvoll von ihm, und insgeheim musste ich ihm recht geben.

»Meine Hose vielleicht? Die Flecken krieg ich nie wieder raus.«

Hatte ich auch gar nicht versucht, aber das musste er ja nicht wissen. Die Hose lag zu diesem Zeitpunkt im Mülleimer. Wahrscheinlich war sie längst auf dem Weg zurück nach Bangladesch.

»Ich hab meinen Job gleich am ersten Tag wegen dir verloren.«

»Und ich hab meinen gar nicht erst bekommen.«

Dann haben wir uns einen Moment lang mit Blicken getötet, bis sich die Kunden hinter mir in der Schlange mit einem kollektiven Räuspern beschwert haben und ich wütend abgedampft bin. Das war meine zweite Begegnung mit Hannes.

»Also ich würde jetzt gerne wissen, wie es weiterging.«

»Du schon wieder.«

»Melde mich zum Dienst.«

»Ich gewöhne mich langsam daran.«

»Wie verlief deine dritte Begegnung mit Hannes?«

»Nein. Heute bist du dran! Du warst gestern einfach weg. Schwuppdiwupp.«

»Was für ein bescheuertes Wort.«

»Schwuppdiwupp?«

»Was sonst …«

»Dann bist du eben mir nichts, dir nichts verschwunden.«

»Also, das macht es fast noch schlimmer. Ich wüsste nicht mal, wie man das schreibt.«

»Okay, du warst einfach weg. Punkt.«

»Das ist doch nichts Neues. Ich bin immer einfach irgend-

wann weg. Die Gründe hierfür könnte uns vielleicht dein Arzt nennen.«

»Ja, ja. Lassen wir das. Du gehst immer, wenn es spannend wird.«

»Dir wäre es doch lieber, ich würde gar nicht erst kommen.«

»Ja, da ist was dran, aber wenn du schon mal da bist, kannst du deine Geschichten auch zu Ende erzählen.«

»Heute nicht.«

»Warum nicht?«

»Weil nicht.«

»Das lass ich nicht gelten.«

– Schweigen –

»Dann verrate mir wenigstens ihren Namen.«

»Welchen Namen?«

»Das weißt du genau.«

»Nein, weiß ich nicht.«

»Solche Geschichten haben immer was mit einer Frau zu tun.«

»Na, wenn du das sagst.«

»Also? Name?«

»Hm … Becky.«

»Das passt ja wie die Faust aufs Auge.«

»Warum?«

»Na, dieser Name!«

»Was hast du denn jetzt wieder gegen diesen Namen?«

»Es ist keiner. Genauso wenig wie Ben.«

»Also Anni ist auch nicht gerade schön.«

»Pah, du hast ja keinen Geschmack. Becky – wenn ich das schon höre. Das klingt wie eine Barbiepuppe mit Cheerleading-Outfit.«

»Eigentlich heißt sie Rebecca.«
»Dann nenn sie doch auch so.«
»Sie ist aber schon immer Becky.«
»Das ist kein Argument.«
– Schweigen –
»Also?«
»Was also?«
»Rebecca ist deine Freundin?«
»Das wäre ja die Geschichte.«
»Die du nicht erzählen willst?«
»Hundert Punkte, Anni.«
»Hey, ich hab dir auch von Hannes erzählt.«
»Das ist so nicht ganz richtig. Du hast nur erzählt, dass er Hannes heißt und seinen Job wegen dir verloren hat.«
»DAS habe ich dir nicht erzählt.«
»Hab's vorhin mitbekommen.«
»War ja klar. Das war außerdem kein richtiger Job.«
»Hat Hannes damals sicher anders gesehen.«
»Zurück zu Rebecca. Ist sie jetzt deine Freundin oder nicht?«
»Anni!«
»Okay, okay, bin ja schon still.«
– Schweigen –
»Eine schlechtgelaunte Stimme in meinem Kopf ist noch viel schlimmer.«
»Seit wann bist du denn so redselig? Normalerweise beschimpfst du mich am laufenden Band.«
»Vielleicht weil du mich nicht mehr dazu drängst, mit meinem Arzt über dich zu sprechen.«
»Oh, wenn wir schon beim Thema sind …«
»Nein!«

»Schon gut, schon gut.«
»Ich bin neugierig. Also?«
»Du gibst nicht auf, oder?«
»Erkannt.«
»Also gut. Becky und ich sind nicht mehr zusammen. Reicht das?«
»Das tut mir leid.«
»Ich wette, das kommt selten vor.«
»Ich mein das ernst.«
»Schon klar.«
»Ehrlich. Wobei ich mich jetzt natürlich schon frage, was passiert ist.«
– Schweigen –
»Okay, das war taktlos. Sorry.«
– Schweigen –
»Ben?«
– Schweigen –
»Hallo?«
– Schweigen –
»Hey? Schon wieder weg?«
– Schweigen –

4.

Als ich nach fast 13 Tagen und sieben Stunden die Intensivstation verlassen durfte und in ein kleines Zimmer am Ende des Flurs im dritten Stock geschoben wurde, hat der Hochsommer an die Fensterscheiben geklopft und den Raum mit Sonnenlicht geflutet, so grell, dass ich meine Augen kaum offen halten konnte und mich fühlte, als hätte ich nicht 13 Tage, sondern 13 Jahre zwischen Kabeln, Schläuchen und piepsenden Monitoren verbracht, und als hätte ich nicht nur das Endspiel, sondern drei ganze Europameisterschaften verschlafen.

Das muss so verstörend gewesen sein, dass ich sofort wieder eingeschlafen und erst mitten in der Nacht aufgewacht bin, als nicht mehr die Sonne, sondern der Vollmond das Zimmer flutete. Ein wuchtiger Strauß Rosen stand auf meinem Nachttisch – und in meinem Kopf plapperte plötzlich eine unbekannte Stimme vor sich hin.

Ich kann nicht behaupten, dass ich mich in diesem Moment erschrocken habe. Wenn dich ein Lkw fast zerquetscht hätte, dann rennst du nicht schreiend davon, weil du plötzlich Stimmen hörst. Du überlegst vielmehr, ob die Stimmen echt sind oder nur Einbildung, ob du träumst oder halluzinierst, die Schwester rufen oder abwarten solltest. Und dann beschließt du pragmatisch, erst einmal wieder einzuschlafen.

»Also ich bin nun wirklich ganz bestimmt keine Halluzination!«
»Musst du mich immer so erschrecken? Das macht mich noch ganz wahnsinnig.«
»Wow, von deinen Stimmungsschwankungen kriegt man ein Schleudertrauma.«
»Was soll denn das wieder heißen?«
»Na, gestern warst du noch anders drauf.«
»Da hatte ich Mitleid und war neugierig.«
»Und jetzt nicht mehr?«
»Nein, jetzt verfluche ich dich, weil es mich nervt, keine Privatsphäre mehr zu haben.«
»Du hast zwei Minuten am Tag keine Privatsphäre. Zwei Minuten.«
»Zwei Minuten zu viel. Und inzwischen sind es sogar noch mehr. Gefühlte fünf.«
»Vielleicht werden es irgendwann zehn Minuten? Oder zwanzig?«
»Das ist gar nicht witzig, und ich möchte mir das auch nicht vorstellen.«
»Dann unternimm was dagegen. Sprich mit deinem Arzt, mach eine Therapie, schluck Tabletten …«
»Das hatten wir bereits.«
»Dann hör auf zu jammern. Das nervt.«
– Schweigen –
»Sprichst du jetzt nicht mehr mit mir?«
– Schweigen –
»Sehr erwachsen, Anni. Sehr erwachsen.«
– Schweigen –
»Es tut mir leid, das zu sagen, aber ich hoffe wirklich jeden

Tag, dass du einfach verschwunden bist und ich mich wieder normal fühle.«

»Muss dir nicht leidtun, geht mir genauso. Und dann bin ich wieder schwuppdiwupp in deinen Gedanken und höre mehr, als mir lieb ist. Glaubst du, mir gefällt das?«

»Schwuppdiwupp, ja?«

»Nein, ich meinte natürlich mir nichts, dir nichts.«

»Haha.«

»Friede?«

»Friede.«

– Schweigen –

»Ben …?«

»Hm?«

»Und wenn ich dich doch erfunden habe?«

»Klar, ich bin dein imaginärer Freund.«

»Ich meine das ernst. Vielleicht bin ich wirklich nicht ganz richtig im Kopf. Der hat bei dem Unfall ganz schön was abbekommen. Vielleicht …«

»Das kann schon sein. Hat aber sicher nichts mit dem Unfall zu tun.«

»Haha.«

»Ich glaube nicht, dass du verrückt bist. Und ich bin sicher keine Einbildung.«

»Das würdest du jetzt auch sagen, wenn du eine wärst.«

»Ich bin aber keine Einbildung. Ich bin ein menschliches Wesen mit einem Herz, einer Seele, Freunden, einem Zuhause, guten und schlechten Eigenschaften, Lastern und …«

»Auch das würde die Erfindung meiner Phantasie jetzt behaupten, um mich zu überzeugen, dass sie keine ist.«

»Gut, du hast recht. Beweisen kann ich dir das natürlich nicht. Du musst mir schon glauben.«
»Wie sagte der weise Mann: Vertrauen ist gut, Kontrolle ist besser.«
»Wo hast du denn das her? Ist das wieder deiner poetischen Ader entsprungen? Na, dann kontrollier mal.«
»Also gut: Wo kommst du her?«
»Hamburg.«
»Hey, ich auch. Zumindest fast. Das ist ja ein witziger Zufall. Gut, weiter: Wie heißen deine Eltern?«
»Ben und Evelyn.«
»Wow, deine Mutter hat einen ganz normalen Namen.«
»Stell dir vor, mein Vater und ich auch.«
»Nächste Frage: Was isst du am liebsten?«
»Kuchen.«
»Kuchen?«
»Kuchen.«
»Kuchen ist kein Essen.«
»Natürlich ist Kuchen Essen. Was denn sonst?«
»Das zählt aber nicht als Lieblingsessen.«
»Gibt es da ein Regelwerk, das ich nicht kenne? Ich esse am liebsten Kuchen.«
»So ein Blödsinn. Kuchen als Lieblingsessen. Das kann man doch nicht jeden Tag essen.«
»Ich schon.«
»Und wie viel wiegst du? Oje, ich will es, glaube ich, gar nicht wissen.«
»85 Kilo. Das lässt du hoffentlich durchgehen.«
– Schweigen –
»Gut, was ist dein Lieblingsfilm?«

»›Das Leben ist schön‹.«
»Das kommt selten vor. Die meisten Menschen müssen fünf Stunden überlegen, bis ihnen das einfällt.«
»Aha, du spielst dieses Spiel also mit jedem. Nächste Frage?«
»Wie alt bist du?«
»Achtzig.«
– Schweigen –
»Das ist ein Scherz.«
»Achtzig.«
»Kann nicht sein.«
»Achtzig.«
»Echt? Du hast so eine junge Stimme.«
– Schweigen –
»Das pack ich jetzt nicht. Achtzig? Oh Mann, du wirkst echt jünger. Hilfe, ich habe einen Rentner in meinem Kopf. Einen Rentner namens Ben. Das gibt mir jetzt den Rest.«
»Achtzig geboren.«
»Ich hasse dich. Das war gemein.«
»Jedem das, was er verdient.«
»Pah, jetzt hasse ich dich noch mehr, was eigentlich gar nicht möglich ist.«
»Du pahst schon wieder!«
»Mein Herz ist gerade stehen geblieben.«
»Schlägt es jetzt wieder?«
»Haha. Du bist also Dreiunddreißig.«
»Du kannst ja rechnen.«
»Wahrscheinlich besser als du.«
»Noch Fragen?«
»Ja. Was ist mit dir passiert?«

»Wie meinst du das?«

»Na, warum liegst DU *im Krankenhaus? Dass ich einen Unfall hatte, weißt du inzwischen. Aber ich habe dich nie gefragt, was mit dir passiert ist.«*

»Das ist eine lange Geschichte.«

»Irgendwie sind alle deine Geschichten lang. Kann das sein?«

– Schweigen –

»Ben?«

– Schweigen –

»Hallo?«

– Schweigen –

»Ben?«

– Schweigen –

»Ist ja mal wieder typisch!«

– Schweigen –

5.

Vier Wochen nach meinem verpatzten Vorstellungsgespräch und drei Wochen nach meiner zweiten Begegnung mit Hannes hatte ich meinen ersten richtigen Job. Es hat mich mit einer gewissen Genugtuung erfüllt, der Welt beweisen zu können, dass es belohnt wird, seinen Träumen zu folgen und frisch von der Uni kommende Lektoren nicht automatisch der Arbeitslosigkeit ausgeliefert sind, sondern mit Disziplin und Idealismus dort landen können, wo sie immer hinwollten – auch wenn das nicht unbedingt ein unbekannter Kleinverlag für zweitklassige Fantasy-Literatur war, wie in meinem Fall.

Aber ich war gerne bereit, mich für den Anfang mit Dyraden, Kobolden und Trollen zu beschäftigen, um genügend Berufserfahrungen zu sammeln und nach ein bis zwei Jahren in belletristische Gefilde aufsteigen zu können. Mit dem Aufstieg hat es bisher allerdings noch nicht geklappt. Ich bin auch drei Jahre später die einzige Lektorin des Gargoyle-Verlags, die Bärte meiner vier Kollegen sind noch länger geworden, als sie es ohnehin schon waren, und ich bin noch immer so gnadenlos unterbezahlt, dass ich im Supermarkt mit dreilagigem Toilettenpapier vorliebnehme.

Aber immerhin ernte ich inzwischen nicht mehr Mitleid, wenn ich von meinem Verlag erzähle, sondern die Frage, ob wir auch was mit Vampiren machen – was ich dann verneinen muss, weil mein Chef – einer der vier Bärtigen – der Meinung war, dass sich das mit den Vampiren nicht durchsetzen wird und wir besser auf Meerjungfrauen setzen sollten. Der große Durchbruch lässt allerdings auf sich warten, und leider hat sich in dieser Hinsicht auch während meiner Zeit im Koma nichts getan.

Auch der Stapel Manuskripte auf meinem Schreibtisch dürfte inzwischen nicht kleiner geworden sein, weshalb mir mein Lieblingskollege Ulf gestern ein paar davon ins Krankenhaus geschmuggelt hat. Ulf und ich teilen uns ein Büro. Er ist eine beeindruckende Erscheinung mit seinem roten, zotteligen Bart, in den er manchmal kleine Zöpfe flechtet, und er erinnert mich an den Vater von Wickie.

Eigentlich ist er im Verlag für den Vertrieb zuständig, aber irgendwie macht bei uns jeder alles, so dass ich längst den Überblick verloren habe. Als er mir die Manuskripte vorbeigebracht hat, hatte sein Gesicht die Farbe seines Bartes angenommen, und ich glaube, er musste beim Anblick meines Turbans und der Halskrause einen Lachanfall unterdrücken. Außerdem hat Ulf mir eine Genesungskarte dagelassen, die in einer Sprache geschrieben ist, die ich nicht verstehe. Er meinte, um die Karte lesen zu können, müsste ich erst Pangasolisch lernen, eine Sprache, die man in Pangasolien spricht, wo der Roman »Die Wächter von Pangasolien« spielt. Also hat er mir das dazugehörige Buch auch gleich mitgebracht.

Dr. Behnsen hat erstaunlich schnell herausgefunden, dass ich heimlich arbeite, und es hat eine Weile gedauert, bis er eingesehen hat, dass Manuskripte aussortieren auch nicht anstrengender ist, als Krimis zu lesen. Das stimmt zwar nicht, aber ich lasse ihn in dem Glauben.

»Hey, was machst du gerade so?«

»Seit wann sprichst du, als wärst du mein bester Kumpel?«

»Hast du überhaupt einen besten Kumpel?«

»Nein, aber ich denke, wenn, dann würde er so sprechen.«

»Wie geht's?«

»Du tust es schon wieder.«

»Was darf ich denn überhaupt sagen?!«

»Schon gut. Ich lese ein Buch. Aber ich bin noch auf der ersten Seite und weiß auch nicht, ob ich darüber hinauskomme.«

»Wie heißt das Buch?«

»›Melodie der Meere‹.«

»Kenn ich nicht.«

»Kannst du auch nicht kennen. Ist noch nicht auf dem Markt.«

»Warum kannst du es dann lesen?«

»Ich redigiere es.«

»Aha.«

»Das ist mein Job. Ich bin Lektorin.«

»Verstehe. Dann verbesserst du das Buch also gerade?«

»Nicht direkt. Ich entscheide erst einmal darüber, ob es überhaupt ein Buch wird. Bisher ist es nur ein Manuskript.«

»Wow, das klingt irgendwie … mächtig.«

»Haha.«

»Nein, ernsthaft. Du entscheidest ja quasi über die Zukunft dieses Buches.«

»Und des Autors.«

»Eben, dann bist du mächtig.«

»Nenn es, wie du willst.«

»Und?«

»Was und?«

»Das Buch. Ist es gut?«

»Hm, hab schon bessere gelesen.«

»Zum Beispiel?«

»Puh, da gibt es unendlich viele.«

»Aber du musst doch ein Lieblingsbuch haben.«

»Hm, muss ich das? Mal überlegen.«

»Ja. Jeder hat ein Lieblingsbuch. Und du bist Lektorin. Da solltest du erst recht eins haben.«

»Okay, mal überlegen ... Das wäre dann ›Die Entdeckung des Himmels‹.«

»Nie gehört.«

»Lies es. Irgendwann mal. Lohnt sich.«

»Werde ich machen. Worum geht es da?«

»Um den Himmel und wie er entdeckt wird.«

»Haha.«

»Lies es einfach.«

»Okay, aber ich lese eigentlich selten. Nicht so mein Ding.«

– Schweigen –

»Und das schrecklichste Buch der Welt?«

»Das schrecklichste?«

»Na, wer ein Lieblingsbuch hat, muss auch ein ... wie nennt man das ... Hassbuch haben.«

»Ein Hassbuch?«

»Wie soll man sonst dazu sagen?«

»Keine Ahnung.«

»Also?«

»Mein Hassbuch willst du wissen? Hm, auch da gibt es viele. So ungefähr unser halbes Verlagsprogramm.«

»Haha, das ist gut.«

»Ist mein voller Ernst.«
»Aber du musst doch ein Lieblingshassbuch haben.«
»Hm, ›Die Klavierspielerin‹.«
»Nie gehört.«
»Besser so. Lies es bloß nicht.«
»Okay.«
»Jetzt liest du es wahrscheinlich erst recht.«
»Könnte sein.«
»Oh Mann, Ben.«
– Schweigen –
»Was ist so schlimm an diesem Buch?«
»Lies es, dann weißt du es.«
»Also jetzt doch lesen?«
»Mach, was du denkst.«
– Schweigen –
»Gibt es ein Buch, das zum Bestseller wurde, nachdem du es … re-di-giert hast?«
»Nein. Und das wird es auch definitiv nie geben. Die Bücher in meinem Verlag sind … äh … nicht gerade der Stoff, aus dem Bestseller sind.«
»Oh, verstehe. Warum gehst du nicht zu einem anderen Verlag, wenn es so schlimm ist?«
»Das ist kompliziert.«
»Ist es doch immer.«
»Kann sein.«
– Schweigen –
»Was hast du vorher so gemacht? Vor deinem Job in diesem Verlag?«
»Studiert.«
»Und was?«

»Literatur- und Buchwissenschaft.«

»Ah.«

»Ah?«

»Na ja, ich wusste nicht, dass man so was studieren kann. Buchwissenschaft.«

»Kann man.«

»Hm.«

»Ist echt immer dasselbe mit euch …«

»Was?«

»Diese Reaktion. Immer wenn ich erzähle, was ich studiert habe oder was ich jetzt arbeite, sehen mich alle mit großen Augen an. Als wäre es das Absurdeste auf der ganzen Welt.«

»Ich sehe dich nicht so an.«

»Kannst du ja auch nicht. Wenn du es könntest, würdest du es machen. Alle reagieren so. Vor allem Männer. Das ist ein super Trick, um sich sehr schnell sehr unattraktiv zu machen.«

»Haha, hast du da schlechte Erfahrungen gemacht?«

»Einige. Sogar Hannes hat so reagiert.«

»Ich weiß nicht, es ist einfach ein seltsamer Beruf. Und so langweilig. Für mich jedenfalls … Wenn ich mir jetzt vorstelle, dass es Menschen gibt, die den ganzen Tag nur Bücher lesen und dafür auch noch Geld bekommen.«

»Das ist genauso anstrengend wie jeder andere Beruf auch.«

»Aber du liest doch die ganze Zeit, und das macht dir ja Spaß.«

»Lesen kann auch Arbeit bedeuten. Das ist ja nicht immer toll und unterhaltsam. Die Bücher, die mir vorgesetzt werden, sind ziemlich grottig.«

»Hm, schon möglich. Ich kann mir das nur nicht vorstellen.«
»Da geht es dir wie den meisten. Dabei ist dieser Beruf wirklich anstrengend. Das wird eindeutig unterschätzt.«
»Ist ja klar, dass du das sagst – als Betroffene.«
»Nein, ich sage das, weil es so ist. Ich sitze ja nicht faul in meinem Büro, lege die Füße hoch und schmökere in den allerschönsten Büchern. Der Großteil der eingesendeten Manuskripte ist totaler Schrott. Lesevergnügen: null.«
»Du Ärmste!«
»Haha.«
»Ist ja schon gut. War nicht böse gemeint.«
– Schweigen –
»Außerdem lese ich nicht nur Bücher. Ich habe auch viele andere Aufgaben, arbeite mit Autoren zusammen, kümmere mich um die Werbung, erstelle das Verlagsprogramm. Solche Geschichten.«
»Okay, okay. Ich kapituliere.«
»Gute Entscheidung. Aber jetzt zu dir. Was machst du überhaupt?«
»Ich?«
»Nein, die andere Stimme.«
»Beruflich?«
»Ja, beruflich.«
– Schweigen –
»Also?«
– Schweigen –
»Hey, ich hab's dir auch erzählt.«
– Schweigen –
»Ist es was Unanständiges?«

– Schweigen –
»Hallo?!«
– Schweigen –
»War ja klar.«

6.

Bei unserer dritten Begegnung stand Hannes an der Garderobe eines Clubs, in dem ich mit Katja und Lea meinen ersten Job feiern wollte. Die beiden sind eineiige Zwillinge und haben damals mit mir studiert. Wir wohnten in einer Dreier-WG in der Innenstadt und hatten zusammen mehr als 1200 Bücher. Katja hat nach dem Studium einen Job bei Random House bekommen und ist nach München gezogen, und Lea ist für ein Jahr auf Weltreise gegangen – und immer noch unterwegs. Ab und an trudelt eine Postkarte von ihr in meinem Briefkasten ein, und dann denke ich wehmütig an alte Zeiten und wünsche mich auch nach Kiribati oder Tonga.

»Ach, auch mal wieder unterwegs?«, habe ich damals zu Hannes gesagt und versucht, möglichst spöttisch zu klingen, während er mir meine Jacke aus der Hand gerissen und »Ich arbeite hier« gebrummt hat.

»Bist du schon wieder geflogen?«

»Nein, manche von uns brauchen zwei Jobs, um sich ihr Studium zu finanzieren.«

»Und manche von uns studieren gar nicht mehr und haben einen richtigen Job«, hat Katja von der Seite gequietscht und albern gekichert. Dann hat sie Lea in Richtung Tanzfläche gezogen und mich an der Garderobe stehenlassen.

»Dann hat es diesmal mit dem Bewerbungsgespräch geklappt?«

»Nachdem du mir das letzte versaut hast? Ja.«

»Und was machst du jetzt?«, wollte Hannes wissen und kassierte zwei Euro von mir.

»Ich bin Lektorin.«

Es auszusprechen fühlte sich gut an, auch wenn ich die Elben und Trolle erst einmal wegließ.

»Klingt ja … spannend.«

»Mit Sicherheit spannender, als an der Garderobe zu stehen.«

»Das ist ja auch mein Nebenjob«, kam es pampig zurück.

»Und was machst du, wenn du gerade keine Jacken sortierst?«

»Ich mache meinen Doktor in Ökotrophologie, und nein, das hat nichts mit Vögeln zu tun.«

Er schob mir einen Chip über den Tresen und nahm die nächste Jacke entgegen. Gespräch beendet.

»Ich weiß«, gab ich zurück, und es war die ehrlichste Reaktion an diesem Abend.

»Bist du gerade wach?«

»Wieso sollte ich schlafen?«

»Weil manche Menschen um diese Uhrzeit schlafen.«

»Also ich ganz bestimmt nicht.«

»Im Krankenhaus schläft man zu allen möglichen Zeiten.«

»Du vielleicht.«

– Schweigen –

»Also: Bist du ein Callboy?«

»Hä?!«

»Bordellbesitzer?«

»Äh …«

»Zeitarbeitsfirmenbesitzer?«

»Anni …«

»Du wolltest mir gestern nicht sagen, was du beruflich machst, also muss es was moralisch Verwerfliches sein!«

»Haha, und da fallen diese drei in dieselbe Kategorie?«

»Klar.«

»Ich muss dich enttäuschen. Nichts davon trifft zu. Und ich hätte es dir gesagt, wenn die Zeit nicht plötzlich um gewesen wäre. Ist dir eigentlich aufgefallen, dass es immer länger dauert, bis ich … verschwinde?«

»Ja, ist es.«

»Und du hast gar nicht gemotzt, geflucht, geschrien?«

»Erstens würde das ohnehin nichts bringen, und zweitens bist du inzwischen wesentlich angenehmer als noch vor ein paar Tagen.«

»Oh, das ist ja fast schon ein Kompliment. Dann genießt du die gemeinsamen Minuten mit mir?«

»Haha, sehr witzig. Du bist einfach eine gute Ablenkung.«

»Wovon denn bitte?«

»Vom Alltag. In einem Krankenhaus. Also: Erzähl.«

»Was schätzt du denn?«

»Hm, keine Ahnung. Der Callboy fällt jetzt wohl weg … Vielleicht Feuerwehrmann?«

»Feuerwehrmann? Hörst du mich lachen?«

»Ja. Was ist daran so komisch? Das ist ein anständiger Beruf.«

»Ich frage mich, wie du jetzt ausgerechnet auf Feuerwehrmann kommst.«

»Weibliche Intuition.«

»Oh Gott …«

»Von der Stimme her würde das zu dir passen.«

»Ich klinge also wie ein Feuerwehrmann für dich?«
»Also bist du kein Feuerwehrmann?«
»Scharf kombiniert, Madame.«
»Was dann?«
»Ich bin Architekt.«
»Wow.«
»Wow?«
»Ja, das klingt gut. Architekt. Das ist … stylisch. Allein schon diese Aussage. ›Ich bin Architekt.‹ Sehr stylisch.«
»Stylisch? Also das bin ich sicher nicht!«
»Wer weiß …«
»Stimmt, wie ich aussehe, weißt du ja nicht.«
»Will ich auch gar nicht wissen.«
»DAS kannst du deiner Großmutter erzählen.«
»Die nicht mehr lebt.«
»Sorry. Aber das glaub ich dir wirklich nicht.«
»Ist aber so.«
»Dich interessiert überhaupt nicht, wie ich aussehe?«
»Nein, nicht im Geringsten.«
»Du lügst.«
»Wieso sollte ich?«
»Weil ich dir nicht glaube, dass du dir noch nie überlegt hast, wie ich aussehen könnte.«
»Oh, kränkt das dein Ego?«
»Ich wette, du hast ein Bild von mir in deinem Kopf.«
»Die Wette verlierst du. Wie du aussiehst, ist mir vollkommen egal. Ob du groß, klein, dünn, dick bist, ob du Piercings oder Tätowierungen hast. Total egal.«
»Das glaub ich dir nicht.«
»Wieso?«

»Weil man immer wissen will, wie jemand aussieht, mit dem man spricht. Selbst am Telefon.«
»Pah, Männer vielleicht.«
»Frauen auch. Da verwette ich meinen Hintern.«
»Dessen Aussehen MIR völlig egal ist.«
»Ja, ja. Madame geht es wahrscheinlich prinzipiell um die inneren Werte.«
»So ist es.«
»Dann wäre es dir völlig egal, wenn ich 150 Kilo wiegen würde?«
»Klar, wir reden ja nur. Ich muss ja nicht mit dir schlafen.«
»Ach ja, wenn es um Sex geht, ist das Äußere dann schon wichtig, oder wie?«
»Natürlich ... Aber es ist nicht ... alles.«
»Aber vieles?«
»Ach, du nervst mich jetzt, Ben. Das ist albern.«
»Das ist nur ehrlich, Anni. ICH gebe zu, dass ich mich seit unserer ersten ... Begegnung frage, wie du wohl aussiehst. Einfach weil es mich interessiert. Und weil ich darüber nachdenke, welche Person zu dieser Stimme passen würde.«
– Schweigen –
»Und? Zu welchem Ergebnis bist du gekommen?«
»Das verrate ich dir sicher nicht.«
»Das ist ja lächerlich.«
– Schweigen –
»Jetzt sag schon. Wie sehe ich aus?«
»Guck doch in den Spiegel. Dann weißt du es.«
»Ben, raus damit!«
»Meine Lippen sind versiegelt.«
»Und bleiben es hoffentlich ...«

– Schweigen –

»Na schön, hin und wieder habe ich auch darüber nachgedacht, wie du wohl aussiehst.«

»Ha!«

»Ja, ja.«

»Und?«

»Was und?«

»Na, zu welchem Ergebnis bist DU gekommen?«

»Ach, ICH soll dir das jetzt einfach verraten, oder wie?«

»Jeder ein Detail. Die Haarfarbe.«

»Okay.«

»Du fängst an.«

»Ich glaube, du bist … dunkelhaarig. Mein Ben ist dunkelhaarig.«

»DEIN Ben? Muss ich mir Gedanken machen?«

»Bild dir bloß nichts ein.«

»In deinen Träumen bin ich also dunkelhaarig?«

»Ich träume nicht von dir, du Spinner!«

»Okay, okay. Du hast recht, ich habe dunkle Haare. Dunkelbraun.«

»Schön. Dann stimmt mein Bild von Ben. Das gefällt mir. Du bist dran.«

»Ich glaube … du bist … blond.«

»Blond, ja?«

»Ja, richtig blond. Schwedenblond.«

»Schwedenblond? Wie blöd klingt das denn?«

»Na, ich glaube einfach, du siehst aus wie eine Schwedin. Lange blonde Haare, blaue Augen …«

»Und am besten noch ellenlange Beine … und tolle Brüste … ein trainierter Körper.«

»Haha.«
»Sorry, ich modele nicht für die ›Sports Illustrated‹.«
»Dann liege ich total daneben?«
»So ziemlich. Ich habe braune, kurze Haare.«
»Oh. Dann bist du keine kleine Schwedin?«
»Nein. Wenn, dann wäre ich eh eine große Schwedin gewesen. Aber das hatten wir schon einmal.«
– Schweigen –
»Siehst du, jetzt ist die Stimmung komisch. Das haben wir davon.«
»Quatsch, ich bin nur schockiert, weil ich so falschlag.«
»Oh Mann, wieder so ein Ego-Ding.«
– Schweigen –
»Hast du auch braune Augen?«
»Ja.«
»Mist.«
»Vielen Dank.«
»Dann werde ich mir jetzt ein neues Bild von dir malen müssen.«
»Mach das.«
– Schweigen –
»Sieht Rebecca so aus? Blond, blaue Augen?«
»Nein.«
»Sondern?«
»Sie ist das genaue Gegenteil von ›blond und blauen Augen‹.«
»Also so wie ich?«
»Nein, auch nicht. Sie ist ein ziemlich … außergewöhnlicher Typ.«
»Im Gegensatz zu mir …«

»So war das jetzt nicht gemeint.«
»Schon gut.«
»Wenn du sie kennen würdest, dann …«
»… würde ich verstehen, was du meinst?«
»Ja.«
– Schweigen –
»Du sprichst nicht gern über sie.«
»Wahrscheinlich weil ich sie liebe.«
– Schweigen –
»Hm. Was ist da zwischen euch passiert?«
– Schweigen –
»Erzählst du es mir irgendwann mal?«
– Schweigen –
»Ben?«
– Schweigen –

7.

Der Mann, der in dem Lkw saß, der mich am 27. Juni um 18.51 Uhr überfahren hat, heißt Ole, und dieser Name passt genauso wenig zu ihm wie die Tatsache, dass er mich über den Haufen gefahren hat. Ole ist 56 Jahre alt und hat in seinen 35 Jahren als Lkw-Fahrer keinen einzigen Unfall gebaut. Da musste erst ich mit meinem Rad auf ihn zusausen.

Ich war an diesem Abend auf dem Weg in einen Biergarten, um mir mit Hannes und ein paar Freunden das Halbfinale anzusehen. Meine letzte Erinnerung ist, dass ich zu Hause vor dem Spiegel stehe und Bruce Springsteen im Radio höre: *I check my look in the mirror, I wanna change my clothes, my hair, my face.* Alles, was danach kommt, weiß ich nur aus Erzählungen. Ich war zu schnell unterwegs, hatte keinen Helm auf, war unvorsichtig, habe den Lkw nicht gesehen. Mea culpa.

Seit Ole an jenem Abend, an dem er sich geärgert hat, dass er das Halbfinale verpassen würde, nicht mehr rechtzeitig bremsen konnte und mich mit der vollen Wucht seines Lkws vom Fahrrad gerissen hat, besucht er eine Psychotherapeutin, die ihm zweimal pro Woche einbläut, dass ihn keine Schuld am Unfall trifft. Das hat mir Eva-Maria, Oles Frau, erzählt, als sie mich vor fünf Tagen besucht und einen Blumenstrauß vorbeigebracht hat. Sie ist eine kleine, gutherzige Frau mit einem warmen Lächeln, aber ihr Gesicht ist vom Kummer der vergangenen Wochen gezeichnet, und sie wünscht sich nichts sehnlicher, als ihren Ole zurückzubekommen, der nachts oft Alpträume hat und manchmal plötzlich in Tränen ausbricht.

Ich wünschte, ich könnte Ole seine Unbekümmertheit zurückgeben und all die schrecklichen Bilder aus seinem Gedächtnis löschen, den Klang von berstendem Glas, den Geruch von Blut und Urin, das Schreien und Kreischen, das Heulen der Sirenen, aber ich muss mich wohl an den Gedanken gewöhnen, dass ich in einem Moment des Leichtsinns das Leben eines anderen Menschen für immer verändert habe. Als ich Eva-Maria das gesagt habe, ist sie in Tränen ausgebrochen und hat mich umarmt, wodurch ich mich noch hilfloser gefühlt habe.

»Du hast mir noch nie von deinem Unfall erzählt.«
»Ich vergesse manchmal, dass du mithören kannst.«
»Man gewöhnt sich daran.«
»Ans Belauscht-werden?«
»Nein, ans Mithören-müssen.«
– Schweigen –
»Dafür kann ich mich nicht gut daran gewöhnen, dass du immer plötzlich weg bist und tausend offene Fragen hinterlässt.«
»Anni, du weißt, ich kann es nicht beeinflussen.«
»Es fühlt sich trotzdem nicht gut an.«
»Ich kann mich nicht für etwas entschuldigen, was ich ohnehin nicht ändern kann.«
»Ja, ich weiß. Aber du kannst es wiedergutmachen, indem du mir was über Rebecca erzählst.«
»Das klingt ja, als müsste ich mich doch für etwas entschuldigen.«

»Wiedergutmachen, nicht entschuldigen.«

»Das kommt aufs Gleiche raus.«

– Schweigen –

»Also?«

»Hm, was willst du denn wissen?«

»Alles.«

»So wenig?«

»Also, wie ist sie so?«

»Wie sie ist? Puh … Außergewöhnlich. Anders. Ich tu mich schwer mit so was.«

»Ja, das merk ich. Warum?«

»Weil es schwer ist, sie zu beschreiben. Becky ist nicht gerade die Frau, über die man sagt, dass sie blonde Haare und ein nettes Lächeln hat.«

»Sondern? Wie ist sie so?«

»Verrückt. Ein bisschen durchgeknallt, aber auf eine liebenswerte Art.«

»Wie sieht sie aus?«

»Das ändert sich ständig.«

»Das ändert sich ständig?!«

»Ja, sie ist ziemlich crazy, was das anbelangt, hat nie lange dieselbe Haarfarbe. Als ich sie kennengelernt habe, waren ihre Haare rot und lang, kurz darauf braun und kurz, dann mal schwarz, dann blond, dann mal blau.«

»Blau?!«

»Ja, es wird nicht langweilig mit ihr.«

»Und … was macht sie so?«

»Sie war auf der Kunstakademie und arbeitet als freie Grafikerin. Sie malt auch selbst und macht Skulpturen und so was …«

»Klingt kreativ.«
»Ja, sie ist unglaublich kreativ … und talentiert. Das ist einfach ihre Welt.«
»Wow, das überrascht mich irgendwie.«
»Was überrascht dich?«
»Rebecca. Was du von ihr erzählst … Ich hätte nicht gedacht, dass du auf … so was stehst.«
»Was meinst du mit ›auf so was‹?«
»Ich weiß auch nicht. Irgendwie hätte ich sie mir anders vorgestellt. Bodenständiger. Dieses Unkonventionelle, Bunte, Sprunghafte – das wäre mir bei dir nicht in den Sinn gekommen.«
»Hm.«
– Schweigen –
»Nicht sauer sein, ich meine das nicht böse.«
»Nein, schon okay … Ich denke, dass es einigen so geht. Aber dieses Unkonventionelle, Bunte, Sprunghafte ist genau das, was mich so an ihr fasziniert. Mit ihr ist jeder Tag ein kleines Abenteuer, und ich liebe ihre Macken.«
»Wow. Das klingt wirklich nach Liebe. Und … abenteuerlich.«
»Du bist geschockt, he?«
»Nein, nur überrascht.«
»Tja, so ist das, wenn man sich was anderes vorstellt. Ich weiß, wovon ich spreche.«
»Haha.«
»Jetzt sind wir quitt. Ich habe mir dich falsch vorgestellt und du dir meine Frau.«
»Deine Frau?!«
»Äh … ja.«

»Ihr seid verheiratet?«
»Ja. Warum schockiert dich das so?«
»Na ja, du hast es nie erwähnt.«
»Nein?«
»Nein.«
»Hm, das war keine Absicht. War mir gar nicht bewusst.«
»Wie lange schon?«
»Zwei Jahre.«
»Wow.«
»Sorry, dass ich es nie erwähnt habe, aber eigentlich macht es auch keinen Unterschied.«
»Schon okay, wir haben ja auch nie wirklich darüber gesprochen. Also bist du verheiratet ...«
»Ja.«
– Schweigen –
»Ich übrigens nicht.«
»Haha.«
»Wollte es nur mal sagen.«
»Kann ja noch kommen. Bei uns war das damals auch aus einer Laune heraus. Eine spontane Idee. Fühlte sich richtig an in diesem Moment.«
»Und danach?«
»Daran haben wir nicht gedacht. Für Becky zählte schon immer nur der Moment.«
»Und als der vorbeigezogen war?«
»Keine Ahnung. Ist auch nicht wichtig. Ich bin verrückt nach ihr. Sie oder keine. So war das schon immer. Worauf warten, wenn alles so klar ist?«
»Wow. Das klingt ... leidenschaftlich.«
»Ja, ich denke, Leidenschaft ist ein großer Teil von uns.«

– Schweigen –

»Du klingst ganz anders, wenn du von ihr sprichst.«

»Warum?«

»Keine Ahnung, einfach anders. Anders als sonst. Lebendiger. Selbstbewusster.«

»So fühle ich mich, wenn ich mit ihr zusammen bin.«

»Das muss schön sein.«

»Es ist eher wie ein Rausch.«

»Hm.«

– Schweigen –

»Hast du ihr von uns erzählt?«

»Das klingt, als wärst du meine Affäre.«

»Hast du?«

»Hast du Hannes von uns erzählt?«

»Oh Gott, nein.«

»Warum nicht?«

»Keine Ahnung, fühlt sich nicht richtig an.«

»Unsere Gespräche oder ihm davon zu erzählen?«

»Ihn damit zu belasten. Er ist sehr rational und würde es wahrscheinlich nicht verstehen.«

»Kann man das überhaupt?«

»Nein, wahrscheinlich nicht.«

»Womit wir wieder beim Thema wären …«

»Ich weiß, dass du findest, ich sollte mich einem Arzt anvertrauen …«

»Ja.«

»Aber ich kann nicht. Noch nicht.«

»Du schiebst es doch nur vor dir her. Irgendwann musst du etwas dagegen unternehmen.«

»Aber nicht jetzt.«

»Wann dann?«

»Ich weiß es nicht.«

»Wovor hast du Angst? Niemand wird dich verurteilen.«

– Schweigen –

»Warum hast du es Rebecca nicht erzählt, wenn es so harmlos ist? Nach allem, was du über sie gesagt hast, müsste sie das doch am wenigsten schocken.«

»Das ist nicht so leicht.«

»Ach! Bei dir ist es nicht so leicht …«

»Du verstehst das nicht.«

»Was gibt es da nicht zu verstehen? Ich soll mit einem Arzt sprechen, aber du willst es nicht mal deiner Frau erzählen.«

»Es klingt ungewohnt, dass du sie so nennst.«

»Das liegt daran, dass ich nur in einem Nebensatz davon erfahren habe, dass du verheiratet bist.«

»Kannst du sie nicht einfach Becky nennen, so wie ich?«

»Du weißt, dass ich keine Abkürzungen mag. Und lenk jetzt nicht vom Thema ab.«

– Schweigen –

»Das ist einfach nicht fair von dir. Mit zweierlei Maß zu messen …«

»Das tue ich doch gar nicht.«

»Doch, du verlangst etwas von mir, wozu du selbst nicht bereit bist.«

»Weil ich nicht kann.«

»Ja, ja, schon klar.«

»Nein, Anni, du verstehst nicht …«

»Doch, ich verstehe dich sogar gut. Du hast keine Lust, deiner Frau …«

»Anni! Jetzt lass mich doch mal ausreden.«

– Schweigen –

»Ich würde gerne mit ihr über uns sprechen – auch wenn wir nicht mehr zusammen sind, wie ich dir bereits gesagt habe.«

»Aber?«

»Ich kann nicht.«

»Pah.«

»Ich kann nicht, weil ich nicht sprechen kann.«

– Schweigen –

»Du bist … stumm?«

»Nein.«

»Das ist nicht witzig, Ben.«

»Ich mache ja auch keine Witze.«

»Du kannst nicht sprechen, bist aber nicht stumm? Muss ich das verstehen?«

»Ich liege im Koma.«

– Schweigen –

»Anni?«

– Schweigen –

»Wie bitte?«

– Schweigen –

»Ben?«

– Schweigen –

»Ben, bist du noch da?«

– Schweigen –

»Ben, nicht jetzt!«

– Schweigen –

8.

Ich weiß nicht mehr, wann ich mich in Hannes verliebt habe, ob es an dem Tag war, an dem er mir eine Traubensaftschorle über die Hose gekippt hat, oder an jenem Abend, als wir uns zum ersten Mal geküsst haben, weil wir beide so betrunken waren, dass wir vergessen hatten, wie wenig wir uns eigentlich mochten. Am Morgen danach fiel es uns beiden wieder ein, und es machte die Situation nicht leichter, dass wir im Moment der Erkenntnis nackt waren.

Aber so ist das, wenn man an seinem zweiten Arbeitstag erkennt, dass er genauso schlimm ist wie der erste. Man schleift sich in die nächste Bar, sorgt dafür, dass mehr Tequila als Blut durch seine Venen fließt, verbündet sich mit Leidensgenossen und geht mit ihnen ins Bett. Und was sie einem wann über die Hose geschüttet oder falsch berechnet haben, spielt erst am Morgen danach wieder eine Rolle.

»Ich hatte einen ziemlich schlechten Tag« war das Erste, was Hannes gesagt hat, als er neben mir aufgewacht ist, und es klang wie eine Entschuldigung an sich selbst.

»Ich auch.«

»Dein Job«, hat er gestammelt und dabei genickt.

»Dein Stipendium«, habe ich gestammelt und genickt.

Dann haben wir für einen peinlich langen Moment geschwiegen.

»Ich geh dann mal.«

»Ja.«

Mehr ist mir nicht eingefallen, und ich glaube, Hannes

war froh darüber. Als er weg war, habe ich mich erst einmal übergeben. Nicht weil ich mit meinem Spinnefeind geschlafen hatte, sondern weil der Tequila in meinem Magen wütete. Dann habe ich kontrolliert, ob ich am Abend zuvor meine Pille genommen habe – nachdem mir aufgefallen ist, dass ich nicht einmal seinen Namen kenne. Oder ihn kannte und vergessen habe.

»Hey.«
»Hey. Da bist du ja.«
»Dachtest du, ich komme nicht mehr?«
»Na ja, nach gestern … Ich …«
»Schon okay, Anni.«
»Nein, nicht okay. Es tut mir wahnsinnig leid. Ich wusste ja nicht …«
»Eben.«
»Nein, so einfach ist das nicht. Ich hätte dir besser zuhören müssen oder fragen, was mit dir los ist. Es ist immer nur um mich gegangen. Dabei bist du derjenige, der … im Koma liegt.«
»Mach dir keinen Kopf deswegen.«
– Schweigen –
»Warum hast du nichts gesagt? Du hättest es mir sagen müssen!«
»Du machst mir Vorwürfe?«
»So etwas kannst du nicht einfach unter den Tisch fallen lassen.«
»Das ist kompliziert.«
»Was ist bei dir denn nicht kompliziert?«
»Ich will mich nicht mit dir streiten, Anni.«

»Das will ich auch nicht, aber ich verstehe einfach nicht, warum du dich mir nicht anvertraut hast, nach allem …«
– Schweigen –
»Wolltest du jetzt sagen: ›Nach allem, was wir zusammen durchgemacht haben‹?«
»Hm, ja. Aber dann ist mir aufgefallen, dass das wie aus einem zweitklassigen Hollywood-Film klingt.«
»Haha, das stimmt.«
– Schweigen –
»Ich hatte einfach keine Ahnung, Ben. Und das fühlt sich echt scheiße an.«
»Tut mir leid. Das wollte ich nicht.«
– Schweigen –
»Wie ist das passiert? Hattest du einen Unfall? Warum liegst du im Koma?«
»Puh, das ist …«
»Kompliziert? Bitte sag jetzt nicht, dass es kompliziert ist, sonst schrei ich.«
»Das würde ich zu gerne hören.«
»Puh, da wette ich dagegen. Ich habe ein ziemlich lautes Organ.«
– Schweigen –
»Okay, ich möchte einfach nicht darüber sprechen. Kannst du das akzeptieren?«
»Nein.«
»Das dachte ich mir.«
– Schweigen –
»Sag mir wenigstens, wie lange du schon im Koma liegst.«
»Elf Tage.«
»Da habe ich dich zum ersten Mal gehört. Vor elf Tagen.«

»Ja.«
»Dann bist du in meinem Kopf, seit … du ins Koma gefallen bist.«
»Ja.«
»Denkst du, das hat was zu bedeuten?«
»Frag doch mal deinen Arzt.«
»Haha.«
– Schweigen –
»Glaubst du, ich bin der Grund, warum du im Koma liegst? Willst du deswegen, dass ich mit meinem Arzt spreche? Weil ich dich zurückhalte, aufzuwachen …?«
»Der Gedanke ist mir mal gekommen, ja. Und anfangs war es auch so. Aber dann … Ich meine, inzwischen sind wir fast schon so was wie Freunde geworden.«
– Schweigen –
»Was ich sagen will: Inzwischen mache ich mir eher Sorgen, dass ich aufwache und du plötzlich einfach weg bist.«
– Schweigen –
»Weil ich glaube, dass ich das hier vermissen würde. Unsere Gespräche. Das ist alles.«
– Schweigen –
»Anni? Bist du noch da?«
»Ja, aber ich weiß nicht, was ich sagen soll.«
»Das ist eine ungewohnte Erfahrung für mich.«
»Haha.«
– Schweigen –
»Dann sind wir jetzt so was wie Freunde?«
»Ich glaube, das waren wir von Anfang an.«
»Das würde ich jetzt so nicht sagen.«
»Ja, ja …«

– Schweigen –

»Gute Freunde sollten sich übrigens alles erzählen. Alles.«

»Netter Versuch, aber so gut sind wir dann auch noch nicht befreundet.«

»Okay, ich kapituliere.«

»Du hattest nie den Hauch einer Chance.«

»Pah, dass ich nicht lache.«

»Du pahst wieder. Dann geht es dir gut …«

– Schweigen –

»Ist dir eigentlich aufgefallen, dass wir inzwischen fast neun Minuten quatschen?«

»Lässt du schon wieder die Stoppuhr mitlaufen?«

»Neun Minuten und zehn Sekunden.«

»Unsere Freundschaft wächst und gedeiht.«

»Ich erzähl's dir trotzdem nicht.«

– Schweigen –

»Kannst du eigentlich jemanden hören, seit du im Koma liegst?«

»Ja, dich.«

»Haha. Also?«

»Du meinst, weil ich im Koma liege und Komapatienten angeblich bestimmte Dinge unterbewusst mitbekommen?«

»Ja. Ist das so bei dir?«

»Manchmal schon irgendwie.«

»Schon irgendwie? Geht das auch genauer?«

»Warum willst du das denn wissen?«

»Nur so.«

»Also, ich kann nicht sehen, was da in meinem Zimmer passiert oder wer gerade an meinem Bett sitzt, wenn du das

meinst. Aber manchmal höre ich, wenn sie mit mir sprechen. Zumindest bilde ich mir ein, das zu hören.«

»Hm.«

»Was ist los? Warum interessiert dich das so?«

– Schweigen –

»Anni!«

»Na ja, ich lag auch eine Weile im Koma, nachdem ich den Unfall hatte. Aber ich kann mich an nichts erinnern. Nicht an den Unfall und nicht an danach.«

»Ja und? Ist doch nicht weiter tragisch.«

»Tragisch vielleicht nicht. Aber seltsam.«

»Warum?«

»Na, weil ich niemanden gehört habe. Ich kann mich an gar nichts mehr erinnern. Nicht mal an Hannes.«

»Was ist daran so schlimm?«

»Ich finde es einfach komisch. Hannes ist doch ... na ja, er ist doch mein Freund.«

»Und du denkst, weil er dein Freund ist, hättest du ihn hören müssen?«

»Hm, ja.«

»Weil du der Meinung bist, die Liebe müsste stärker sein als sämtliche medizinischen Grundsätze.«

»Du sagst das jetzt so, als wäre es lächerlich.«

»Nein, so würde ich es nicht nennen. Es ist einfach hoffnungslos romantisch.«

»Ja, mach dich nur über mich lustig.«

»Das tue ich gar nicht. Auch wenn ich nicht verstehe, warum du dich da reinstresst.«

»Das frage ich mich auch gerade. Vergiss es einfach.«

»Anni, mit Liebe hat das nichts zu tun. Das ist Medizin.

Nur weil du Hannes nicht hören konntest, heißt das doch nicht, dass er dich nicht genug liebt.«

»Das habe ich ja auch nicht gesagt.«

»Aber gedacht?«

»Nein.«

»Ein ganz kleines bisschen?«

»Nein.«

– Schweigen –

»Wenn es dich so beschäftigt, solltest du mit ihm darüber sprechen.«

»Das kann ich nicht.«

»Warum nicht?«

»Er würde das nicht verstehen. Hannes ist sehr rational. Er glaubt an das, was er sieht, und tut das, was ihn weiterbringt.«

»Verstehe.«

»Sein Vater ist Physiker.«

»Das erklärt einiges.«

– Schweigen –

»Und was macht Hannes so?«

»Er ist Dozent an der Uni. Ökotrophologie.«

»Ist das was mit Vögeln?«

»Nein! Das ist was mit Ernährungswissenschaften.«

»Klingt auch sehr … rational.«

»Ja.«

»Willst du ihm deswegen nichts erzählen? Also von mir, meine ich.«

»Gut möglich.«

»Okay, das leuchtet mir ein. Aber auf der anderen Seite seid ihr ein glückliches Paar, das sich eigentlich alles erzählen können sollte. Und müsste.«

»Das ist eine Utopie.«

»Was?«

»Na, dass sich Paare alles erzählen sollten. Das ist unsinnig.«

»Hab ich auch nicht gesagt. Aber sie sollten sich alles erzählen KÖNNEN*.«*

»Auch das ist nicht richtig.«

»Weil?«

»Na, weil das nicht nötig ist. Man muss kein offenes Buch werden, nur weil man in einer Beziehung ist.«

»Du und deine Bücher.«

»Ich meine das ernst. Jeder hat ein Recht auf Geheimnisse. Auf Privatsphäre. Daran ändert doch eine Beziehung nichts.«

»Dann bist du nicht für Offenheit in einer Beziehung?«

»Doch, natürlich. Offenheit und Ehrlichkeit sind mir sehr wichtig. Aber ich bleibe doch eine eigenständige Persönlichkeit, mit eigenen Gedanken. Und einem eigenen Willen.«

»Hm. Ich weiß nicht …«

»Wenn jeder alles vom anderen weiß, ist schnell die Luft raus.«

»Man kann nie alles von einem anderen Menschen wissen.«

– Schweigen –

»Ich finde, du solltest dir keine Sorgen machen, Anni. Ob Hannes dich liebt oder nicht, hängt sicherlich nicht von ein paar Tagen im Koma ab.«

»Das weiß ich ja. Es hat mich nur nachdenklich gestimmt.«

»Nicht alles ist einen Gedanken wert.«

»Wer hat das denn gesagt?«

»Ich.«

»Du Poet.«
»Haha.«
– Schweigen –
»Ernsthaft, Anni. Manchmal ist es sogar besser, nichts zu hören.«
»Warum?«
»Manches will man nicht hören.«
»Hm. Sprichst du da aus Erfahrung?«
– Schweigen –
»Ben?«
– Schweigen –
»Noch da?«
– Schweigen –
»Ach, komm schon.«
– Schweigen –

9.

Dr. Behnsen hat mir verkündet, dass ich ihn morgen zum letzten Mal sehen werde, weil das Krankenhaus auf meine Anwesenheit keinen Wert mehr legt. Dabei hat er gelacht und auf eine dezente Weise zu verstehen gegeben, dass er von mir dieselbe Reaktion erwartet. Ich habe ihm den Gefallen getan, auch wenn ich schon einmal fälschlicherweise davon ausgegangen bin, Dr. Behnsen nie wiederzusehen. Weil die Möglichkeit besteht, dass unser Abschied diesmal endgültig ist, habe ich ihn gefragt, ob er sich noch an seine erste Blinddarmoperation erinnert, und er hat, ohne lange zu überlegen, mit »nein« geantwortet. Weil er bemerkt hat, dass mich diese Antwort nicht zufriedenstellt, hat er nachgeschoben, dass das ewig her sei und er nicht jede seiner Operationen im Kopf habe.

Warum ich ihm diese Frage gestellt habe, wollte er nicht wissen. Er wird also nie erfahren, dass er es war, der in einem Moment der Euphorie mein Leben entscheidend verändert und mich in die Arme eines Mannes getrieben hat, den ich später als meine große Liebe bezeichnen würde. Und so wird mein goldener Moment für ihn nur einer von vielen bleiben, die nicht wichtig genug waren, um sich in sein Gedächtnis zu brennen. Und ich werde das Krankenhaus mit der Überzeugung verlassen, dass man sich im Leben immer zweimal sieht.

Seit ich zur falschen Zeit am falschen Ort war, sind fast 25 Tage vergangen, und ich kann mich nur schwer an den

Gedanken gewöhnen, ab morgen wieder ein Leben zu leben, das mir fremd geworden ist, in einem Büro zu sitzen, das ich fast einen ganzen Monat lang nicht betreten habe, in einem Bett zu schlafen, das wochenlang keine menschliche Wärme gespürt hat. Und dann frage ich mich, ob ich je wieder auf einem Fahrrad sitzen kann, ohne dabei an den 27. Juni zu denken, ob ich mich je wieder im Spiegel betrachte, ohne an meiner Narbe über dem rechten Auge hängenzubleiben, ob ich die Stimme von Bruce Springsteen je wieder aus meinem Kopf bekomme. Und genau in diesem Moment, als Tausende von Fragen und Gedanken wie ein Schnellzug durch mich hindurchrasen, taucht plötzlich Hannes vor mir auf und zerschmettert all meine Sorgen mit einem simplen »Hi« und einem smarten Lächeln. Er lehnt am Türrahmen, so lässig, als würde er mich schon eine ganze Weile beobachten. Die braune Ledertasche, die er über der Schulter trägt, verrät mir, dass er aus der Uni kommt.

»Ich konnte nicht früher weg, weil ich noch eine Präsentation vorbereiten musste«, sagt er, und mir fällt ein, dass ich ihm geschrieben habe, dass ich morgen entlassen werde.

Dann setzt er sich an mein Bett und drückt mir einen Kuss auf die Stirn, der feucht und kühl zurückbleibt und ein Gefühl in mir auslöst, das ich lange nicht gespürt habe.

Ein Hauch von Pfefferminz liegt in der Luft. Seit Hannes am Lehrstuhl für Ökotrophologie arbeitet und Vorlesungen hält, schmecken seine Küsse wie Mojito, weil er Minzbonbons gegen die Heiserkeit lutscht. Ich ziehe ihn an mich und presse meine Lippen auf seine, unkontrolliert und forsch, aber er lässt es geschehen und fährt mit seiner Hand zärtlich über meinen Nacken. Für einen Moment lang ist der Turban auf meinem Kopf vergessen, die Narbe verschwunden, der Unfall ausgelöscht. Nur sein Herzschlag und meiner, nur unsere Hände, die sich suchen und wiederfinden wollen. Nur ein endloses Kribbeln, das durch meinen Körper wandert und Sehnsüchte weckt, die mit mir im Koma lagen.

»Das hab ich vermisst«, haucht Hannes und schmiegt seine Wange an meine, während mir der Geschmack von Mojito auf der Zunge liegt und …

»Hi. Da bin ich wieder.«

… eine bleierne, säuerliche Note entwickelt. Für einen Augenblick weiß ich nicht, was zuerst aussetzt, mein Herzschlag, mein Atem, mein Kribbeln.

»Jetzt nicht!«
»Äh … ich freue mich auch, dass du da bist.«
»Ben, du musst sofort verschwinden! Sofort.«
»Was ist denn los?!«

»Ist alles okay?«

Ich brauche einen Moment, bis ich begreife, dass es Hannes ist, der mit mir spricht, seine Hände zaghaft von meinem erstarrten Körper löst und mich mit einer Mischung aus Nervosität und Unsicherheit mustert.

»Wer ist da bei dir?«
»Hannes!«
»Oh.«

»Du musst verschwinden, Ben.«
»Du bist ja ganz aufgelöst.«
»Warum wohl?!«
»Ich kann jetzt nicht einfach verschwinden.«

»Tut mir leid«, murmelt er. Das smarte Lächeln ist verschwunden, und auf einmal ist es er, der aussieht, als hätte man ihm eben eine Traubensaftschorle über die Hose gekippt. »Ich wollte dich nicht drängen. Tut mir leid.«

»Was ist denn überhaupt los?«
»Du kannst nicht einfach hier auftauchen.«
»Bis gestern hattest du auch kein Problem damit.«
»Ben, ich kann jetzt nicht reden! Hannes sitzt neben mir.«
»Und was soll ich jetzt bitte machen?!«

»Anni?«

Einen Moment lang bin ich so überfordert, dass ich keinen Ton herausbringe, vor Angst, die falsche Antwort zu geben. Und dann vermischen sich Panik und Wut, Scham und Enttäuschung, und ich habe das Gefühl, mein Kopf explodiert jeden Moment.

»Ist alles okay mit dir?«

»Willst du mich jetzt ignorieren, oder wie?«
»Ben, es geht jetzt nicht.«
»Was macht der hier überhaupt?«
»DER war fast jeden Tag hier.«
»Davon hab ich nichts mitbekommen.«
»Na, weil ihr nie zusammen da wart.«

»Und jetzt soll ich mich in Luft auflösen?«
– Schweigen –
»Hallo?«

Mein Plan, Ben mit einem energischen Kopfschütteln zu vertreiben, geht nicht auf, sorgt vielmehr dafür, dass Hannes eine Schwester rufen will, was ich ihm in letzter Sekunde ausreden kann.

»Ist wieder was mit deinem Kopf? Hast du Schmerzen?«

»Hallo?«

»Lasst mich jetzt in Ruhe!«

Es platzt einfach so aus mir heraus, viel zu laut und viel zu forsch, und als mir bewusst wird, was ich gerade gesagt habe, ist es längst zu spät. Hannes starrt mich erschrocken an, bevor er wieder den Mund aufmacht.

»Mit wem …«, setzt er an, entscheidet sich aber im letzten Moment dagegen. »Hab ich was falsch gemacht?«

»Nein, ich … ich …«

Mein Mund ist trocken, und außer einzelnen Wortfetzen bringe ich nichts heraus.

»Sag, du hast das nicht so gemeint.«

»Ich hab das nicht so gemeint.«

»Und dass es dir leidtut.«

»Tut mir leid.«

»Du müde bist.«

»Ich bin müde.«

Meine Worte klingen leer und monoton, aber Hannes tastet nach meiner Hand und drückt sie sanft. Er streicht über meine Wange und lächelt, als wäre nichts gewesen.

»Es wird Zeit, dass du rauskommst. Nach Hause. Zu mir.«

Vor dem Unfall hatten wir über ein gemeinsames Zuhause nachgedacht. Jetzt scheinen mir diese Pläne unendlich weit entfernt. Wie lange wird es dauern, bis dieses Thema wieder ein Thema wird? Bis Hannes wieder Zeit findet, mit mir unsere Zukunft zu planen? Seit er seine Stelle hat, dominiert die Uni unser Leben.

Sein Handy klingelt. Ein neuer Klingelton. Einen Moment lang wundere ich mich fast ein wenig darüber, dass Hannes sich um solche Banalitäten kümmert.

»Professor Heinemann. Ich muss da mal ran«, sagt er, nachdem er einen Blick auf das Display geworfen hat.

Sie sprechen über eine Präsentation für einen Vortrag über Diätik. Ich kann mich nicht daran erinnern, ob Hannes mir davon erzählt hat. Als das Gespräch nach etwa drei Minuten zu Ende ist, wirft er mir einen entschuldigenden Blick zu, und ich weiß auch ohne seine Erklärung, dass er noch einmal zurück in sein Büro muss.

»Ich komme dann morgen wieder und hol dich ab.«

Ein Teil von mir möchte ihn daran hindern, zu gehen, möchte ihn aufhalten, an sich drücken, ihn küssen und dabei an laue Sommernächte und eiskalten Mojito denken. Ein anderer möchte wortlos nicken. Der andere setzt sich durch.

Als Hannes weg ist, ist mir zum Heulen zumute. Ich verfluche Ole und seinen Lkw, das Krankenhaus, Hannes' Kurzbesuche und Bens Stimme in meinem Kopf. Am liebsten möchte ich mir den Turban vom Kopf reißen und gegen die Wand schmettern, das Telefon von meinem Nachttisch schmeißen, irgendetwas zerstören.

»Tut mir leid.«
– Schweigen –
»Ich verstehe ja, dass das eine blöde Situation war …«
»Nein, das tust du nicht. Du verstehst überhaupt nichts.«
»Okay, du bist sauer.«
– Schweigen –
»Würdest du bitte mit mir reden, Anni?«
– Schweigen –
»Du weißt nicht, wie das ist, wie sich das anfühlt, wenn einem das letzte bisschen Intimsphäre genommen wird.«
»Ich hab doch gar nichts mitbekommen.«
»Wie denn auch, du bist ja im richtigen Moment reingeplatzt. Wie ein Elefant im Porzellanladen.«
»Hallo?! Kann ich was dafür, dass ihr euch gerade dann küsst, wenn ich da bin?«
»Pah! Von wegen nichts mitbekommen …«
»Ich kann nun mal deine Gedanken hören. Was soll ich denn machen?«
»Das ist MEIN *Bereich. Der geht dich überhaupt nichts an.«*
»Ach, auf einmal sind wir bei Bereichen, oder wie? Du akzeptierst doch auch keine Bereiche.«
»Das mach ich sehr wohl.«
»Und deswegen quetschst du mich permanent über mein Leben aus?«

»Das ist doch was ganz anderes.«

»Ist es nicht. Du stellst private Fragen, und ich … bekomme eben private Gedanken mit.«

»Intime!«

»Na ja, so intim ist ein Kuss jetzt auch wieder nicht.«

»Er ist das Intimste, was ich seit langem hatte.«

– Schweigen –

»Okay, das tut mir leid, Anni. Wirklich. Ich wollte nicht … Ich wollte dir das nicht kaputtmachen.«

– Schweigen –

»Mein Leben besteht seit Wochen nur aus Küsschen und Händchenhalten.«

»Das ist doch normal, wenn man im Krankenhaus liegt.«

»Ja, aber ich fühle mich einfach nicht mehr … als Frau.«

»Anni! Jetzt hör auf mit dem Scheiß.«

»Du verstehst das nicht.«

»Okay, dann erklär's mir.«

»Du weißt überhaupt nicht, wie ich aussehe. Diese Verbände und die Narbe und …«

»So schlimm kann das nicht sein.«

»Ich fühl mich seit Wochen einfach nur grauenhaft … und als Hannes vorhin da war … da war einen Moment lang alles wie früher.«

»Und so wird es auch wieder sein. Das braucht eben Zeit.«

»Nichts wird wieder wie früher. Schon gar nicht, wenn ich weiterhin Stimmen höre.«

»EINE Stimme.«

»Ist doch egal, wie viele es sind. Es ändert alles.«

– Schweigen –

»Gestern hast du das noch anders gesehen.«

»Ja, aber da … war Hannes nicht da.«
»Du wusstest doch, dass das passieren kann.«
»Ich habe mir darüber aber nie Gedanken gemacht.«
»Dachtest, du kannst uns beide haben, he?«
»Haha, witzig.«
– Schweigen –
»Freu dich doch jetzt einfach, dass du morgen entlassen wirst.«
»Als ob das die Lösung wäre. Da fangen die Probleme ja erst an. Wie soll das denn gehen?! Am Ende störst du uns bei ganz anderen Dingen.«
»Gruselige Vorstellung.«
»Allerdings.«
»Wobei …«
»Wage es nicht, das auszusprechen!!!«
»Haha, schon gut. Immerhin lachst du wieder.«
– Schweigen –
»Wir finden eine Lösung, Anni. Eigentlich haben wir sie ja längst gefunden.«
»Ich weiß. Aber die gefällt mir nicht.«
»Es gibt nur die eine.«
– Schweigen –
»Es muss noch eine andere geben.«
»Vorher musst du erst mal wissen, was du willst.«
»Ich weiß genau, was ich will.«
»Das wäre mir neu. Du willst einerseits, dass alles wieder wird wie früher, aber andererseits sollen wir uns heimlich sehen … hören. Aber nur, wenn dein Freund nicht da ist.«
»Du stellst das schon wieder so hin, als hätten wir eine Affäre.«

»Weil das alles so absurd ist.«

– Schweigen –

»Machst du dir eigentlich nie Gedanken, was passiert, wenn du wieder aufwachst? Wenn wir beide uns unterhalten und Rebecca plötzlich kommt?«

»Nein.«

»Nein?!«

»Nein.«

»Du lügst.«

»Nein, diese Frage muss ich mir gar nicht stellen.«

»Wieso nicht?«

– Schweigen –

»Ben?«

– Schweigen –

»Weil Rebecca nicht da ist. Und weil sie auch nicht plötzlich kommen wird.«

»Wie meinst du das?«

– Schweigen –

»Ben?«

– Schweigen –

»Hallo?«

– Schweigen –

10.

Nach der ersten Nacht mit Hannes war ich mir sicher, dass es auch die letzte sein würde und ich das Wort »Ökotrophologie« nie wieder aussprechen müsste. Aber ich lag genauso falsch wie mit der Annahme, mich nur für ein bis zwei Jahre mit Gnomen, Dämonen und Wächtern beschäftigen zu müssen. Es hat allerdings auch fast ein halbes Jahr gedauert, bis aus Hannes und mir das wurde, was wir heute sind, bis wir uns beide eingestehen konnten, dass wir zusammen sein wollen.

Dazwischen lagen Sex und Spaß, Tränen und Eifersucht und viele zufällige Begegnungen. Das heißt, von Zufall konnte man irgendwann eigentlich nicht mehr sprechen – eine Einsicht, die mich mehr traurig als glücklich gemacht hat, weil ich gespürt habe, dass etwas vorbei ist: die Leichtigkeit. Und ich war mir nicht sicher, ob es nicht diese Leichtigkeit war, die uns ausmachte, das Kabbeln, das Unverbindliche.

Wir hatten uns eine Möglichkeit geschaffen, die schönste Phase einer Beziehung, die, in der alles unausgesprochen und doch klar ist, künstlich in die Länge zu ziehen, und ich wusste nicht, ob die darauffolgende Phase nicht eine reine Enttäuschung werden würde.

»Und, war sie das?«

»Ben?!«

»Nein, Christopher. Bescheuerte Frage.«

»Das war auch keine Frage.«
»Sondern?«
»Empörung. Darüber, dass du schon wieder in meinem Kopf herumspazierst.«
»Also? Wie geht die Geschichte weiter?«
»Das ist keine Geschichte, sondern … das Innerste meines Herzens. Darüber plaudert man nicht mal eben.«
»Das Innerste meines Herzens. Sehr beeindruckend.«
»Haha.«
»Keine Sorge, ich behalte das Innerste deines Herzens für mich … in meinem Herzen.«
»Ja, ja, sehr witzig.«
– Schweigen –
»Was machst du gerade?«
»Packen. Und du?«
»Haha. Das klingt, als würdest du verreisen.«
»Eher abreisen.«
»Und dann?«
»Geht's nach Hause, schätze ich.«
»Also Begeisterung klingt anders.«
»Es fühlt sich einfach komisch an. Nach so langer Zeit einfach wieder heimzukommen.«
»Was machst du, wenn du zu Hause bist?«
»Keine Ahnung … erst mal Müsli essen?«
»Müsli essen?!«
»Ja, das haben die hier nicht.«
»Du denkst nach vier Wochen Krankenhaus an Müsli?«
»Wenn ich vier Wochen keins bekommen habe … An was würdest du denn denken?«
»Sex.«

»Das kommt wie aus der Pistole geschossen.«

»Ich bin auch nur ein Mann.«

»Ich bleibe bei Müsli. Die Gefahr, dass das ein Dreier werden könnte, ist zu groß.«

»Haha, so gefällst du mir schon besser. Unseren letzten Dreier haben wir doch ganz gut gelöst.«

»Also ich fand's ziemlich anstrengend, mit zwei Männern gleichzeitig zu sprechen, ohne dabei den Faden zu verlieren.«

»Ich dachte, ihr Frauen seid Multitasker.«

»Nicht wenn es um Männer geht.«

»Das war schon verrückt. Ich hatte einfach vergessen, dass es Hannes gibt.«

»Wie meinst du das?«

»Na ja, dass du ein richtiges Leben hast. Dass du Besuch bekommst und Anrufe. Wir hören uns ja nur zehn, zwölf Minuten am Tag. Das ist eigentlich nichts. Von deinem restlichen Tag weiß ich gar nichts.«

»Ich finde, du weißt sehr viel über mich, wenn man bedenkt, dass wir uns kaum kennen. Und ich habe mich mit wenigen Menschen in meinem Leben so intensiv wie mit dir unterhalten – auch wenn es immer nur zehn, zwölf Minuten waren.«

»Das klingt wie ein Abschied.«

»Soll es aber nicht.«

– Schweigen –

»Erzählst du mir, was mit Rebecca und dir passiert ist?«

»Lange Geschichte.«

»Wann hat sie sich von dir getrennt?«

»Vor ungefähr zwei Wochen.«

»So frisch …«

– Schweigen –

»Vielleicht kommt sie ja wieder zurück?«

»Ich hoffe es.«

– Schweigen –

»Hm, vor zwei Wochen … Dann war das ja …«

»… kurz bevor ich ins Koma gefallen bin? Ja.«

– Schweigen –

»Ich weiß, was du jetzt denkst. Dass das kein Zufall sein kann und so …«

»Und? Ist es einer?«

»Nein.«

– Schweigen –

»Was ist passiert?«

»Ich habe eine halbe Flasche Gin getrunken und bin gegen einen Baum gefahren.«

– Schweigen –

»So schweigsam bist du selten.«

»Na ja, du erzählst ja auch selten so viel von dir.«

»Ich bin auch nicht stolz drauf.«

Schweigen

»Warum hast du das gemacht?«

»Weil ich verzweifelt war. Nicht mehr konnte, nicht mehr wollte.«

»Und jetzt?«

»Will ich immer noch nicht.«

– Schweigen –

»Und Rebecca? Wo ist sie? Weiß sie, dass …?«

»Keine Ahnung. Ich lieg im Koma. Ich weiß ja nicht mal, in welchem Krankenhaus.«

»Sorry.«

– Schweigen –

»Du hättest es mir früher erzählen sollen. Dann wär ich vielleicht anders damit umgegangen. Mit dir.«

»Was hätte das gebracht?«

»Mehr Verständnis.«

»Brauch ich nicht.«

»Hm.«

– Schweigen –

»Ich bin froh, dass es ... so gekommen ist. Dass du nicht ...«

»Na ja, ich liege im Koma.«

»Aber du wirst eines Tages aufwachen und dann ...«

»Ich weiß gar nicht, ob ich das will.«

»Warum?«

»Weil ich Angst davor habe, wieder diesen Schmerz zu fühlen, diese Leere.«

»Aber der Schmerz geht vorbei.«

»Die Leere nicht.«

»Das weißt du nicht. Vielleicht kannst du die Probleme mit Rebecca lösen, vielleicht kommt sie zurück.«

»Und wenn nicht?«

»Dann wird jemand anders die Lücke füllen. Irgendwann.«

»Das kann ich mir nicht vorstellen.«

»Jetzt nicht, aber vielleicht in ein paar Monaten oder Jahren.«

»Für mich gibt es nur Rebecca.«

»Dann musst du um euer gemeinsames Leben kämpfen. Und aufwachen. Aktiv werden, statt dich zu verstecken.«

»Und wenn das nichts bringt?«

»Dann hast du es wenigstens versucht.«

– Schweigen –

»Das war übrigens das Innerste MEINES Herzens.«

»Haha.«

»Wir sind quitt.«

»Jetzt klingst du aber nach Abschied.«

»Quatsch, spätestens wenn du dein erstes Müsli löffelst, bin ich wieder zur Stelle.«

»Ja, ja … Lach mich nur aus.«

»Wie weit bist du mit dem Packen?«

»Fertig. Bereit zur Abholung.«

»Holt Hannes dich ab?«

»Ja, morgen früh.«

»Morgen früh erst? Ich dachte, du darfst heute noch gehen.«

»Hast du mal auf die Uhr geschaut?«

»Ja.«

»Also um diese Zeit wird niemand mehr entlassen.«

»Es ist doch noch nicht spät.«

»Für mich schon.«

»Warum erst morgen?«

»Keine Ahnung. Ich habe das nicht entschieden. Aber die eine Nacht schaff ich jetzt auch noch.«

»Sag mal, ist heute irgendwas mit deiner Stimme? Bist du krank?«

»Nö. Warum?«

»Du klingst irgendwie anders. Schon die ganze Zeit.«

»Wie anders?«

»Ich weiß nicht, so metallisch.«

»Metallisch? Also das hat mir noch nie jemand gesagt.«

»Du klingst ja normalerweise auch anders.«

»Also meine Stimme ist ganz normal.«

»Na ja, dann liegt es an mir. Ich fühl mich heute irgendwie komisch.«

»He?«

»Ein bisschen schlapp.«

»Aber du liegst im Koma.«

»Und im Koma darf man sich nicht schlapp fühlen?«

»Also da bin ich jetzt nicht so der Experte, aber …«

»Eben. Wann fängst du eigentlich wieder an zu arbeiten?«

»Du lenkst vom Thema ab.«

»Das ist nicht verboten. Also?«

»In drei Tagen.«

»Ist das nicht ein bisschen früh?«

»Na ja, ich war vier Wochen weg. Wird mal wieder Zeit für ein paar Meerjungfrauen und Wassergeister.«

»Sprichst du eigentlich inzwischen Pangasolisch?«

»Nein, hab's aufgegeben.«

»Schade.«

»Kauf dir doch das Buch. Über mich kriegst du zehn Prozent Nachlass.«

»Nicht übel. Ich wollte schon immer mal Connections zu einem Fantasy-Verlag haben, und zehn Prozent sprechen für sich.«

»Lass dir nicht zu viel Zeit, sonst sind es nur noch neun.«

»Was hast du gesagt?«

»Dass du dir nicht so viel Zeit lassen sollst.«

»Deine Stimme klingt ganz quietschig.«

»Erst metallisch, dann quietschig. Langsam mach ich mir Sorgen um meine Wirkung auf Männer.«

»Als hättest du Helium eingeatmet.«

»Hab ich nicht, keine Sorge.«

»Dann liegt es wohl doch an mir.«

»Du machst mir Angst.«

»Anni?«

»Ja.«

»Anni?«

»Ben, was ist denn los?«

– Schweigen –

»Ben? Bist du noch da?«

»Ich hör dich auf einmal so schlecht.«

»Aber ich spreche ganz normal.«

»Anni? Ich hör dich kaum noch. Du bist so leise.«

»Ich bin hier.«

»Anni? Ich kann dich nicht mehr hören. Bist du noch da? Anni? Sag doch was. Ich fühle mich gar nicht gut. Irgendwie verschwimmt gerade alles … Anni?«

– Schweigen –

»Ben?«

– Schweigen –

»Ben?«

– Schweigen –

»Bitte sag doch was!«

– Schweigen –

11.

Wenn ich im Krankenhaus nicht einschlafen konnte, habe ich mir vorgestellt, wie es sein würde, nach Hause zu kommen, die Wohnungstür zu öffnen und die Reisetasche im Flur abzustellen, die Post aus dem Briefkasten zu holen, einen starken Espresso zu trinken, verschimmeltes Essen aus dem Kühlschrank zu entsorgen, die vertrockneten Pflanzen in den Müll zu schmeißen, in die Badewanne zu steigen, Müsli zu essen, meine Mails zu checken, die Wäsche in die Maschine zu stopfen, meine Eltern anzurufen, Tortellini à la panna zu bestellen, mich auf einen romantischen Abend mit Hannes vorzubereiten, die Regale abzustauben, die Fliegen aus der Küche zu vertreiben. Nichts davon habe ich getan. Nur die Tür aufgeschlossen und die Tasche abgestellt.

In den vergangenen vier Stunden hat sie sich genauso wenig bewegt wie ich. So lange liege ich schon auf meinem Sofa und starre an die Wände. Sie starren zurück, und dann beginnt das Spiel von vorne. Um mich herum ist es so still, dass ich nichts als meinen Atem und das monotone Ticken der Wanduhr höre. Ich dachte, ich wäre die Stille inzwischen gewohnt, aber ich hatte keine Ahnung, was Stille wirklich bedeutet. Diese ist anders. Beklemmender und einsamer.

Manchmal wandert mein Blick zur Tür, obwohl ich genau weiß, dass sie sich nicht öffnen wird, dass niemand Essen bringen, mein Kopfkissen aufschütteln oder die Vorhänge zuziehen wird. Niemand jagt mir Spritzen in den Oberschenkel, niemand bittet mich, mehr zu trinken. Niemand spricht mit mir. Niemand. 16 Stunden sind vergangen. Seit 16 Stunden herrscht Stille in meinem Kopf. Unerträgliche Stille. Ich habe mich nie zuvor so einsam gefühlt. Das stimmt nicht, aber es kommt mir so vor.

Wo bist du? Warum meldest du dich nicht? Warum kann ich dich nicht hören? Was ist passiert? Wie geht es dir? Wann kommst du zurück? Keine Antwort. Warum kann ich mich nicht darüber freuen, dass du weg bist, dass alles normal ist? Warum fühle ich mich so leer?

Ben erzählt

Juli

12.

Es hat geschneit. Es kann nicht geschneit haben. Es ist Sommer. Oder nicht? Nicht mehr? Es ist alles weiß. Wie Schnee. Weiß ist keine Farbe. Nur hell und grell. Rechts von mir ein Fenster, links eine Stimme. Zwei Stimmen. Und ein Schatten. Er bewegt sich. Auf mich zu, von mir weg. Wieder Stimmen. Lauter. Eine Berührung am Arm, ein Impuls, der durch meinen Körper fährt. Mein Herz hämmert, mein Puls beschleunigt. Das Weiß löst sich auf. Doch kein Schnee. Ein Flüstern. Drei Worte. Eine Berührung. Wieder die drei Worte.

»Gott sei Dank!«

Gott sei Dank? Ich kenne die Stimme. Mein Vater? Nein, mein Vater ist tot. Ich versuche mich daran zu erinnern, wie er aussah, aber es strengt mich zu sehr an.

»Hörst du mich? Kannst du mich hören?«

Eine Frauenstimme. Aufgewühlt, zittrig. Becky? Nein, jünger. Jemand drückt meine Hand. Lilly?

»Er braucht Ruhe.«

Eine fremde Stimme. Freundlich, streng.

»Aber es geht ihm doch gut? Es geht ihm doch gut?«

»Er ist in guten Händen.«

Gute Hände. Wie Rebecca. Ich kann sie vor mir sehen. Sie ist nicht da. Abschiedsbrief. Leb wohl. Gin. Schlüssel. Baum.

»Gott sei Dank.«

Blut. Lichter. Mein Herz hämmert. Luft, ich brauche Luft. Ein weißer Schleier. Schwere Augen. Stille. Keine Stimmen mehr, keine Schatten. Alles wird schwer. Ich lasse es zu. Alles ist weiß. Schnee.

13.

Dort, wo die Linde und ich aufeinandergeprallt sind, brennt jetzt ein kleines Licht. Eine rote Kerze, wie auf einem Grabstein. Die meisten, die daran vorbeifahren, werden sich fragen, ob jemand gestorben ist, der Rest wird es einfach übersehen. Vielleicht sollte man das Ding ausblasen, jetzt, wo es keinen Grund mehr gibt, daran zu erinnern, was vor elf Tagen passiert ist. Jetzt, wo ich selbst erzählen kann, warum ich mit 2,0 Promille ins Auto gestiegen und gegen eine 7,67 Meter hohe Linde gefahren bin. Warum ich vorher eine halbe Flasche Gin in mich hineingeschüttet habe.

Aber das will niemand hören. Ich hatte mich auf alles eingestellt – vorwurfsvolle Blicke, Wutanfälle, Tränen, Strafanzeige –, aber nach dem Verlust der Ehefrau und zwei Wochen Koma legt jeder seine Moral ab, bevor er zu dir ins Krankenhauszimmer kommt. Dann wird gütig gelächelt, sanft Händchen gedrückt, gewitzelt und gezwinkert, großzügig darüber hinweggesehen, was du dir geleistet hast, wie verantwortungslos du gehandelt hast. Dann ist die Welt so heil, dass es dir Angst macht.

»Ben?«
– Schweigen –
»Ben?«

Seit ich aufgewacht bin, tobt regelmäßig ein Sturm in meinem Kopf. Das sind die Folgen des Aufpralls, und die Schmerzen sind teilweise so stark, dass alles um mich herum verschwimmt und grausame Klänge durch meinen Kopf hallen.

»Grausame Klänge?!«

An diesem Tag, dem vierten, den ich bewusst erlebe, ist es schlimmer als zuvor. Ich nehme Tabletten gegen die Schmerzen, aber die Wirkung lässt auf sich warten.

»Hey, warum antwortest du nicht?«

Für einen kurzen Augenblick bilde ich mir ein, eine Stimme zu hören, aber sie geht im Quietschkonzert in meinem Kopf unter, und ein Blick durch das leere Zimmer beruhigt mich. Ich schließe die Augen und reibe mir die pochenden Schläfen, trinke einen Schluck Wasser. Nur Erinnerungen. Nur Gesprächsfetzen.

»Hallo?! Du könntest ruhig mal antworten. Ich weiß genau, dass du mich hören kannst.«

Wieder diese Stimme. Kann nicht sein. Ich bin allein. Ich drehe meinen Kopf nervös hin und her, versuche, sie wegzuschütteln. Irgendetwas stimmt nicht. Mein Magen zieht sich zusammen.

»Ben! Das ist albern.«

Mein Name. Jemand spricht mit mir. In meinem Kopf. Unmöglich. Ich schließe meine Augen und lasse den Kopf auf das weiche Kopfkissen sinken. Dann öffne ich sie wieder und lausche angespannt. Einen Moment lang ist es ganz still in meinem Zimmer, so still, dass ich nur meinen Herzschlag höre. Niemand ist hier. Ich bin allein. Einzelzimmer. Erleichterung.

»Ich bin noch da.«

Zu früh gefreut. Was passiert mit mir? Da ist ein Geräusch in meinem Kopf, das dort nicht hingehört. Panik überkommt mich bei dem Gedanken, was das alles bedeuten könnte. Halluzinationen? Nebenwirkungen der Tabletten?

»Was ist denn nur los mit dir?! Antworte mir doch bitte, Ben. Erst verschwindest du einfach, und dann tust du so, als könntest du mich nicht hören.«

Wieder diese Stimme. Ich bilde mir das nur ein. Es muss mit der Gehirnerschütterung zu tun haben. Mit den Medikamenten. Den Tabletten.

»Also hör mal. Ich bin doch keine Einbildung.«

Mein Kopf dröhnt. Vielleicht sollte ich doch eine Schwester rufen? Einen Arzt? Aber was sage ich dann? Dass ich Stimmen höre? Erst besoffen Auto fahren, dann Stimmen hören – das ist zu viel.

»Also du hörst nur eine Stimme, Ben.«

Die Kontrolle entgleitet mir. Ich bin nicht bei Sinnen. Ich brauche einen Arzt. Egal, was danach passiert. Egal, was das für mich bedeutet. Ich höre Stimmen.

»Ganz ruhig. Du brauchst keinen Arzt. Antworte mir doch einfach, Ben.«

Ohne nachzudenken, schlage ich mir die Faust gegen den Kopf. Der Schmerz fährt durch meinen ganzen Körper, raubt mir fast den Atem, aber für einen Moment ist alles still. Nur ich und der Schmerz. So soll es bleiben.

»Um Gottes willen, was tust du da?«

Mein Atem geht hektisch. Ich schlage mir mit der Hand gegen die Stirn, ein wenig sachter als zuvor, doch der Schmerz ist genauso stark.

»Ich weiß nicht, was das soll. Und so langsam verliere ich auch die Geduld.«

In meiner Verzweiflung ziehe ich mir die Decke über den Kopf und summe ein Kinderlied, das mir spontan einfällt. Ich kann den Text nicht mehr auswendig, aber das ist bei »Benny, dem Maikäfer« auch egal, weil es genügend andere Wörter gibt, die sich auf »Traum« reimen.

»Schön kannst du singen, Ben. Ganz toll … Du benimmst dich wie ein kleines Kind. So kenne ich dich gar nicht.«

»… der Maikäfer, war ein kleiner Langschläfer. Träumte in den Tag hinein …«

»Also langsam machst du mir wirklich Angst. Ich finde das nicht witzig!«

Weitersingen und auf den Text konzentrieren. Ich weiß nicht, ob ich es denke oder laut vor mir her sage.

»Du denkst es.«

Das Lied ist zu Ende. Ich stimme die erste Strophe ein zweites Mal an. Alles übertönen, was ich nicht hören will.

»Bitte sag doch was!«

Ich presse mir die Hände fest auf die Ohren und singe noch lauter von »Benny, dem Maikäfer«. Und lauter. Und lauter. Und lauter. Dann zieht mir plötzlich jemand die Decke vom Kopf, und ich schreie.

14.

Bis gestern war ich der festen Überzeugung, dass man nicht tiefer sinken kann, als sturzbetrunken gegen einen Baum zu fahren und auch noch zu überleben. Da hatte ich allerdings nicht damit gerechnet, dass ich mich wenig später unter meiner Bettdecke verstecken und die erste Strophe von »Benny, dem Maikäfer« in der Endlosschleife singen würde – so lange, bis Schwester Christine mich dabei ertappen und panisch nach einem Arzt schreien würde.

Der ist dann auch angetanzt, doch ich konnte ihn irgendwie davon überzeugen, dass alles ganz anders war. Ich persönlich hätte mir nicht geglaubt, aber meine tragische Vorgeschichte ist mir mal wieder vorausgeeilt, weshalb der Mann in Weiß nur aufmunternde Worte für mich übrighatte.

Wahrscheinlich hätte sich daran auch nichts geändert, wenn ich ihm erzählt hätte, dass ich mir eine Stimme eingebildet habe, aber ich wollte es nicht darauf ankommen lassen. Und je länger ich darüber nachdenke, was gestern passiert ist, umso mehr glaube ich, dass meine Tabletten mir einen Streich gespielt haben.

»Also die Tabletten haben ganz sicher nicht mit dir gesprochen.«

Ich hatte den ganzen Morgen Zeit, mich darauf vorzubereiten, und habe mir geschworen, nicht wieder in Panik auszubrechen, aber in diesem Moment wird mir speiübel.

»Ich weiß wirklich nicht, was mit dir los ist. Aber vielleicht finden wir das ja heraus, wenn du endlich mal mit mir sprichst.«

Einatmen, ausatmen, aus dem Fenster sehen, einen Vogel beobachten. Kein Lied singen.

»Ach, das Lied war eigentlich ganz süß.«

Ich muss schmunzeln und erschrecke gleichzeitig darüber.

»Warum ignorierst du mich?«

Für einen Augenblick hört sich die Stimme merkwürdig vertraut an. Aber ein flüchtiger Blick durch den Raum versichert mir, was ich längst weiß: Niemand ist hier. Ich bin allein.

»Nein, bist du nicht. Ich bin hier … in deinem Kopf. Du musst mir antworten, Ben. Wie früher.«

»Wie früher«, hallt es durch meinen Kopf, und für einen Augenblick überkommt mich eine Wärme, die ich lange nicht gespürt habe. Sie kommt mir bekannt vor, die Stimme aus dem Nirgendwo.

»Pah, ich komme nicht aus dem Nirgendwo.«

Ich muss wieder schmunzeln und wundere mich selbst darüber.

»Woher denn sonst?!«

– Schweigen –

»Ben! Endlich! Du sprichst mit mir … Oh Gott, ich freu mich so! Das war echt mies von dir.«

»Äh …«

»Ich habe mir Sorgen gemacht.«

»Äh …«

»Du hast nicht geantwortet. Und warst plötzlich weg. Ich dachte, du bist vielleicht für immer … verschwunden.«

– Schweigen –

»Ben?«

»Äh … ja.«

– Schweigen –

»Was ist denn los? Du bist so … komisch.«

– Schweigen –

»Ich … also, ich weiß nicht …«

»Was ist?«

– Schweigen –

»Ich …«

»Ja?«

– Schweigen –

»Jetzt sag doch mal was.«

– Schweigen –

»Ich weiß nicht … wer Sie sind.«

– Schweigen –

15.

Als ich Becky zum ersten Mal gesehen habe, musste ich an Erdbeeren denken. Sie trug ein kurzes rotes Kleid – der Farbton ihrer Haare –, und ihre nackten Füße steckten in grünen, abgetragenen Sneakers. Sie saß im Schneidersitz auf einer Parkbank, ein dickes Zeichenbuch im Schoß, einen Bleistift in der Hand, und beobachtete konzentriert einen Ameisenhaufen, der direkt vor ihr zugange war. Und ich beobachtete sie, beobachtete, wie ihre Hand in energischen Bewegungen über das Blatt fuhr, ihre Augen nach unten und wieder nach oben wanderten und sie sich immer wieder dieselbe rote Strähne aus dem Gesicht strich.

Ihre lockigen Haare hatte sie zu einem wilden Zopf gebunden, der ihr zottelig über die Schulter fiel. Sie saß da an einen wuchtigen Rucksack gelehnt, der früher einmal blau gewesen sein musste und voller Buttons und Flaggen war. Etwas an diesem Bild hat mich fasziniert, mich daran gehindert, weiterzugehen, und sich für immer in mein Gedächtnis gebrannt.

»Aufwachen!« Zwei Hände klatschen aufeinander. Das Bild von Becky im roten Kleid löst sich vor meinen Augen auf, und ich kann nichts dagegen tun, dass es von einer Sekunde auf die andere verschwunden ist …

»Tut mir leid, wollte dich nicht erschrecken. Ich wusste nicht, ob du wach bist oder schläfst.«

Lilly schleudert ihren pinkfarbenen Rucksack auf einen Stuhl und hopst wie ein Kind auf mein Bett. Ihr langer blonder Zopf hüpft dabei von rechts nach links und wieder zurück.

»Hab nur gedöst. Warum bist du nicht in der Schule?«

Dasselbe hätte mein Vater auch gefragt, denke ich.

»Weil Ferien sind.«

»Seit wann?«

»Gestern.«

Ich bin kurz davor, »Glückwunsch« zu sagen, lasse es aber bleiben.

»Die hab ich dir mitgebracht«, sagt sie, springt wieder vom Bett herunter, kramt in ihrem Rucksack und zieht eine zerknitterte Zeitschrift heraus, die schon bessere Tage gesehen hat und auf der Rückseite eingerissen ist. »Art« prangt in fetten Lettern auf dem Cover, darunter eine bunte Skulptur von Niki de Saint Phalle.

»Ups«, murmelt sie und grinst verlegen. »Die liest du doch immer. Hab sie im Wohnzimmer liegen sehen. Das ist die neuste Ausgabe. Ich war extra im Kiosk am Bahnhof, weil die dort auch so ausgefallenes Zeug haben.«

Sie sieht mich erwartungsvoll an, und ich nicke ganz selbstverständlich. Dabei lese ich dieses Magazin nie. Es liegt nur ab und an auf meinem Wohnzimmertisch, weil Becky es abonniert hat. Becky, die große Künstlerin. Becky, die Erdbeere. Für einen Moment möchte ich wieder in den Park zurückkehren, aber Lilly lässt es nicht zu.

Sie hopst ein zweites Mal auf mein Bett, ihr blonder Zopf hopst mit. Sie erzählt mir von einem Film, den sie im Kino gesehen hat. Mir sagen weder Schauspieler noch Titel was, und nach zwei Minuten höre ich ihr gar nicht mehr zu, sondern beobachte, wie sie lacht und gestikuliert. Dieses fröhliche Wesen, dieses engelsgleiche Kind, das ich kaum kenne. Sechzehn Jahre liegen zwischen uns. Mein halbes Leben. Wenn man uns nebeneinanderstellt, würde niemand auf die Idee kommen, dass wir Geschwister sind. Da ist keine Ähnlichkeit zwischen uns, kein einziger Zug, der andeutet, dass wir dieselben Eltern haben.

»Ich höre eine Stimme, die mit mir spricht«, werfe ich irgendwann dazwischen. Einfach so, aus dem Nichts – vielleicht weil ich hoffe, dass sie aufsteht und geht.

»Okay. Was sagt sie?«

»Woher weißt du, dass es eine Frau ist?«

»Ich weiß es nicht. Aber du hast ›eine Stimme‹ gesagt.«

Ich nicke.

»Also? Was sagt sie?«

»Nichts Besonderes.«

»Schade.«

Sie zieht eine Grimasse und lacht, sagt, dass sie auch gern mal eine Stimme hören würde. Dann erzählt sie mir von einem anderen Film, und ich höre wieder nicht zu. Irgendwann muss sie zum Bus, weil sie Volleyballtraining hat. Sie hopst ein letztes Mal von meinem Bett und schnappt sich ihren pinkfarbenen Rucksack. Die Tür geht auf und wieder zu.

»Nichts Besonderes, ja? Das ist ziemlich demütigend.«

»Oh, Sie schon wieder.«

»Sie?!«

»Du?«

»Ja, besser.«

»Tut mir leid, das verwirrt mich alles. Hallo.«

»Stimmt, du hast ja alles vergessen. Hallo.«

»Sie waren … du warst gestern plötzlich weg.«

»Ja, so ist das wohl. Ich weiß auch nicht, nach welchem System das läuft. Mal ist man da, dann wieder weg.«

»Aha.«

»Oh Mann, Ben. Du hast echt alles vergessen, oder?«

– Schweigen –

»Tut mir leid.«

– Schweigen –

»Wie heißen Sie denn eigentlich?«

»Ich heiße Anni. Und wir siezen uns nicht.«

»Tut mir leid.«

»Wir entschuldigen uns auch nicht permanent.«

»Verstehe.«

– Schweigen –

»Sagt dir mein Name denn gar nichts?«

– Schweigen –

»Also nicht.«

»Nein, tut mir leid.«

»Oh Mann …«

Schweigen

»Du kannst dich echt an gaaaaar nichts erinnern? An kein einziges Gespräch?«

»Nein.«

– Schweigen –

»Woher kennen wir uns denn?«

»Ha, das ist eine gute Frage. Eigentlich kennen wir uns gar nicht. Wir haben uns nie gesehen. Ich hatte einen Unfall und lag im Koma. Als ich aufgewacht bin, hatte ich plötzlich deine Stimme im Kopf. Einfach so.«

»Meine Stimme?! Ich verstehe nicht …«

»Ja. So wie jetzt. Nur eben andersherum. Du warst in meinem Kopf. Immer mal wieder. Du konntest meine Gedanken lesen und mit mir sprechen. Im Kopf, meine ich. Keiner hat das gehört, außer uns beiden.«

»Also … das klingt echt bescheuert.«

»Glaubst du mir nicht?«

»Na ja, ein bisschen unglaubwürdig ist es schon, oder?«

»Und was machen wir dann bitte jetzt gerade?«

– Schweigen –

»Warum haben Sie … hast du keinen Arzt konsultiert?«

»Hihi, das hat der alte Ben auch immer gesagt.«

»Hm.«

»Anfangs wollte ich nicht, weil ich dachte, die halten mich für verrückt, später wollte ich … na ja … uns nicht verlieren.«

»Das klingt, als wären wir ein Paar gewesen.«

»Nein! Oh Gott … So war das nicht. Wir waren einfach gute Freunde.«

– Schweigen –

»Wie lange ging das denn?«

»Eine Weile. Zwei Wochen oder so?«

»Und danach waren wir schon gute Freunde? Also das ist …«

»Na ja, unsere Gespräche waren eben … intensiv.«

»Aha. Und dann?«

»Eines Tages warst du plötzlich weg. Einfach weg. Und bist nicht mehr gekommen. Ich war inzwischen wieder zu Hause und dachte, es läge vielleicht daran.«

»Woran?«

»Na, dass ich nicht mehr im Krankenhaus lag. Ich war wieder in meiner Wohnung, meiner gewohnten Umgebung.«

»Und dann?«
»Dann war ich plötzlich in DEINEM Kopf. Nach ein paar Tagen.«
– Schweigen –
»Sorry, wie heißt du noch mal?«
»Anni.«
»Anni. Genau. Müsste ich mich nicht an irgendetwas erinnern können? Wenigstens an deinen Namen oder so?«
– Schweigen –
»Ja, eigentlich schon … Ich verstehe es ja selbst nicht.«
»Tut mir leid, aber das klingt alles so absurd.«
»Du glaubst mir tatsächlich nicht.«
»Nein … doch … Es ist einfach komisch. Ich habe eine Stimme im Kopf, die mir eine wirre Story auftischt und …«
»Wirr?!«
»Mir fällt es einfach schwer, das zu glauben. Ich bin nicht so der Typ für Para …«
– Schweigen –
»Ich weiß von Rebecca.«
Schweigen
»Du nennst sie immer Becky …«
– Schweigen –
»Ich weiß von dem Brief.«
– Schweigen –
»Und dem Unfall.«
– Schweigen –
»Und …«
»Okay, ich glaube dir.«
– Schweigen –
»Also ich bin Ben.«

»Und ich bin Anni.«
»Nett, dich kennenzulernen, Anni.«
»Nett, dich wiederzusehen, Ben.«
– Schweigen –
»Wann bist du aufgewacht?«
»Aus dem Koma? Vor fünf Tagen.«
»Und wie geht es dir?«
»Beschissen. Ich hab Kopfschmerzen.«
»Kommt mir bekannt vor.«
»Was ist bei dir passiert?«
»Ich hatte einen Fahrradunfall. Ein Lkw hat mich erwischt. Ich war schuld. Zu schnell, zu unachtsam. Ich kann mich nicht mehr erinnern, was genau passiert ist.«
»Ich schon, aber das interessiert trotzdem niemanden.«
»Warum?«
»Würdest du gern hören, warum jemand absichtlich gegen einen Baum gefahren ist?«
– Schweigen –
»Siehst du …«
– Schweigen –
»Bist du noch da?«
– Schweigen –
»Anni?«
– Schweigen –
»Hallo?«
– Schweigen –

16.

Lilly war nicht geplant. Sie ist passiert – wie die meisten Dinge im Leben. Wie Becky. Für meine Eltern war sie ein spätes Geschenk, für mich hatte sie keine Bedeutung. Als Lilly drei Jahre alt war, bin ich von zu Hause ausgezogen, um Architektur zu studieren. An diese drei Jahre, die wir als Geschwister hatten, habe ich kaum Erinnerungen, und an die Jahre danach noch viel weniger.

An den Wochenenden bin ich selten nach Hause gefahren, weil ich kein Auto hatte und die lange Strecke nicht mit dem Zug zurücklegen wollte. Und wenn es doch mal geklappt hat, habe ich mich nicht dafür interessiert, ob Lilly einen neuen Zahn hatte oder ihren Namen schreiben konnte. Ich kann mich nicht einmal daran erinnern, mit ihr gespielt zu haben. Sie hat mich einfach nicht interessiert, und die Zeit, in der ich Geschwister haben wollte, war längst vorbei gewesen. Das hat sich bis heute nicht geändert. Es gibt keine Verbindung zwischen uns. Wir sind wie Einzelkinder aufgewachsen, und so fühle ich mich auch, wenn ich sie sehe.

»Du hast mir nie erzählt, dass du eine Schwester hast.«

»Oh. Hallo.«

»Nicht so begeistert, Ben.«

»Sorry. Ich hab gerade nicht damit gerechnet … Das ist alles noch ungewohnt.«

»Schon okay. Da mussten wir ja alle schon durch.«

»Hm, ja.«

»Ich glaube, jetzt hast du gelacht.«

»Nein.«

»Doch.«

»Allerhöchstens ein Schmunzeln.«

»Das ist ein Anfang. Wie ist sie so? Deine Schwester?«

»Jung.«

»Und …?«

»Sechzehn.«

»Und?«

»Sie heißt Lilly.«

»Oh Mann, ihr habt's echt mit den Abkürzungen in eurer Familie …«

»Hä?«

»Vergiss es.«

– Schweigen –

»Du hast mir nie von ihr erzählt.«

»Da gibt es nicht viel zu erzählen. Sie ist noch ein Kind.«

»Ich dachte, sie ist sechzehn.«

»Ist sie auch.«

»Mit sechzehn war ICH kein Kind mehr.«

»Sondern?«

»Na ja, ziemlich experimentierfreudig.«

»Dabei belassen wir es jetzt bitte.«

»Also der alte Ben war nicht so prüde.«

»Klar, dass du das sagst.«

»Und auch nicht so mufflig.«

– Schweigen –

»Du kennst mich viel besser, als ich dich kenne, Anni. Das ist ein doofes Gefühl. Du kannst dich an unsere Gespräche

erinnern. Du kennst Geschichten ... aus meinem Leben. Ich weiß gar nichts von dir. Außer dass ...«
»... ich mit sechzehn Sex in der Rutsche des Freibads hatte?
»Danke für diese Information.«
»Siehst du deine Schwester jetzt mit anderen Augen?«
»Würdest du das jetzt mal lassen? Und hör auf zu lachen.«
– Schweigen –
»Ich kenn dich gar nicht so gut, wie du denkst. Du hast nicht viel rausgelassen. Über die meisten Dinge wolltest du nicht sprechen.«
»Hm.«
– Schweigen –
»Vielleicht erinnere ich mich ja wieder. Irgendwann.«
»Ja, das wäre schön. Der alte Ben war ein cooler Typ.«
»Da kann der neue nicht mithalten, was?«
»Noch nicht.«
– Schweigen –
»In der Rutsche, ja?«
»Ha!«
»Also das stell ich mir ziemlich unbequem vor!«
»Bitte hör auf, dir das vorzustellen!«
»Du hast angefangen.«
»Nur um dir zu zeigen, dass man mit sechzehn kein Kind mehr ist.«
»Okay, ich hab's kapiert.«
– Schweigen –
»Ich hatte mal Sex auf der Zugtoilette.«
– Schweigen –
»Ja, ich weiß, das ist echt eklig.«
– Schweigen –

»Anni?«

– Schweigen –

»Anni?«

– Schweigen –

17.

Damals im Park, als ich mich aus einer Laune heraus in eine Frau verliebt habe, die Ameisen gezeichnet hat, war ich bereits seit vier Jahren mit einer Jurastudentin namens Maria zusammen, und Maria war genauso heilig wie ihr Name. Sie hatte langes blondes Haar, wache blaue Augen und trug ein feines Silberkettchen mit Kreuzanhänger um ihren Hals, das sie nur nachts ablegte – wenn sie gar nichts mehr trug.

Maria und ich waren uns regelmäßig in der Unibibliothek über den Weg gelaufen und irgendwann zusammen ausgegangen. Wir mochten die gleiche Musik, sahen uns dieselben Filme an und hatten beide ein Faible für Kuchen, sprich, wir waren das perfekte Paar. Wir waren uns auch ziemlich schnell einig, dass wir heiraten wollten – nachdem sie ihre Kanzlei und ich mein Architekturbüro hatte. Wie immer im Leben kam alles anders. Und schuld daran waren Erdbeeren.

»Also ich liebe ja Erdbeeren.«
»Hey!!!«
»Irgendwie gefallt es mir, dass wir dieses Spiel jetzt andersherum spielen.«
»Das ist unfair, ich kann mich an nichts erinnern, was du je gesagt … oder gedacht hast.«
»Tja, dumm gelaufen.«
»Hm.«
»Was ist aus Maria geworden?«

»Das interessiert dich jetzt natürlich.«

»Und wie.«

»Ich weiß es nicht genau. Nach unserer Trennung habe ich sie nie wiedergesehen, aber ich habe mal gehört, dass sie eine Kanzlei in der Innenstadt hat.«

»Anscheinend ist ihr Plan auch ohne dich aufgegangen.«

»Ja. Meiner übrigens auch.«

»Sorry, ich wollte dein Ego nicht beleidigen.«

»Ja, ja.«

»Das mit den Erdbeeren verstehe ich übrigens nicht. Warum Erdbeeren schuld daran waren, dass deine Beziehung zu Maria in die Brüche gegangen ist.«

»Tja, das ist sehr schade für dich.«

»Also ich werde jetzt alle Fragen, die du mir nicht beantwortest, in einem Buch notieren.«

»Und dann?«

»Und dann packe ich sie wieder aus, wenn du mir mal einen Gefallen schuldest.«

»Das ist ein teuflischer Plan, Anni.«

– Schweigen –

»Notierst du das jetzt wirklich?«

»Jep.«

»Wo bist du denn gerade?«

»Ich sitze in einem Café. Im ›Moccacino‹.«

»Allein?«

»Allein.«

»Du sitzt allein in einem Café und … redest mit mir?«

»Na ja, reden ist jetzt ein bisschen übertrieben, aber … ja.«

»Musst du eigentlich nie arbeiten oder so?«

»Ich arbeite doch.«

»Ah, du bist Kellnerin?«
»Nein, ich bin Lektorin. Das weißt du eigentlich. Aber … na ja, jetzt weißt du es ja nicht mehr.«
»Verstehe. Lektorin. Du verdienst dein Geld also mit Lesen?«
»Oh nein, jetzt fängt das wieder an.«
»Was denn?!«
»Die Reaktion kommt mir … bekannt vor.«
»Oh, tut mir leid. Hab ich wohl …«
»Vergessen? Ja, hast du. Themawechsel.«
– Schweigen –
»Okay, wenn du nichts vorschlägst: Was ist da zwischen dir und Rebecca vorgefallen?«
»Also das ist jetzt ziemlich direkt. Außerdem sagt keiner Rebecca zu ihr. Sie heißt Becky.«
»Ich mag aber keine Kurzformen. Der alte Ben weiß das.«
»Oh, sorry.«
»Also?«
– Schweigen –
»Sie hat mich verlassen.«
»Das weiß ich. Aber deswegen nimmt man sich nicht gleich das Leben.«
»Puh.«
»Was?«
»Das war schon wieder sehr direkt. Du bist die Erste, die es ausspricht. Und es klingt komisch.«
»Hm.«
– Schweigen –
»Mein Haus war einfach zu leer ohne sie.«
»Du hast ein Haus?!«

»Na ja … ich bin Architekt.«
»Und jeder Architekt hat ein Haus?«
»Na ja, nicht jeder. Aber die meisten. Wenn man Häuser für andere entwirft, will man irgendwann auch ein eigenes.«
»Und wie sieht es aus? Dein Haus?«
»Es ist klein, aus Holz und steht an einem See.«
»In Hamburg?«
»Nicht direkt. Ein bisschen außerhalb.«
»Wow, das klingt idyllisch.«
»Es ist ein leeres Haus, Anni. Kein Mensch will allein in einem Haus wohnen.«
»Weshalb sie alle gegen einen Baum fahren?«
»Das ist nicht witzig.«
»Sollte auch kein Witz sein. Aber man bringt sich nicht um, weil man ein leeres Haus hat. Oder verlassen wurde.«
»Oh, okay. Dann nenn mir doch die Gründe, aus denen man sich in deinen Augen umbringen darf.«
»Es gibt keine.«
»Du machst es dir ziemlich leicht.«
»Das sagt der Richtige.«
– Schweigen –
»Stell dir mal vor, Rebecca würde sich entscheiden, zu dir zurückzukommen – aber dummerweise bist du tot und bekommst nichts mehr davon mit. Wie scheiße wäre das denn?«
»Sie kommt nicht zurück.«
»Das weißt du doch nicht.«
»Doch, irgendwie schon.«
»Warum?«
»Weil sie was anderes will.«

»Was anderes als dich?!«
»Nein … ein anderes Leben. Anders leben. Es ist kompliziert.«
»Zur Abwechslung mal kompliziert, ja, ja.«
– Schweigen –
»Wo ist sie denn jetzt? Wo ist sie hin?«
»Ich weiß es nicht.«
»Du hast keine Ahnung, wo deine Frau ist?«
»Nein, ich habe keine Ahnung, wo meine Frau ist. Sie hat ihren Rucksack gepackt und ist weg.«
»Nur einen Rucksack?«
»Das ist ihr … Reiserucksack.«
»Reiserucksack?«
»Ja, Becky reist viel. Zumindest früher … Als wir uns kennengelernt haben, war sie auch nur auf der Durchreise.«
»Aber sie ist geblieben.«
»Ja, für ein paar Jahre. Und dann … ist sie wieder weg.«
– Schweigen –
»Manche Menschen sind vielleicht einfach nicht dafür gemacht …«
– Schweigen –
»Die haben einfach nie das Gefühl, anzukommen.«
– Schweigen –
»Bist du noch da?«
– Schweigen –
»Hey!«
– Schweigen –
»Anni? Bist du noch da?«
– Schweigen –

18.

Seit ich mich unter meiner Decke versteckt und das Lied von »Benny, dem Maikäfer« gesungen habe, meiden die Krankenschwestern mein Zimmer. Sie verirren sich nur noch zu den »Pflichtterminen« hierher, und vermutlich losen sie sie untereinander aus. Wenn sie morgens das Frühstück bringen, höre ich sie vor Erleichterung seufzen, dass ich noch schlafe, und wenn sie mir schmerzhafte Thrombosespritzen in den Oberschenkel jagen, tun sie es mit einer gewissen Genugtuung. Wahrscheinlich denken sie, ich gehöre in Wirklichkeit auf eine andere Station, und wenn sie wüssten, dass ich mit einer Stimme in meinem Kopf spreche, würden sie wahrscheinlich die Arbeit verweigern.

Nicht gerade der beste Zeitpunkt, um mein kleines Geheimnis loszuwerden. Eigentlich will ich das auch nicht. Ich will nicht darüber nachdenken, warum ich eine Stimme höre, warum Anni in meinem Kopf ist, und ich will auch keine Medikamente dagegen. Wenn Anni weg ist, was bleibt dann noch? Eine 16-Jährige, von der ich kaum mehr weiß, als dass wir die gleichen Gene haben? Eine Frau, die meine Art zu leben so anödet, dass sie ihren Rucksack packt und abhaut? Ein bester Freund, den ich in den vergangenen zwei Jahren ungefähr fünfmal angerufen und zu meinem letzten Geburtstag nicht mal mehr eingeladen habe?

Das Schlimmste ist, dass mir all diese Menschen im Moment tausendfach fremder erscheinen als die Stimme in meinem Kopf. Gerade kommt es mir so vor, als wäre Anni schon immer da gewesen. Ich habe mich an sie gewöhnt, an ihre viel zu direkten Fragen, das spöttische Lachen, diese nervtötende Neugier. Ich habe mich an eine Frau gewöhnt, die ich kaum kenne, von der ich nicht einmal weiß, ob sie eher wie Maria oder eher wie Becky ist, wie alt sie ist, was sie am liebsten isst und wovor sie sich fürchtet.

»Sechsundzwanzig, Pfannkuchen, Clowns. Und ich fürchte, ich bin eher wie Maria. Zumindest sind meine Haare noch nie blau gewesen.«
»Ich habe mich schon gefragt, wo du bleibst. Das mit den Clowns musst du mir erklären.«
»Die machen mir Angst.«
»Warum?«
»Die sehen einen so komisch an. Und diese Nasen sind so rot.«
»Jeder mag Clowns.«
»Ich nicht. Clowns sind scheiße.«
»Das hab ich echt noch nie gehört.«
»Premiere.«
»Warst du als Kind nie im Zirkus?«
»Doch.«
»Und da gab es keine Clowns?«
»Doch. Aber die waren mir eben schon immer … unheimlich.«
»Klingt, als wärst du ein seltsames Kind gewesen.«
»Halt die Klappe, ich war zauberhaft.«
– Schweigen –
»Wo bist du gerade?«
»Im Büro.«

»Und das fällt nicht auf? Die merken nicht, dass du mit mir sprichst?«
»Na ja, wir beide sprechen nicht gerade auf die herkömmliche Art miteinander.«
»Aber du arbeitest doch jetzt nicht.«
»Das fällt hier niemandem auf.«
»Du klingst echt begeistert, wenn es um deinen Job geht.«
»Sagen wir so: Ich lese gerade ein Manuskript, das den Arbeitstitel ›Sirene des Ozeans‹ trägt.«
»Ist das so was wie Arielle?«
»Na ja, nicht ganz so jugendfrei.«
»Arbeitest du in einem Pornoverlag?«
»Komm ich vielleicht so rüber?«
»Ich sage nur Freibad, Rutsche …«
»Ich bereue zutiefst, dir davon erzählt zu haben. Nein, ich arbeite in einem Fantasy-Verlag. Manchmal vergesse ich, dass DU alles vergessen hast.«
»Also in die Fantasy-Abteilung hätte ich dich jetzt nicht gesteckt.«
»Da haben wir was gemeinsam.«
»Klingt nicht so nach Traumjob.«
»Ich bin mir manchmal nicht sicher, ob das überhaupt ein Job IST. Vor allem, wenn mein Kollege Ulf in der Mittagspause sein Laserschwert rausholt.«
»Also doch Porno.«
»Nein! Ein richtiges Laserschwert.«
»Warum gehst du nicht zu einem anderen Verlag?«
»Na ja, ich muss auch Miete zahlen. Und massenhaft Jobs gibt es in dieser Branche auch nicht gerade.«
»Schon, aber wenn du gut bist …«

»Ja, ja, ich kann's nicht mehr hören. Du redest schon wie Hannes.«
»Hannes – wer war das gleich noch mal?«
»Mein Freund.«
»Ach ja, genau.«
»Tu nicht so, als würdest du dich erinnern.«
»Was weiß ich über Hannes?«
»Dass er mein Freund ist ...«
»Mehr nicht?«
»Was willst du denn wissen?«
»Was er zum Beispiel macht?«
»Er ist Dozent an der Uni. Ökotrophologie.«
»Ist das was mit Vögeln?«
– Schweigen –
»Warum lachst du?«
»Weil du mich das beim letzten Mal auch gefragt hast. Ökotrophologie, das bedeutet Ernährungswissenschaften.«
»Aha. Dann sitzt er abends mit dir auf der Couch und berechnet dir, wie viele Chips du essen darfst, ohne dick zu werden?«
»Nicht ganz. Im Moment steckt er in den letzten Zügen seiner Doktorarbeit.«
»Wow.«
»Ja, da passen Meerjungfrauen und Gnome eher weniger dazu.«
»Worüber schreibt er?«
»Über vegetarische und vegane Ernährungsmöglichkeiten.«
»Oh Gott, seid ihr so ein Pärchen, das Tofu und Halloumi auf den Grill schmeißt und dazu Matcha-Tee trinkt?«
»Oh Gott, bist du so ein Mensch, der Klischees liebt?«

»Schlagfertig!«

»Weißt du, nicht jeder Alzheimerforscher hat auch Alzheimer.«

»Du vergleichst Vegetarier und Veganer mit Alzheimer? Ob Hannes das gefallen würde?«

»Haha.«

– Schweigen –

»Weiß Hannes, dass du mich … hören kannst?«

»Nein. Die Meerjungfrauen und Gnome sind Belastung genug für unsere Beziehung. Was unsere Karrieren anbelangt, sind wir sehr unterschiedlich. Hast du es jemandem erzählt?«

»Nein. Na ja, doch. Meiner Schwester.«

»Warum?«

»Keine Ahnung, dachte, sie rennt dann schreiend weg.«

»Und?«

»Hat nicht geklappt.«

»Du magst sie nicht besonders, oder?«

»Ich kenne sie kaum. Sie ist siebzehn Jahre jünger als ich, und wir sind auch nicht zusammen aufgewachsen.«

»Ah, okay. Schade. Ich hätte immer gern eine Schwester gehabt.«

»Ich auch. Aber mit siebzehn eben nicht mehr.«

– Schweigen –

»Hast du Geschwister?«

– Schweigen –

»Hallo?«

– Schweigen –

»Anni?«

– Schweigen –

19.

Becky ist wie ein Wirbelsturm in mein Leben gekommen, und genauso hat sie es auch wieder verlassen. Gewaltig und plötzlich. Ich hatte nie eine Chance gegen sie, war ihr von dem Moment an verfallen, in dem ich sie zum ersten Mal gesehen habe, damals im Park, in diesem erdbeerroten Kleid, das dieselbe Farbe hatte wie ihre Lippen. Ob ich Frauen immer so anstarre, wollte sie von mir wissen, und ich habe gesagt, dass ich noch nie jemanden gesehen habe, der Ameisen zeichnet. Es war die Wahrheit, aber nicht der Grund dafür, dass ich sie minutenlang beobachtet hatte. Ameisen seien ihre Lieblingstiere, erzählte sie mir, und ich konnte ihr ansehen, wie überrascht sie über ihre Reaktion war; sie wusste überhaupt nicht, warum sie mir geantwortet hatte.

Ich kannte dieses Mädchen nicht, und noch nie in meinem Leben hatte ich so wenig zu jemandem gepasst. Ich war für die Marias dieser Welt bestimmt, und trotzdem wollte ich nichts mehr, als den Duft dieser Haare einatmen, diese knallroten Lippen auf meinen spüren. Als sie in dieser Nacht in meinem Bett lag, auf dem Boden Rucksack, Zeichenblock und ein Durcheinander an Klamotten, habe ich mich so lebendig wie nie zuvor gefühlt und genau gewusst, dass ich von diesem Tag an nie wieder mit einer der Marias dieser Welt zusammen sein konnte.

Wenn ich in ein paar Tagen wieder auf die Welt losgelassen werde, wird sie nicht in meinem Bett und ihr Rucksack nicht auf dem Boden liegen. Das blaue Hemd, das sie zum

Malen getragen hat, wird am Haken baumeln und mich an sie denken lassen. Wie die Staffelei im Wohnzimmer, die ich ihr geschenkt habe. Und ihre Kohlezeichnungen an den Wänden.

Nur der blaue Rucksack wird fehlen, derselbe Rucksack, an den sie sich damals im Park gelehnt hat, als ich sie zum ersten Mal gesehen habe. Das blaue Ding war alles, was sie hatte, als sie in mein Leben gestürmt ist, und alles, was sie mitgenommen hat, als sie es wieder verlassen hat. Wie ein Kreis, der sich schließt. Für einen Augenblick sehe ich mich dabei, wie ich ihre Bilder abhänge, die Staffelei abbaue und in den Keller bringe, ihr Hemd vom Haken nehme, dann verwerfe ich den Gedanken.

Mein Blick fällt auf das blaue Buch auf meinem Nachttisch. Es ist in Folie eingewickelt und hat einen Aufkleber von einer Buchhandlung, die ich nicht kenne. Lilly hat es mir vor ein paar Tagen geschenkt, aber ich habe es bisher nicht angerührt. Weil mich Bücher nicht interessieren und der Himmel gerade kein sonderlich reizvolles Thema für mich ist. »Die Entdeckung des Himmels«, murmle ich, und es klingt spöttischer als gewollt. Ich schlage es dann trotzdem irgendwann auf und lese ein paar Seiten, bevor meine Augen schläfrig werden und ich einnicke.

»Hey du.«

»Hey.«

»Hast du geschlafen?«

»Ja, ein bisschen.«

»Um diese Zeit?«

»Warum denn nicht um diese Zeit?«

»Du hast ein komisches Zeitgefühl.«
»Vielleicht weil ich im Krankenhaus liege?«
– Schweigen –
»Wie geht's?«
»Gut.«
»Und wie geht es dir wirklich?«
»Nicht so gut.«
»Dachte ich mir.«
»Warum fragst du dann überhaupt?«
»Keine Ahnung, um positiv überrascht zu werden?«
»Tja, Pech gehabt.«
– Schweigen –
»Was treibst du so?«
»Ich lese.«
»Das ist ja mal eine Überraschung.«
»Haha.«
»Bezahlen die dich eigentlich 24 Stunden?«
»Warum?«
»Weil du einfach immer liest. Morgens, mittags, abends. In der Badewanne, im Bus, im Bett.«
»Also ich lag noch nie in der Badewanne, wenn wir uns unterhalten haben.«
»Stimmt. Wäre aber sicher mal interessant.«
»Gut, dass du mich nur hören kannst.«
»Ich werde bald entlassen.«
»Cool. Oder?«
»Ja.«
»Klingt begeistert.«
»Ist einfach komisch.«
»Leeres Haus und so …«

»Ja.«
»Wie geht es dann weiter? Musst du eine Therapie machen?«
»Ich kann. Muss aber nicht.«
»Und?«
»Weiß nicht. Eigentlich brauch ich niemanden, der mir sagt, was ich eh schon weiß.«
»Das sagen wahrscheinlich alle, die einen Therapeuten bräuchten.«
»Wie war das bei dir? Nach dem Krankenhaus. Als du wieder zu Hause warst.«
»Es war komisch, zumindest die ersten Tage. Ich war so lange im Krankenhaus, und in dieser Zeit habe ich so viel vermisst.«
»Ja, Müsli, ich weiß.«
»Also Müsli hab ich damit jetzt nicht unbedingt gemeint, aber …«
»Das war das Erste, was du danach machen wolltest: Müsli essen.«
»Ist ja schon gut. Na ja, jedenfalls habe ich im Krankenhaus so viele Sehnsüchte entwickelt, und als ich zu Hause war, waren die einfach weg oder eben halb so stark.«
»Hannes?«
»Auch. Ich hab ihn im Krankenhaus so vermisst, auch körperlich und so. Aber als ich wieder zu Hause, in meinem alten Leben war, da fühlte sich alles zwischen uns fremd an. Ich hab mich unwohl gefühlt und hatte ein Problem mit Nähe.«
»Dieses Problem werde ich schon mal nicht haben.«
– Schweigen –
»Anni?«

– Schweigen –

»Anni, bist du noch da?«

»Oh, mein Gott.«

»Ich dachte schon, du wärst wieder weg.«

»Oh Gott …«

»Was ist los?«

– Schweigen –

»Das Müsli.«

»Das … Müsli?«

»Ja, das Müsli.«

»Anni, was ist los mit dir?«

»Du hast mich aufgezogen, weil ich Müsli essen wollte.«

»Ja. Und …?«

»Woher … Du wusstest … Woher wusstest du das?«

– Schweigen –

»Äh, du hast es gesagt.«

»Ja, aber woher weißt du das?«

»Äh, von … dir vielleicht?«

»Nein.«

»Doch.«

»Nein. Ich habe dir das nicht erzählt.«

»Doch.«

– Schweigen –

»Das habe ich gesagt, als ich entlassen wurde. Als DU in MEINEM Kopf warst.«

»Ja … Ich … verstehe nicht. Was ist los, Anni?«

»Hör mir doch zu. Als DU in MEINEM Kopf warst. Bevor …«

»… ich aus dem Koma erwacht bin!«

»Genau. Bevor.«

– Schweigen –

»Aber das bedeutet ja … Das bedeutet ja, dass …«

»Dass du dich erinnerst, Ben. Du erinnerst dich wieder.«

»Ich erinnere mich wieder.«

»Ja. Das ist unglaublich. Du erinnerst dich. Zumindest an etwas.«

»Vielleicht an alles?«

»Vielleicht … Das werden wir sehen.«

»Vielleicht kommt es ja auch langsam zurück. Stück für Stück.«

»Ja, kann sein.«

– Schweigen –

»Das ist … toll, oder? Ich finde das … hammermäßig.«

»Ich auch, Ben. Ich auch. Dann muss ich nicht mehr alles doppelt erzählen.«

– Schweigen –

»Ich kann mich erinnern.«

– Schweigen –

»Das müssen wir feiern.«

– Schweigen –

»Hast du gehört?«

– Schweigen –

»Anni?«

– Schweigen –

»Anni?«

– Schweigen –

20.

Als mein Vater gestorben ist und kurz darauf meine Mutter, wusste ich, dass Lilly ein Problem sein würde – nur nicht, dass ich es lösen musste. Ich hatte mir nie Gedanken gemacht, was mit ihr passieren würde, wenn meine Eltern nicht mehr da waren. Wahrscheinlich weil sich kein Mensch gerne auf den Tod seiner Eltern vorbereitet.

Meine Mutter konnte sich auf ihren Tod vorbereiten – er kam mit Ankündigung. Als ich das letzte Mal mit ihr gesprochen habe, bat sie mich darum, mich um Lilly zu kümmern. Damals war sie gerade fünfzehn geworden, ein pubertierendes Ding mit Zahnspange.

Meine Mutter wusste, dass ich keine Verbindung zu ihr hatte – Mütter spüren so etwas wohl –, aber es lag ihr am Herzen, dass das Mädchen ein Zuhause hat. Ich habe ihr diesen Wunsch nicht erfüllt – weil ich Lilly zwar ein Zuhause, aber keine Familie gegeben habe.

Und immer wenn sie mit ihrem fröhlichen Lachen durch die Tür kommt, erinnert sie mich daran. Immer wenn sie anruft, um zu fragen, wie es mir geht. Immer wenn ich dieses blaue Buch aufschlage, das sie mir geschenkt hat. Ich habe gestern über 200 Seiten gelesen, und die Geschichte fasziniert mich – auch wenn ich den Inhalt nicht wiedergeben könnte. Es geht um den Zufall und das Schicksal, um Freundschaft und die Liebe, um das Leben. Und wenn ich das Buch aufschlage, vergesse ich für eine Weile, dass ich ein Mensch mit großen Problemen bin.

»Was liest du?«

»›Die Entdeckung des Himmels‹.«

»Echt? Das ist mein Lieblingsbuch.«

»Ich weiß. Das hast du mir mal erzählt.«

»Du erinnerst dich daran … Ich kann's immer noch nicht glauben.«

– Schweigen –

»Meine Schwester hat es mir geschenkt. Seltsamer Zufall, oder?«

»Kommt drauf an, ob man an Zufälle glaubt.«

»Tust du's?«

»Ich weiß nicht. Du?«

»Vielleicht.«

– Schweigen –

»Du bist heute früh dran.«

»Ich kann mir die Sprechstunde nicht aussuchen.«

»Haha.«

»Störe ich dich etwa?«

»Nein, ich war nur in Gedanken.«

»Rebecca?«

»Nein, Ada.«

»Ada? Ach, du meinst das Buch.«

»Genau.«

»Ich bin gespannt, wie es mit ihr weitergeht und wo sie letztendlich landet.«

»Na, dann lies weiter, dann erfährst du es.«

– Schweigen –

»Deine Schwester hat einen guten Büchergeschmack.«

»Offensichtlich.«

»Du hast mir nie erzählt, dass sie bei dir wohnt.«

»Also hast du doch gelauscht.«
»Ja, ich geb's zu.«
»Sie ist nach dem Tod unserer Eltern bei mir eingezogen. Mein Vater hatte einen Herzinfarkt, meine Mutter ist kurz darauf an Krebs gestorben. Lilly war erst fünfzehn, und wir haben keine Verwandten in der Nähe. Es gab keine andere Möglichkeit.«
»Also bist du ein Daddy.«
»Nein, sicher nicht. Sie wohnt einfach bei mir. Mehr nicht.«
»Aber sie ist deine Schwester.«
»Ich hab mir das nicht ausgesucht.«
»Sie sich auch nicht.«
– Schweigen –
»Ich finde einfach, so etwas muss da sein oder eben nicht. Geschwisterliebe und so. Das ist was Natürliches. Das kann man nicht künstlich erschaffen.«
»Stimmt. Aber man muss es auch nicht boykottieren.«
»Mach ich nicht. Es ist nur …«
»… kompliziert?«
»Kurz nachdem sie zu mir gekommen ist, habe ich Becky getroffen. Das war alles etwas viel. Auch für Becky. Sie war ja nur fünf Jahre älter als Lilly. Das hat einfach nicht gepasst.«
»Klingt ziemlich ego.«
»Das sagt sich leicht von außen.«
– Schweigen –
»Wie ist sie so?«
»Puh, keine Ahnung.«
»Na ja, was macht sie so?«
»Tja … sie hört Musik, liest, sieht fern, surft im Internet.«

»Also das passt jetzt auf ungefähr jeden Teenager, den ich kenne.«
»Sie spielt Volleyball, glaube ich. Zumindest liegt da manchmal so ein Trikot in der Wäsche.«
»Na immerhin. Warst du schon mal bei einem Spiel von ihr?«
»Volleyball? Nee. Das interessiert mich nicht.«
»Geh doch mal hin. Schau zu. So was machen Eltern.«
»Ich bin aber nicht …«
»Ja, schon klar. Aber du bist das, was am ehesten an Eltern rankommt.«
»Du siehst das so locker. Ich hab mir das echt nicht ausgesucht. Und es wäre auch alles viel leichter gewesen, wenn …«
»Ich weiß. Das versteh ich auch. Ich wollte dich nicht angreifen.«
– Schweigen –
»Was machst du heute so?«
»Ah, abrupter Themenwechsel. Ich bin in meiner Wohnung.«
»Und liest wahrscheinlich.«
»Haha. Ausnahmsweise nicht. Ich koche.«
»Sooo früh?!«
»Ist ja interessant, was du als früh bezeichnest. Aber es gibt eben Gerichte, für die zwei Minuten Mikrowelle nicht ausreichen.«
»Haha. Ich kann gut kochen. Sehr gut sogar.«
»Ach ja? Was kannst du denn am besten? Lass mal hören!«
»Hm, ich würde sagen … Lammbraten. Das ist meine Spezialität.«
»Oje, damit würdest du mich nicht rumkriegen. Ich hasse Lamm.«

»Pfff, mein Lammbraten ist gigantisch!«
»Lamm geht gar nicht. Kannst du auch was anderes?«
»Mein Hühnchen-Curry soll sehr gut sein.«
»Mit Reis?«
»Mit Reis.«
»Klingt gut. Aber nichts geht über Pfannkuchen mit Apfelmus.«
»Oder Kuchen.«
»Kuchen ist aber …«
»Kein Essen, ich weiß.«
»Du erinnerst dich echt an alles.«
»Ja, an fast alles.«
– Schweigen –
»Und was kochst du?«
»Jetzt? Gemüselasagne.«
»Ohne Fleisch?«
»Ohne Fleisch. Deswegen heißt sie GEMÜSE*-Lasagne.«*
»Das ist wieder so ein Frauenessen.«
»Nein, das ist das Lieblingsessen von Hannes.«
»Der Ökotrophologe.«
»Richtig.«
»Nichts mit Vögeln.«
»Genau.«
– Schweigen –
»Ist er da?«
»Nein, der kommt später.«
»Zur Gemüselasagne.«
»Zieh das nicht so ins Lächerliche!«
– Schweigen –
»Wann darfst du nach Hause?«

»Übermorgen …«

»Wer holt dich ab?«

»Niemand. Ich fahr mit dem Taxi.«

»Keine Freunde, die dich abholen könnten?«

»Doch, aber in letzter Zeit hatte ich nicht so viel Kontakt zu meinen Freunden.«

»Warum?«

»Seit ich mit Becky zusammen bin, hat sich viel verändert.«

– Schweigen –

»Das hat nicht so gut zusammengepasst.«

– Schweigen –

»Anni?«

– Schweigen –

»Anni? Bist du noch da?«

– Schweigen –

21.

So wenig Becky zu mir gepasst hat, so wenig hat sie zu meinem Leben gepasst, meinem Alltag, meinen Freunden. Ich müsste lügen, wenn ich behaupten würde, das nicht gewusst zu haben. Es war mir ab dem Moment klar, als ich sie zum ersten Mal gesehen habe und alles gegeben hätte, um diese roten Lippen zu küssen, alles stehen und liegen gelassen hätte, um diesen Körper neben meinem zu spüren. Ich habe geahnt, dass ich für diese Frau Opfer bringen würde, und ich habe es hingenommen. Man hat im Leben immer eine Wahl, und in diesem Moment habe ich sie bewusster denn je getroffen – für sie, gegen meine Vernunft, gegen alle Argumente, die dagegen gesprochen haben, sie in mein Leben zu lassen. Wenn Becky ein Fehler war, habe ich ihn vorsätzlich begangen.

Sie war der größtmögliche Kontrast, den ich mir hätte suchen können, und dieses Bewusstsein habe ich genossen, den Anblick ihrer erdbeerroten Mähne auf meiner weißen Couch, ihr abgewetzter Rucksack auf meinem Ledersessel, die ausgetretenen Sneakers neben meinen Wildlederschuhen. Sie strahlte eine Freiheit und Unverbindlichkeit aus, die mich anzog, und es gab mir einen Kick, wenn sie immer wieder betonte, sie sei nur auf der Durchreise.

Nach ein paar Wochen – Becky redete immer noch von »Durchreise« – saß ich abends mit meinem besten Kumpel Tim in unserer Stammkneipe, einer kleinen mexikanischen Bar, in der es ab 23 Uhr jede Stunde einen Gratis-Tequila gab.

Ich weiß nicht, ob es am Tequila lag, der lauen Sommernacht oder der nostalgischen Stimmung, die aufkam, als wir über die Uni-Zeit redeten, aber irgendwann fragte mich Tim, was eigentlich mit mir los war. Es war die Art Frage, bei der man sofort weiß, dass nichts Gutes nachkommt, und man am liebsten sofort die Zeit anhalten möchte, weil man ahnt, dass man alles Weitere nicht hören will.

»Ich kann ja verstehen, dass du nach allem, was passiert ist, nicht einfach so weitermachen kannst … und dass das mit dem Zwerg im Haus eine … äh … krasche Umstellung ist«, sagte Tim lallend und stützte sein Kinn auf seiner Bierflasche ab. »Aber die Frau tut dir nicht gut. Echt nicht. Die ist der Teufel. Du bist nicht mehr du selbst, seit die da ist. Echt nicht. Du bist ein … anderer Mensch.«

Ich wollte etwas antworten, aber meine Zunge fühlte sich schwer an – genauso schwer wie meine Augen, die immer wieder kurz zufielen. Seit dem Tod meiner Mutter hatte ich nicht mehr so viel getrunken wie an diesem Abend im »Chilango«, und es fiel mir schwer, die richtigen Worte aneinanderzureihen.

»Weischt du«, nuschelte ich angestrengt. »Ich fühl mich so … lebendig mit ihr.«

»Aber die … tut dir nicht gut. Nicht gut. Escht nicht. Du bist gar nicht mehr … du.«

Dann rutschte Tim mit seinem Kinn von der Flasche ab und knallte auf den Tisch. Und lachte wie ein kleines Kind.

»Hi. Stör ich dich?«

»Oh, hi. Nee, überhaupt nicht. Ich musste nur gerade an was denken.«

»War's wichtig?«
»Du brauchst gar nicht so unschuldig zu tun.«
»Okay, ich hab mitgehört. Sorry.«
»Kein Grund, sich zu entschuldigen. Ich hab das auch immer gemacht.«
»Immerhin gibst du es jetzt zu.«
»Ich hab diese kleinen Seifenopern in deinem Kopf sehr genossen.«
»Ja, ja, Seifenopern. Sagt der, der gerade wehmütig an alte Männerfreundschaften zurückdenkt.«
»Was meinst du?«
»Na ja, ich kann eins und eins zusammenzählen. Gestern hast du schon so was angedeutet, und eben ...«
»Okay, okay, du hast ja recht. Ich musste daran denken, dass ich schon ewig nichts mehr von Tim gehört habe.«
»Deinem besten Kumpel?«
»Ja.«
»Der dich vor Becky gewarnt hat?«
»Ja.«
»Auf den du nicht gehört hast?«
»Ja. Könnten wir jetzt aufhören mit der Ben-Tim-Gedächtnisstunde?«
»Sorry.«
– Schweigen –
»Wie ging das weiter? Nach dem Abend?«
»Gar nicht. Wir haben nie wieder darüber gesprochen. Vielleicht hat er auch vergessen, was er im Suff gesagt hat.«
»Aber ich gehe mal davon aus, dass Becky und er nie Freunde wurden?«
»Da liegst du richtig. Ich meine, es gab nie Streit zwischen

den beiden. Wahrscheinlich hatte er auch nichts gegen sie – nur gegen das, was sie aus mir gemacht hat.«
»Hm, an Frauen sind schon ziemlich viele Freundschaften kaputtgegangen.«
»Ich musste mich irgendwann entscheiden. Und die Entscheidung ist mir zu diesem Zeitpunkt nicht schwergefallen. Ich wollte Becky – egal, was ich dafür opfern musste.«
»Hat sich Tim bei dir gemeldet, seit ...?«
»Nee. Wir haben seit über einem Jahr kaum Kontakt. Das ist alles so ein bisschen ... auseinandergegangen. Ich glaube, Lilly telefoniert manchmal mit ihm.«
»Deine Schwester?«
»Ja, die zwei haben sich schon immer gut verstanden. Irgendwie konnte Tim mit ihr immer mehr anfangen als ich. Und ich glaube, Lilly hätte auch lieber ihn als großen Bruder gehabt.«
»Quatsch.«
»Doch, doch ... Er hat einen Draht zu ihr. Ich nicht.«
»Vielleicht solltest du dich einfach mal bei ihm melden?«
»Hm, ich weiß nicht. Es gab ja Gründe, warum wir uns nicht mehr verstanden haben.«
»Gründe, die ... jetzt nicht mehr da sind.«
»Deswegen sind sie noch lange nicht weg.«
»Ja, sorry. War doof dahingesagt.«
– Schweigen –
»Hast du schon mal jemanden so geliebt, dass du alles aufgegeben hättest? Alles? Bedingungslos? Alles geopfert hättest?«
– Schweigen –
»Nein.«

»Dass du nur noch für diesen einen Menschen gelebt hast?«
»Nein.«
– Schweigen –
»Ich liebe Hannes über alles ... aber das, was du beschreibst, ist mir fremd. Ich glaube auch nicht, dass ich je so empfinden könnte.«
»Hm.«
– Schweigen –
»Weißt du, ich glaube, ich kann mich nicht bei Tim melden. Weil ich alles wieder genauso machen würde, wenn sie zurückkäme. Weil ich mich wieder für sie entscheiden würde.«
»Hm.«
– Schweigen –
»Ich bin ein ziemliches Arschloch, hm?«
»Nein. Du ... liebst sie einfach sehr. Zu sehr.«
»Kann man jemanden zu sehr lieben?«
»Ich glaube, ja. Wenn es selbstzerstörerisch wird.«
– Schweigen –
»Manchmal frage ich mich, ob Tim vielleicht recht hatte. Ob Becky einfach nur in einem Moment da war, in dem ich die totale Rebellion wollte. Ob ich mich einfach nur danach gesehnt habe, etwas völlig Verrücktes zu machen – und sie war eben da.«
»Weil deine Mutter gestorben ist?«
»Erst mein Vater, dann meine Mutter. Dann hatte ich Lilly plötzlich an der Backe.«
»Ben!«
»Sorry. Ich hatte das Sorgerecht für meine Schwester. Das war eine beschissene Zeit, und ich habe mein Leben echt gehasst.«

»Und dann kam Becky.«
»Dann kam Becky.«
– Schweigen –
»Was glaubst du, wo sie gerade ist?«
»Keine Ahnung, irgendwo im Amazonas? Im Himalaja? Auf Mallorca? Du lachst! Das wäre ihr alles irgendwie zuzutrauen.«
– Schweigen –
»Wie geht deine Schwester damit um?«
»Womit?«
»Mit allem? Becky, dir …«
»Keine Ahnung.«
»Ihr habt nie darüber geredet?«
»Na ja, ich habe erst mal mit dem Alkohol geredet, und den Rest der Geschichte kennst du.«
»Und wenn sie dich besucht? Redet ihr da … gar nicht über das, was passiert ist? Ich meine, sie ist noch ein Kind.«
»Ach, auf einmal … Als du mir von deinen Rutschenabenteuern erzählt hast, war sie kein Kind.«
»Du weißt, was ich meine.«
»Ich weiß nicht, was ich sagen soll. Und ich glaube auch nicht, dass das nötig ist. Sie ist gut gelaunt und fröhlich – wie immer.«
»Vielleicht tut sie ja nur so.«
»Bist du jetzt Psychologin?«
»Sorry, aber ich versteh's einfach nicht.«
»Musst du ja auch nicht.«
»Okay …«
– Schweigen –
»Bist du jetzt sauer?«

– Schweigen –

»Okay, du bist sauer …«

– Schweigen –

»Themenwechsel?«

– Schweigen –

»Anni?«

– Schweigen –

»Noch da?«

– Schweigen –

»Nicht mehr da.«

– Schweigen –

22.

Als ich, nur einen Tag nachdem ich sie im Park gesehen hatte, zum ersten Mal neben Becky aufwachte, hatte ich zum ersten Mal in meinem Leben kein schlechtes Gewissen nach einem One-Night-Stand. Vielleicht weil ich davon überzeugt war, dass es nicht dabei bleiben würde, vielleicht aber auch, weil ich wusste, dass sie nicht der Typ Frau war, der angerufen werden wollte oder Small Talk erwartete. Sie war nur auf der Durchreise, das hatte sie immer wieder betont. Als wäre es ein Selbstschutz – oder eine Warnung an mich. Verlieb dich nicht, ich bleibe nicht.

Ich war an diesem Morgen früh wach, hörte, wie Lilly im Badezimmer das Radio aufdrehte, sich in der Küche Frühstück machte und um halb acht die Tür hinter sich schloss – und starrte mindestens eine Stunde auf den nackten Rücken der Unbekannten neben mir. Es war ein schöner Rücken mit ebenmäßiger Haut und einer kleinen Tätowierung am rechten Schulterblatt, die ich nicht deuten konnte. Es sah aus wie eine Kinderzeichnung, krakelig und vereinfacht. Irgendwann drehte sie sich um, ein paar rote Strähnen fielen über ihre Schulter und nahmen mir den Blick auf das kleine Kunstwerk.

»Das ist ein indianischer Adler«, erklärte sie mir wenig später. »Der steht für Freiheit. Eine Jugendsünde.«

Dabei hat sie gelacht und das Bett verlassen. Eine Weile stand sie nackt vor mir und musterte mich mit einer Mischung aus Spott und Herausforderung. Meine Augen wanderten langsam ihren Körper hinab und wieder hinauf. Sie war schön. Mehr als das. Und sie wusste es.

»Was machen wir heute?«, fragte sie und schnappte nach ihrem roten Kleid, das irgendwo zwischen meiner Hose, ihrem BH und den Socken lag.

Ich griff nach meiner Armbanduhr auf dem Nachttisch.

»Arbeiten. Um neun muss ich im Büro sein.«

Sie schmunzelte selbstsicher und schlüpfte in das Kleid.

»Ich glaube nicht, dass du heute ins Büro gehst.«

»Ah, ja?«

Es war das Dämlichste, was einem in diesem Moment einfallen konnte, zumal ich nie »Ah, ja« sagte. Das war nicht mal Teil meines Wortschatzes.

»Arbeiten kannst du jeden Tag.«

In ihren Augen entdeckte ich ein Funkeln. Die Luft war wie elektrisiert.

»Und was kann ich nicht jeden Tag machen?«

»Da fällt mir jede Menge ein«, sagte sie und grinste, während sie wieder aus ihrem Kleid schlüpfte. Sie kam zurück ins Bett und fragte: »Wie heißt du eigentlich?«

»Äh, kannst du deine Sexphantasien in Zukunft nicht gerade dann ausleben, wenn ich anwesend bin?«

»Woher soll ich das wissen? Außerdem sind das keine Phantasien. Das war …«

»Schon gut, keine Details. Ich bin mir sicher, du und deine rothaarige Sexbombe hatten großen Spaß zusammen.«

»Du bist ganz schön prüde, Anni.«

»Hör auf zu lachen. Ich will einfach kein Kopfkino.«

»Nur Kopfgeflüster.«

»Kopfgeflüster, ja. Von mir aus.«

– Schweigen –

»Rate mal, was ich gerade esse.«

»Abrupter Themenwechsel.«

»Ich würde diese Bilder gern aus meinem Kopf kriegen.«

»Keine Ahnung. Sag's mir!«

»Kuchen. Erdbeerkuchen mit Sahne. Jetzt bist du neidisch, oder?«

»Dafür würde ich morden.«

»Das dachte ich mir fast.«

»Ich glaube, wenn ich morgen nach Hause komme, backe ich einen Kuchen.«

»Backen kannst du auch?«

»Klar, irgendwo müssen diese ganzen Kuchen ja herkommen, die ich verdrücke.«

»Und was backst du so?«

»Eigentlich alles. Am liebsten Obstkuchen.«

– Schweigen –

»Was treibst du so, abgesehen vom Kuchenessen?«

»Picknick.«

»Allein?«

»Nein, mit Hannes.«

»Sitzt der gerade neben dir, oder wie?«

»Nein, er schwimmt.«

»Ich dachte, ihr macht Picknick.«

»Machen wir auch. An einem Badesee. Aber mir ist das Wasser zu kalt.«

»Es hat fast 30 Grad draußen! Wie kann das Wasser da kalt sein?«

»Also 30 Grad hat es ganz sicher nicht. Höchstens 20.«
»Du liegst also in der Sonne und siehst Hannes beim Schwimmen zu.«
»Ja, so in etwa. Und nebenher plaudere ich mit dir.«
»Findest du das nicht … schräg?«
»Mit dir zu plaudern? Daran habe ich mich gewöhnt.«
»Ich meinte eigentlich, mit mir zu sprechen, während du mit deinem Freund zusammen bist. Das ist doch irgendwie seltsam. Das letzte Mal hat dir das jedenfalls gar nicht gepasst.«
»Seltsam wäre es, wenn wir gerade Sex hätten. Aber wir sind ja nur an einem Badesee, also halb so wild.«
»Ich hoffe, diese Situation tritt nie ein. Wobei …«
»Kein Wort!«
»War nur Spaß. Hast du echt kein Problem damit?«
»Habe ich die Wahl? Ich versuche einfach, mich damit zu arrangieren. Und es ist ja nicht so, dass ich ihn betrüge. Wir reden ja nur.«
– Schweigen –
»Oder siehst du das anders?«
»Nein, Quatsch. Aber du belügst ihn … irgendwie.«
»Das ist doch keine Lüge!«
»Aber ehrlich ist es auch nicht.«
»Ich bin nicht verpflichtet, meinem Freund jedes noch so kleine Detail aus meinem Seelenleben zu erzählen.«
»Jedes noch so kleine Detail? Das ist hart.«
»Ben, du weißt doch, was ich meine. Keiner kann abschätzen, wie lange das mit uns noch anhält. Vielleicht ist alles vorbei, wenn du morgen nach Hause kommst. Warum soll ich da Staub aufwirbeln?«

»Schon okay, vielleicht hast du ja recht.«
– Schweigen –
»Anni?«
»Hm.«
»Wenn du wirklich weg wärst … was dann?«
»Keine Ahnung.«
»Dann sehen wir uns nie wieder.«
»Ben, wir haben uns noch nie gesehen.«
»Du weißt schon, was ich meine.«
»Hm, was sollen wir dagegen tun? Adressen austauschen oder so?«
»Nein, das wäre zu albern. Ich will doch keine Brieffreundin.«
»Willkommen im 21. Jahrhundert. Es gibt E-Mails.«
»Ist doch dasselbe.«
»Na ja, wir könnten uns … mal treffen?«
»So richtig?«
»Wie denn sonst?«
– Schweigen –
»Nein, das geht nicht.«
»Warum?«
»Das geht einfach nicht, Anni.«
»Wieso denn nicht?«
»Die Gefahr ist zu groß, dass du nicht Anni bist.«
»Wie? Muss ich das jetzt verstehen?«
– Schweigen –
»Na ja … seit wir zum ersten Mal miteinander gesprochen haben, habe ich ein bestimmtes Bild von dir. Und das ist meine Anni. Ich will nicht … dass sie zerstört wird … Nur weil … du in Wirklichkeit ganz anders bist.«

»Aha. Du hast also wieder die ›Sports Illustrated‹ vor Augen und keinen Bock, die langweilige Brünette zu treffen.«

»Hä? Nein! So ist das nicht. Und warum langweilig?«

– Schweigen –

»Ich will nicht, dass meine Illusion zerstört wird. Meine Phantasie.«

»Ist diese Phantasie schmutzig oder so?«

»Anni! So ein Quatsch!«

»Ich frage ja nur …«

– Schweigen –

»Also ich würde gern wissen, wer Ben wirklich ist.«

»Ach, auf einmal. DU hast doch gesagt, Äußerlichkeiten sind total egal.«

»Dann habe ich meine Meinung eben geändert.«

»Du bist ganz schön sprunghaft, kleine Lady.«

»Ja und?!«

»Ich kann dich nicht treffen, Anni. Das könnte alles kaputtmachen. Ich will das nicht riskieren.«

»Wieso? Ich verstehe dich nicht. Das ist doch verrückt. Wir können doch einfach einen Kaffee trinken gehen.«

»Einen Kaffee trinken?! Einfach so?! Also das geht wirklich nicht!«

»Warum denn nicht? Wir können doch auch bei einer Tasse Kaffee … reden. Ganz normal.«

»Zwischen uns war aber noch nie irgendetwas NORMAL!«

»Dann täte uns ein wenig Normalität doch sehr gut.«

»Also das sehe ich anders. Und überhaupt. Ich weiß nicht einmal, wo du wohnst. Das wäre doch verrückt.«

»Mit dem Zug könnte ich in einer halben Stunde in Hamburg sein.«

– Schweigen –

»Du hast dir das alles schon einmal überlegt, oder?«

»Schon. Hin und wieder …«

»Das ist absurd, Anni! Einfach so einen Kaffee trinken gehen … Nein, völlig ausgeschlossen.«

»Was regst du dich denn so auf? Wenn du keinen Bock hast, mich zu treffen, lassen wir es einfach bleiben. Kein Problem.«

– Schweigen –

»Tut mir leid, Anni. War nicht böse gemeint.«

»Schon okay.«

»Du bist eingeschnappt.«

»Nein, bin ich nicht. Ich finde deine Einstellung nur … seltsam und altmodisch.«

– Schweigen –

»Was, wenn wir uns nicht verstehen würden?! Wenn wir uns unsympathisch fänden?«

»Das würde nicht passieren.«

»Und wenn doch?«

»Dann ist es eben so. Wir müssen uns ja danach nie wieder treffen.«

»Dann wäre aber alles dahin! Diese ganze … Zeit. Sie wäre negativ behaftet.«

»Sei nicht so pathetisch, das ist ja albern!«

– Schweigen –

»Ben, du bist so eine Art … Seelenverwandter für mich geworden. Ich würde dich einfach gern sehen und kennenlernen.«

»Seelenverwandter. Puh.«

– Schweigen –

»Vorschlag: Lass mich erst ausreden, bevor du meckerst.

Wir vereinbaren einen Treffpunkt an einem … belebten Ort.«

»Ein belebter Ort?«

»Ben! Du sollst mich ausreden lassen. Also, wir machen einen Treffpunkt aus. Sagen wir … am Bahnhof in Hamburg.«

»Am Bahnhof in Hamburg?«

»Ben!!!«

»Entschuldigung, ich bin ja schon still.«

»Also wir treffen uns am Bahnhof. Sagen wir auf Gleis 1 um … ein Uhr. Ich setze mich dort auf eine Bank und warte auf dich. Und du kannst dir dann in aller Ruhe überlegen, ob du mich ansprichst …«

– Schweigen –

»Das ist … total blöd.«

»Warum denn?!«

»Na, wenn ich dich nicht anspreche, bist du sauer und beziehst es auf dich.«

– Schweigen –

»Nein, werde ich nicht. Versprochen. Wenn du nicht da bist, bist du nicht da. Ich weiß ja eh nicht, wer du bist und wie du aussiehst. Also werde ich auch nicht wissen, ob du überhaupt gekommen bist. Und du kannst im Nachhinein auch immer behaupten, dass du gar nicht da warst.«

– Schweigen –

»Du spinnst, Anni.«

»Warum?! Das ist ein guter Plan!«

– Schweigen –

»Das führt doch zu nichts.«

»Komm schon, lass es uns versuchen. Du kannst es dir doch wenigstens durch den Kopf gehen lassen.«

»Ja, aber nur bis morgen. Da werde ich nämlich entlassen. Solltest du dann wirklich weg sein, können wir nichts mehr ausmachen.«

»Das stimmt, dann vereinbaren wir jetzt einen Treffpunkt.«

»Jetzt sofort?«

»Ja, jetzt sofort. Dann würde ich sagen: am 5. August … Bahnhof Hamburg … Gleis 1 … ein Uhr … Bank.«

»Das ist ja schon … bald?!«

»Was dagegen?!«

»Nein, nein … schon gut. Hauptsache, du gibst endlich Ruhe.«

»Super, dann bleibt es dabei?«

»Hm, ja. 5. August, Bahnhof Hamburg, Gleis 1, Bank. Ach ja, ein Uhr mittags, oder?«

»Ja, natürlich. Oder glaubst du, ich stelle mich nachts aufs Gleis?!«

»Ja, ja. Schon verstanden.«

– Schweigen –

»Schwimmt der immer noch?«

»Hannes? Ja. Von mir aus kann er weiterschwimmen. Dann bleibt mehr für mich.«

»Was isst du denn jetzt wieder?«

»Brie. Mit Baguette. Sehr lecker.«

»Also ich bin mehr der Camembert-Typ …«

»Nee, nichts geht über Brie.«

– Schweigen –

»Was sagst du zu Hannes? Wenn du nach Hamburg fährst.«

»Na, dass ich nach Hamburg fahre.«

»Und er will dann nicht wissen, warum?«

»Doch, schon ...«

»Und dann sagst du: ›Schnuckiputzi, ich besuche diesen Kerl, mit dem ich seit meinem Unfall in Gedanken spreche‹?«

»Äh, nein, sicher nicht. Und Schnuckiputzi sage ich sowieso nie.«

»Was dann?«

»Ich werde ihm sagen, dass ich einen Freund in Hamburg besuche. Oder eine Freundin ...«

»Ha, dachte ich's mir doch. Ich werde zur Freundin gemacht.«

»Das weiß ich doch noch gar nicht. Keine Ahnung, was ich ihm sage. Mir fällt schon was ein ... Ich begehe doch kein Verbrechen, wenn ich mich mit dir treffe.«

»Nein, aber du lügst deinen Freund an. DAS ist jetzt wirklich eine Lüge.«

»Würde ich so nicht sagen ...«

»Anni, es ist so!«

– Schweigen –

»Das ist meine Sache!«

»Du ziehst MICH aber mit rein.«

»Was kümmert es dich, ob ich Hannes die Wahrheit sage?!«

»Lügen bringen immer nur Ärger.«

»Oh, ein kleiner Moralapostel!«

»Anni ... Ich finde nur, du solltest ehrlich zu ihm sein. Am Schluss habt ihr Ärger ... wegen mir. Das möchte ich einfach nicht.«

– Schweigen –

»Warum sprichst du auf einmal so leise?«

»Mach ich doch gar nicht.«

»Doch, du … flüsterst so komisch.«

»Das muss an dir liegen. Ich flüstere nämlich nicht.«

– Schweigen –

»Anni?«

– Schweigen –

»Du bist so leise. Ich verstehe dich ja kaum.«

»Ich spreche ganz normal mit dir!«

»Nein, tust du nicht.«

»Doch.«

»Schon wieder. Du flüsterst.«

»Nein!«

– Schweigen –

»Ben? Bist du noch da?«

»Ja, ich bin hier! Wo sonst?«

– Schweigen –

»Ben? Was ist los? Ich kann dich nicht mehr hören.«

»Hier. Ich bin hier. Hörst du mich nicht?«

– Schweigen –

»Anni?«

– Schweigen –

»Anni? Was ist passiert?«

– Schweigen –

»Seltsam.«

23.

Als ich nach Hause komme, ist es, als wäre ich nie weggewesen. Alles ist so, wie ich es in Erinnerung habe, wie ich es verlassen habe. Nur ein buntes selbstgebasteltes Schild an der Haustür, auf dem in fetten Lettern »Willkommen daheim« steht, erinnert daran, dass ich kurz weg war. Kurz mal weg.

Als ich meine Tasche abstelle, entdecke ich einen Erdbeerkuchen auf dem Esszimmertisch. »Lilly«, flüstere ich. Dann sehe ich Becky mit ihrem roten Kleid und den grünen Schuhen vor mir, wie sie auf der Parkbank sitzt und Ameisen zeichnet. Und Anni, wie sie am See sitzt und Erdbeerkuchen mit Sahne isst. Sie hat kein Gesicht, ich sehe sie nur von hinten. Kurze braune Haare, die sich gerade so zu einem kleinen Zopf zusammenbinden lassen. »Langweilige Brünette« hallt es in meinem Kopf, und ich ertappe mich bei einem Schmunzeln. In diesem Moment würde ich gerne ihre Stimme hören. Es ist schon fast ein Tag vergangen, seit wir zuletzt miteinander gesprochen haben.

Im Wohnzimmer fehlt die Staffelei, die ich Becky geschenkt habe. Lilly muss sie weggeräumt haben. Ich bin froh, dass ich mir keine Gedanken darüber machen muss. Als ich die Treppe in den ersten Stock hochgehe, fällt mein Blick auf die Kohlezeichnungen an den Wänden. Meine Hände, Lillys Gesicht, ein Frauenrücken. Lilly hat sie nicht abgenommen, wahrscheinlich weil schattenhafte Ränder auf der weißen Wand zurückgeblieben wären.

Mein Bett ist frisch überzogen, durch das Fenster dringen Sonnenstrahlen, und draußen zwitschern die Vögel. Als hätte Lilly es so für mich bestellt. Ich muss schmunzeln. Wenn sie nach Hause kommt, werde ich sie fragen, wie es ihr geht. Ich nehme mir vor, mit ihr zu sprechen, über alles, was passiert ist. Und ich werde sie fragen, wann das nächste Volleyballspiel ist.

Genau in diesem Moment klingelt es an der Tür, als wollte jemand prüfen, ob ich meinen Gedanken Taten folgen lasse. Wieder ein Schmunzeln auf meinen Lippen. Als ich die Tür öffne, ist es wie weggefegt.

»Du?«

Anni erzählt

AUGUST

24.

Der Regen prasselt gegen die Scheibe, an der mein Kopf lehnt. Das Bild vor meinen Augen ist trüb und verschwommen. Es lässt mich schläfrig werden. Ab und an schließe ich erschöpft die Augen und drifte in eine andere Welt ab. Doch die Geräusche, die mich umgeben, das ewige Rattern, das schrille Pfeifen, scheuchen mich immer wieder erbarmungslos auf. Seit einer halben Stunde sehe ich dem Regen dabei zu, wie er dicke Tropfen auf der Scheibe hinterlässt. Er begleitet mich, seit ich losgefahren bin. Ich ziehe mir die Jacke über die Schultern und verschränke die Arme vor der Brust. Für einen Augusttag ist es kühl.

Ich werfe einen flüchtigen Blick auf die Uhr und merke, dass es nur noch ein paar Minuten dauert. Mein Magen zieht sich unangenehm zusammen. Dieses Gefühl hat mich die ganze Nacht geplagt. Deshalb fühle ich mich so müde. Als mein Handy in der Hosentasche vibriert, bin ich kurz davor, es einfach klingeln zu lassen, ziehe es dann aber doch heraus. »Hannes« steht im Display. Wie eine Mahnung. Er meldet sich mit einem erschöpften »Hi«, während im Hintergrund Gummisohlen quietschen.

»Wo bist du?«

»Badminton spielen. Ich wollte eigentlich nur hören, ob du gut angekommen bist.«

Der Regen wird stärker und peitscht so laut gegen die Scheibe, dass ich ihn kaum verstehen kann.

»Ich bin noch nicht da. Der Zug hatte Verspätung. Wird aber nicht mehr lange dauern. Fünf Minuten.«

Die Verbindung wird schlechter. Seine Stimme klingt abgehackt. Ich muss mich konzentrieren, um ihn zu verstehen, und spüre, wie müde ich durch die Fahrt geworden bin.

»Ich verstehe dich so schlecht. Es regnet ohne Ende«, seufze ich.

Im Hintergrund höre ich ein Ächzen und Stöhnen, und ich kann den Schweiß förmlich riechen.

»Wann triffst du dich denn mit … wie heißt sie noch mal? Hab den Namen vergessen.«

»Mira.«

»Ja, genau, Mira«, murmelt Hannes. »Wann trefft ihr euch?«

»Um eins.«

»Na, das schaffst du ja trotzdem noch.«

Ich werfe einen Blick auf meine Uhr. Es ist zwanzig nach zwölf.

»Ja«, murmle ich einsilbig und gähne dabei.

»Okay. Wie gesagt, ich wollte mich nur mal kurz melden. Bei dir wird es heute ja sicher spät werden. Wir sehen uns dann morgen, oder? Das Essen ist um kurz nach zwölf. Es gibt Lammrücken.«

Ich schließe erschöpft die Augen. Das Mittagessen bei Hannes' Eltern hatte ich vollkommen vergessen. Die Aussicht auf Lammrücken macht es nicht gerade besser.

»Ja, ich weiß, du magst kein Lamm. Aber meine Mutter hatte das Ding schon im Kühlschrank … Du kannst ja bei den Beilagen bleiben.«

»Schon okay. Kein Problem.«

Er lacht und wünscht mir einen schönen Nachmittag mit meiner Freundin Mira. Als ich aufgelegt habe, entnehme ich der Lautsprecherdurchsage, dass wir in wenigen Minuten ankommen werden. Mein Herz schlägt schneller. Ich knöpfe meine dünne Jacke hastig zu und bemerke das Zittern meiner Finger. Dann schließe ich den Reißverschluss meiner kleinen braunen Ledertasche und schwinge sie mir um die Schulter.

Als der Zug zum Stehen kommt, werfe ich einen letzten nervösen Blick aus dem regennassen Fenster und verlasse das Abteil. Ein Schwall dampfiger Luft weht mir entgegen, als ich meinen Fuß auf den Bahnsteig setze. Es riecht nach einer bizarren Mischung aus Regen, Fast Food und Zug. Gleis 21. Mit mir haben rund einhundert Menschen den Zug verlassen. Sie strömen in alle Richtungen davon, um dem Regen zu entgehen. Ein paar beschäftigen sich mit den aushängenden Fahrplänen oder dem Getränkeautomaten.

Die Uhr zeigt kurz nach halb eins an. Noch dreißig Minuten, denke ich unruhig und mache mich auf den Weg zu Gleis 1. Als ich einen Hotdog-Stand passiere, rebelliert mein Magen unangenehm. Seit heute Morgen habe ich nichts mehr gegessen, aber ich widerstehe der Versuchung, einen fettigen Hotdog zu verschlingen, und lasse den Stand hinter mir. Der Weg zu Gleis 1 erscheint mir endlos lang. Es herrscht ein einziges Gedränge. Überall hasten Menschen zu ihren Zügen, ziehen Koffer hinter sich her, werfen bestürzte Blicke auf ihre Uhren. Ich öffne die Knöpfe meiner Jacke und fächere mir Luft zu. Auf meiner Nase bilden sich kleine Schweißtropfen.

Je näher ich Gleis 1 komme, umso unsicherer werde ich. Das Verlangen, wieder umzukehren, wird stärker. Ich beginne, meine Entscheidung in Frage zu stellen. Was, wenn er doch recht hatte? Was, wenn wir uns völlig unsympathisch sind? Wenn wir uns langweilen, uns unwohl zusammen fühlen? Was, wenn wir uns nicht erkennen? Uns jemand anderen vorgestellt haben? Enttäuscht sind?

Es ist zwanzig vor eins, als ich am richtigen Gleis stehe, das von Hunderten von Menschen belagert wird. Panik bricht in mir aus. Wie sollen wir uns hier finden? Wie soll er MICH hier finden? Alle Bänke sind von älteren Menschen besetzt, stelle ich beunruhigt fest. Hier wird er mich nie finden. Nie. Mein Mut verlässt mich. Ich erwäge, umzukehren und nach Hause zu fahren. Was für eine Schnapsidee. Hätte ich nur nichts gesagt. Fahr nach Hause, Anni. Lass es bleiben.

Eine Durchsage ertönt am Gleis. Sie scheint wichtig zu sein, beinahe jeder streckt seinen Kopf übertrieben in die Höhe. Der Zug verspätet sich, wenn ich es richtig verstanden habe. Welcher Zug? Ich sehe hoch zur Anzeigentafel. Der ICE nach München fährt mit zehnminütiger Verspätung um 12 Uhr 55 ab. Ein Anflug von Erleichterung überkommt mich, als ich daran denke, dass sich das Gleis noch vor ein Uhr leeren wird. Dann besteht vielleicht doch noch die Möglichkeit … Ich verwerfe den Gedanken.

Was mache ich hier eigentlich? Seit fast zwei Wochen habe ich nichts mehr von ihm gehört. Damals beim Picknick, bei Erdbeerkuchen und Brie. Bei der Erinnerung muss ich lächeln. Danach war alles vorbei. Nicht einmal verabschieden konnte ich mich. Ich war einfach weg, als wäre ich nie da gewesen. Als hätte es mich nie gegeben.

Neben einer älteren Dame wird ein Platz frei. Im Nu sitze ich neben ihr und fühle Erleichterung in mir aufkommen. Immerhin sitze ich jetzt auf einer Bank. Wie vereinbart. Wenn er kommt, wird er mich finden. Wenn er kommt. Ich schüttle den Kopf. Er muss. Jeden Tag habe ich mich gefragt, wie es ihm wohl geht, wie er klarkommt in seinem neuen, alten Leben, was er macht, was er denkt, was er fühlt. Jeden Tag habe ich die Stunden bis zu unserem Treffen gezählt, mich darauf gefreut, ihn endlich vor mir zu haben. Ein erstes Mal, vielleicht ein einziges Mal.

Wenige Minuten später rauscht der ICE in den Bahnhof, und das große Gedrängel beginnt von vorne. Innerhalb weniger Sekunden ist der Bahnsteig wie leergefegt. Ein Teenager sitzt auf dem regennassen Boden und spielt mit seinem Handy. Ein grauhaariger Herr sitzt mit dem Rücken zu mir auf der anderen Seite der Bank und liest den neuen »Spiegel«. Eine junge Mutter studiert die Fahrpläne und schiebt ihren Kinderwagen vor und zurück. Sonst kann ich weit und breit niemanden entdecken. Es ist völlig ausgeschlossen, dass er mich übersieht. In drei Minuten ist es so weit. Meine Finger trommeln nervös auf meinem rechten Knie. Was sage ich zu ihm? Wie begrüße ich ihn? Hallo? Hi? Hey? Tag? Gebe ich ihm die Hand, oder umarme ich ihn freundschaftlich? Die junge Mutter schiebt ihren Kinderwagen in Richtung Aufzug. Nur noch drei Personen auf dem Gleis, mich eingeschlossen. Er muss mich einfach erkennen. Eine schrille Durchsage dröhnt aus den Lautsprechern. Wegen Unwetterwarnungen sollen sich alle Fahrgäste auf weitere Verzögerungen einstellen. Ich sehe gebannt auf meine Uhr und verfolge den Sekundenzeiger. Es ist Punkt 13 Uhr.

Ben erzählt

August

25.

Es sind fast zwei Wochen vergangen, seit ich das letzte Mal von Anni gehört habe. Zwei Wochen, in denen sich mein Leben so schnell gedreht hat, dass mir fast schwindelig davon ist. Zwei Wochen, von denen ich Anni so gerne erzählen würde. Wenn ich daran denke, sie in ein paar Minuten vor mir zu haben, werde ich unruhig. Um ein Uhr auf Gleis 1. Ich denke seit Tagen an nichts anderes. Endlich die Frau kennenlernen, die zu dieser Stimme gehört. Endlich ein Gesicht haben.

Ich schlürfe meinen Kaffee so schnell, dass ich mir die Zunge verbrenne, und werfe einen kritischen Blick aus dem Fenster. Mit dem Fahrrad könnte ich in knapp fünfzehn Minuten am Bahnhof sein. Die dunklen Regenwolken am Himmel lassen mich diesen Plan überdenken. Vielleicht sollte ich doch lieber das Auto nehmen. Aber der heutige Samstag ist so verregnet, dass die halbe Stadt auf diese Idee kommt. Die Gefahr ist zu groß, im Stau steckenzubleiben und mich zu verspäten.

Ein flüchtiger Blick auf die Uhr verrät, dass es kurz nach zwölf ist. Ich tunke mein Croissant in den Kaffee und beiße das durchweichte Stück ab. Nebenbei schnappe ich mir das

Telefon und wähle Tims Nummer. Er geht nicht ran, und ich spreche ihm auf die Mailbox. Um zwanzig vor eins schwinge ich mich aufs Rad und trete in die Pedale. Draußen ist es unerwartet warm. Die Straßen dampfen noch vom morgendlichen Regen. Die Luft ist so schwül, dass mein T-Shirt innerhalb weniger Minuten auf meiner Haut klebt. Einzelne Schweißperlen wandern nach und nach meinen Rücken hinab. Die Reifen meines Fahrrads sind fast platt. Ab und an quietschen sie verdächtig. Ich hätte doch das Auto nehmen sollen, denke ich zerknirscht und fühle mich unangenehm verschwitzt. Oder wenigstens die Luft in den Reifen prüfen sollen. Aber wie lange ist es her, dass ich Fahrrad gefahren bin? Eine halbe Ewigkeit. So kommt es mir jedenfalls vor.

Als das Bahnhofsgebäude in Sicht ist, bricht mir endgültig der Schweiß aus. Meine Füße treten langsamer, mein Herz schlägt schneller. Als ich vor dem Haupteingang stehe, ist es genau 12 Uhr 50. Noch zehn Minuten. Wieder diese innere Stimme, die mir zuflüstert, umzukehren und nach Hause zu fahren. Ich ignoriere sie und betrete die Höhle des Löwen. Von nun an gibt es kein Zurück mehr.

Eine grelle Lautsprecherdurchsage lässt mich aufschrecken, als ich die Halle betrete. Ich spüre, wie angespannt ich bin, dabei geht es nicht einmal um mich, sondern um den kleinen Philip, der seine Mutter sucht. Der kleine Ben sucht seinen Mut, denke ich und schmunzle.

Um zu Gleis 1 zu gelangen, muss ich quer durch die ganze Bahnhofshalle laufen, vorbei an Bäckereien, Schnellimbissen und Eisständen. Auf der rechten Seite entdecke ich einen kleinen Blumenladen, der mit Rosen zum Sparpreis wirbt. Einen kurzen Moment denke ich ernsthaft darüber nach,

Anni Blumen zu kaufen. Doch ehe der Moment verstrichen ist, komme ich mir albern und sentimental vor. Warum sollte ich Anni Blumen schenken? Ich weiß nicht mal, ob sie Blumen mag.

In vier Minuten ist es so weit. An jeder Wand erinnert mich eine andere Uhr daran. Die Zeit verfolgt einen in Bahnhöfen. Hier entscheidet jede Minute darüber, in welchem Zug man landet und wann man nach Hause kommt. Bahnhöfe sind ohnehin seltsame Orte. Die unterschiedlichsten Menschen treffen hier aufeinander, um zu den verschiedensten Orten aufzubrechen. Und irgendwie sind Bahnhöfe auch traurige Orte, denn sie zeigen täglich Szenen des Abschieds. Hier wird geweint und gewunken, was alle freudigen Begegnungen automatisch in den Hintergrund drängt.

Als ich die Stufen zum Bahnsteig hinaufhaste, klopft mein Herz wild in der Brust. Mit jedem Schritt wird es heftiger und intensiver. Ich bin so angespannt, dass ich keinen einzigen Ton hervorbringen werde. Was soll ich nur machen, wenn Anni erst vor mir steht? Was sage ich zu ihr? Hallo, Anni? Hi, Anni? Endlich lernen wir uns kennen, Anni? Bist du's, Anni? Auf einmal klingen all diese Sätze furchtbar banal.

Oben angekommen, werfe ich einen nervösen Blick auf die Uhr. Noch eine Minute. Soll ich noch warten? Soll ich mich umsehen? Was, wenn sie noch nicht da ist? Wenn sie sich verspätet? Bisher sehe ich nur einen grauhaarigen Mann mit einem kleinen Mädchen, das seine Enkeltochter sein könnte. Sie stehen an einem Automaten und werfen Münzen hinein. Die nächste Bank ist leer. In einigen Metern Entfernung erkenne ich ein junges Pärchen, das sich einen Burger teilt.

Von hier aus habe ich keinen Überblick. Ich muss den ganzen Bahnsteig ablaufen, wenn ich sie finden will. Hier gibt es zu viele Bänke, auf denen sie sitzen könnte. Ich atme tief ein und wieder aus. Mein Blick sucht ein letztes Mal die Uhr. Angestrengt beobachte ich den Sekundenzeiger. Es ist 13 Uhr.

Anni erzählt

August

26.

Der grauhaarige Herr ist weg. Der Teenager auch. Die ältere Dame hat den Bummelzug nach München genommen. Der Bahnsteig ist leer. Eine zerfledderte Tageszeitung wirbelt über den feuchten Boden. Ich sehe ihr eine Weile zu, wie sie im Wind tanzt, dann starre ich wieder auf die Uhr an der Anzeigetafel. In den vergangenen dreißig Minuten habe ich das etwa achtzehnmal gemacht. Ich könnte auch auf meine eigene Uhr starren, aber aus irgendeinem Grund ziehe ich die Bahnhofsuhr vor.

Es nieselt. Auf der Bank sitze ich geschützt, aber der frische Wind ist kühl. Ich habe die dünne Jacke bis oben hin zugeknöpft, doch das Frösteln lässt sich nicht abwenden. Es ist so tief in meinem Körper, dass meine Zähne klappern.

Seit mehr als drei Stunden sitze ich auf dieser Bank, starre auf die Uhr oder zur Treppe. Ich habe viele Menschen kommen und gehen sehen. Junge Mädchen mit ihren Freundinnen oder Freunden, Senioren mit ihren Enkelkindern, Mütter mit Babys auf dem Arm oder im Kinderwagen, uniformiertes Zugpersonal, attraktive Anzugträger, verwahrloste Müllsammler. In nur drei Stunden sind hier die unterschiedlichsten Menschen vorbeigekommen.

Ob er noch kommt? Nein. Das glaube ich nicht. Warum ich trotzdem sitzen bleibe? Ich kann nicht anders. Vielleicht habe ich zu viel auf mich genommen, um an diesem Punkt zu kapitulieren. Vielleicht bin ich einfach zu müde, um mich zu bewegen. Ich weiß, dass ich irgendwann gehen muss. Aber noch ist der Zeitpunkt nicht gekommen. Noch will ich die Qualen ertragen.

Innerhalb der letzten Stunden sind mir viele mögliche Gründe eingefallen, die sein Fehlen erklären. Plausibel sind allerdings nur wenige davon.

Anfangs dachte ich, er hätte einfach den Zug verpasst und würde sich verspäten. Dann ist mir aufgefallen, dass ich nicht einmal weiß, auf welchem Weg er zum Treffpunkt kommen wollte. Da er in Hamburg wohnt, könnte er auch die U-Bahn oder den Bus gewählt haben. Vielleicht hat er sogar das Auto genommen und ist in einen Stau geraten. Wenn er ein Auto hat, was ich nicht sicher weiß. Die Verkehrstheorie habe ich relativ schnell ad acta gelegt. Er könnte krank sein, im Bett liegen. Vielleicht hast du mich aber auch vergessen, Ben. Vielleicht hast du wieder alles vergessen, was zwischen uns beiden war. Alle Gespräche, alle Diskussionen. Vielleicht ist es so. Vielleicht kannst du wirklich nichts dafür, weil dein Gedächtnis dir einen Streich spielt.

Die wahrscheinlichste Erklärung ist aber wohl jene, die mich am härtesten trifft. Ich würde sie nicht aussprechen, aber tief im Inneren erscheint sie mir am plausibelsten. Er wollte mich nicht treffen, hat es sich anders überlegt. Gut möglich, dass er mich sogar erst beobachtet und seine Entscheidung danach getroffen hat. Vielleicht entspreche ich einfach nicht seinem Bild von Anni. Vielleicht bin ich zu groß, zu brünett, zu normal. Vielleicht wusste er auf den ersten Blick, dass wir uns nie verstehen würden, dass die Chemie nie stimmen würde. Dieser Gedanke geht mir immer wieder durch den Kopf, und so schnell werde ich ihn sicher nicht los. Ablehnung ist hart. Sie trifft einen ins Herz und frisst einen von innen auf.

Es ist 16 Uhr 13. Das leichte Nieseln hat sich in strömenden Regen verwandelt. Er prasselt geräuschvoll auf das Plexiglasdach über mir. Der Bahnsteig hat sich wieder gefüllt, in wenigen Minuten fährt der nächste ICE nach München. Die Menschen suchen Zuflucht unter dem Dach, drängen sich dicht aneinander. Sie verdecken mir die Sicht auf die Uhr. Ich muss also doch wieder auf meine eigene sehen.

Jetzt würde er mich ohnehin nicht mehr finden. In dieser Masse von drängelnden Menschen bin ich nur eine von vielen. Wenigstens kann ich so untertauchen und mich unsichtbar machen. Niemand beobachtet mich, niemandem falle ich auf. Keiner fragt sich, warum ich den Nachmittag auf einem Bahnsteig verbringe.

Was sage ich zu Hannes, wenn er mich fragt? Was werde ich ihm erzählen? Die vorgesehene Geschichte? Die Geschichte von Mira und dem netten kleinen Café am Hafen, in das sie mich geführt hat? Wo wir uns den ganzen Nachmittag über Gott und die Welt unterhalten haben. Wo ich die Zeit völlig vergessen habe. Diese Sätze existieren seit Tagen in meinem Kopf. Auf jede seiner Fragen hätte ich die passende Antwort parat. Wie ist diese Mira so? – Aufgedreht, quirlig, lustig, ein kleines Plappermaul eben. Warum habe ich sie nie kennengelernt? – Sie war nach dem Studium ein

Jahr im Ausland. Was macht diese Mira denn so? – Sie arbeitet bei einem kleinen Hamburger Radiosender. Kommt sie dich demnächst auch mal besuchen? – Bestimmt, aber im Moment hat sie sehr viel Stress.

Der Gedanke an all diese Lügen lässt mich noch mehr frösteln. Ich verschränke die Arme vor der Brust und presse sie fest an mich. Meine Abgebrühtheit schockiert mich auf einmal. Wie konnte ich es nur so weit kommen lassen? Wie konnte ich in Kauf nehmen, meinen Freund, den allerwichtigsten Menschen in meinem Leben, eiskalt zu belügen? Wo mir doch Ehrlichkeit so viel bedeutet. Wo ich doch jede Art von Unaufrichtigkeit verdamme.

Ich drücke meine Arme noch fester an die Brust, so fest, dass es beinahe schmerzt, doch das Schamgefühl bleibt. Wie konnte ich nur? Was habe ich mir dabei gedacht? Wie konnte ich alles riskieren? Für einen Fremden. Für jemanden, den ich nicht einmal kenne. Für jemanden, der mich nicht kennenlernen will. Ich schließe gequält die Augen. Die vielen Menschen um mich herum verschwinden. Ich höre sie nicht mehr, sehe sie nicht mehr. Ich will auch nichts mehr hören, nichts mehr sehen. Soll mich doch der Regen davonschwemmen. Verdient hätte ich es. Es wäre nur die gerechte Strafe für meine Dummheit, meine Naivität, meine Waghalsigkeit, meine Unehrlichkeit.

Als der ICE geräuschvoll heransaust, öffne ich wieder die Augen. Der Fahrtwind lässt meine Haare tanzen, wirbelt sie in die Luft. Ganze Menschentrauben bilden sich an den Eingängen. Ich sehe ihnen dabei zu, wie sie sich in den Zug drängen und auf Platzjagd gehen. Der Bahnsteig wird leerer und leerer, der ICE voller und voller. Eine letzte Durchsage ertönt durch die Lautsprecher. Die Türen schließen sich, der Zug fährt ab.

Was ich jetzt tun werde? Aufstehen. Aufstehen und gehen. In den nächsten Zug steigen. Nach Hause fahren. Zu Hannes. Wo ich hingehöre. Alles vergessen. Nie wieder daran denken. Leb wohl, Ben. Leb wohl.

Ben erzählt

AUGUST

27.

Wo warst du, Anni? Was ist passiert? Warum bist du nicht gekommen? Seit Stunden rasen mir dieselben Fragen durch den Kopf. Immer und immer wieder. Sie bringen eine Ratlosigkeit mit sich, die mich quält und aufwühlt. Sie beherrschen mich, halten mich davon ab, aufzugeben. Ich habe das Gefühl, mich im Kreis zu drehen. In einem Kreis, der mich gefangen hält.

Seit wie vielen Stunden ich hier sitze, weiß ich nicht. Wie oft ich den Bahnsteig abgelaufen bin, ebenso wenig. Ich kenne hier jeden Fahrplan, jeden Automaten, jeden Mülleimer. Ich habe drei Züge ankommen und abfahren sehen. Ich kenne die Lautsprecherstimme, die regelmäßig ertönt.

Vielleicht sollte ich nach Hause gehen. Vielleicht sollte ich aufstehen und gehen. Alles hinter mir lassen. Ich mache es dennoch nicht. Es würde nichts bringen. All die quälenden Fragen in meinem Kopf, all die aufreibenden Gedanken blieben ohnehin nicht hier, blieben nicht zurück. Ich würde sie mit mir nehmen, ohne es zu wollen. Da mir dieses Schicksal sowieso gewiss ist, spielt es keine Rolle, wo ich bin und was ich tue. Ich kann gehen oder bleiben. Und ich entscheide mich, zu bleiben.

Irgendwann vibriert mein Handy in der Hosentasche. Den Ton habe ich ausgestellt. Ein leises Brummen. Ich könnte es einfach aus der Tasche ziehen und rangehen, aber ich lasse es bleiben. Ich hätte ohnehin keine Antwort. Seit Tagen drücke ich mich davor, sie zu geben. Vielleicht weil ich sie selbst noch nicht habe. Vielleicht weil ich sie heute finden wollte, weil ich gehofft hatte, dieser Tag würde sie mir irgendwie schenken. Aber dieser Tag ist anders verlaufen als erwartet. Oh, Anni, ich hätte deinen Rat gebraucht! Du hättest gewusst, was zu tun ist. Aber du bist nicht hier. Du bist einfach nicht hier. Warum bist du nicht hier? Was ist passiert?

Mir fallen Hunderte von Gründen ein, warum sie nicht gekommen ist, aber die Wahrheit ist doch, dass Menschen, die Verabredungen platzen lassen, nicht immer krank im Bett liegen. Sie haben auch nicht immer Autopannen. Sie geraten nicht zwangsläufig in Staus oder Unfälle. Manchmal lassen sie Verabredungen eben platzen, ohne einen entschuldbaren Grund zu haben. Weil sie keine Lust haben. Weil es ihnen nicht wichtig genug ist. Weil sie etwas Besseres zu tun haben. Vielleicht ging es dir ja genauso, Anni. Vielleicht bist du heute Morgen aufgewacht und hattest einfach keinen Bock, mich zu treffen. Und weil du mir die erbärmliche Standard-Ausrede ohnehin nicht hättest mitteilen können, bist du zu Hause geblieben. Vielleicht war es so, vielleicht nicht. Ich werde das nie erfahren. Also was soll's.

Das monotone Vibrieren meines Handys reißt mich ein weiteres Mal aus meinen Gedanken. Es würde nichts bringen, den Anruf anzunehmen. Ich habe keine Antwort. Ich brauche Zeit. Das Vibrieren verstummt nach einer Weile.

Der Zug saust geräuschvoll in den Bahnhof. Ein Gong ertönt durch die Lautsprecher, gefolgt von der fremden Frauenstimme, die mir so sympathisch ist. Eine Horde Jugendlicher steigt grölend aus dem Zug. Gleichzeitig vibriert mein Handy aufs Neue. Der alte Ben würde jetzt rangehen. Der alte Ben würde Nägel mit Köpfen machen, sich entscheiden. Will ich der alte Ben sein? Das Vibrieren hält an. Entscheide dich. Jetzt. Sofort. Ich denke einen Augenblick lang nach, doch ehe er verstrichen ist, liegt das Handy auch schon in meiner Hand. Becky. 17 Uhr 43. Ich drücke entschlossen auf den grünen Knopf.

»Ja«, sage ich mit fester Stimme. »Die Antwort ist … Ja.«

Anni erzählt

DEZEMBER

28.

Liebe Anni, ich wünsche Ihnen und Ihrer Familie ein fröhliches Weihnachtsfest und besinnliche Feiertage. Möge der Geist der Weihnacht über Ihnen wachen und Sie gut ins nächste Jahr geleiten. Herzliche Grüße, Ole und Eva-Maria.

Ich klappe die Karte zusammen und lasse sie wieder im Umschlag verschwinden.

»Ein bisschen pathetisch, oder?«, hallt es aus der Küche.

»Seine Frau ist Pfarrerin, was erwartest du?«, gebe ich zurück und lehne den Umschlag an die Vase auf dem Esstisch.

»Der sollte lieber mal ein paar Fahrstunden nehmen. Dann fährt er in Zukunft keine Radfahrer mehr über den Haufen.«

»Er hat mich nicht über den Haufen gefahren. Ich war selbst schuld, das weißt du genau.«

Hannes steckt seinen Kopf durch die Küchentür.

»Der Geist der Weihnacht hätte dir da jedenfalls nichts mehr gebracht«, spottet er und kommt mit einer Schüssel und einem Schneebesen im Arm aus der Küche. »Hier, probier mal. Schmeckt genial!«

Ich tauche meinen Finger in die schokoladige Masse und schlecke ihn genüsslich ab.

»Ja, ganz gut.«

»Ganz gut?! Mehr nicht?!«

»Für den ersten Versuch … ganz gut«, antworte ich frech und drücke ihm einen Kuss auf die Wange. Dann angle ich mir den Schneebesen und schlecke auch den wie ein kleines Kind ab.

»Hörst du auf! Das ist noch nicht fertig.«

Er reißt mir die Schüssel aus der Hand und drückt sie grinsend an sich.

»Von mir aus kann es so bleiben.«

»Dann ist es aber kein Soufflé!«

»Stört mich nicht im Geringsten. Warum backen, wenn es auch so schmeckt?«

»Weil ich nun mal ein Soufflé machen möchte. Wenn du Pudding willst, kannst du dir ja selbst einen machen«, murrt er und läuft wieder in Richtung Küche.

»Warum müssen wir unbedingt Soufflé essen? Das ganze Jahr über ist es dir vollkommen egal, was auf den Teller kommt.«

»Weil heute Weihnachten ist«, tönt es aus der Küche. »Und Weihnachten ist ein besonderer Tag. So ist das eben.«

»Ich glaube, es liegt daran, dass deine Eltern heute kommen und du unbedingt was zum Prahlen brauchst«, spotte ich.

»Wenn ich was zum Prahlen brauche, nehme ich dich!«

Ein Lächeln erscheint auf meinem Gesicht.

»Das war süß.«

Ich lasse ihn weiter die Küche auf den Kopf stellen und decke den Tisch so festlich wie möglich, damit Hannes seine Gourmet-Speisen auf einer feierlichen Tafel servieren kann. Als ich die Vase zur Seite stelle, fällt mir wieder die Karte von

Ole und Eva-Maria in die Hände. Ich lese sie ein zweites Mal und stelle sie sichtbar auf die Kommode im Wohnzimmer.

In diesem Jahr hat mir nur ein Mensch eine Weihnachtskarte geschrieben, da hat er es immerhin verdient, dass ich sie würdige, denke ich und nicke zur Bestätigung. Einen Moment lang bleibt mein Blick auf dem Umschlag haften, zu lange, um den Gedanken zu verdrängen, die Erinnerung an den vergangenen Sommer, den Unfall und die Zeit im Krankenhaus. All das liegt fast ein halbes Jahr zurück. Eine halbe Ewigkeit.

»Hat dir dieses zauberhafte Krippenmotiv die Sprache verschlagen?«

Hannes taucht hinter mir auf und legt seinen Kopf auf meine Schulter. Dann drückt er mir zärtlich einen Kuss auf den Hals.

»Nein, ich habe nur nachgedacht.«

»Über das Krippenmotiv?«, fragt er ironisch und grinst.

»Ja … und nein. Eigentlich habe ich mehr an den Unfall gedacht. Und dass es sehr lange her ist.«

Ich beginne, nachdenklich an meiner Lippe zu knabbern. »Diese Karte hat mich einfach daran erinnert, was alles passiert ist.«

»Klar, versteh ich. Aber das ist ewig her. Vorbei ist vorbei.«

»Ja«, flüstere ich. »Vorbei ist vorbei.«

Er haucht mir einen Kuss auf die Wange und verschwindet wieder in der Küche. Ich höre, wie er die Tür vom Backofen öffnet und ein Backblech hineinschiebt. Dann klirren ein paar Teller. Vorbei ist vorbei, wiederhole ich für mich. Aber es ist nur ein Flüstern.

»25 Minuten bei 160 Grad«, ruft Hannes laut. »Meine Eltern kommen um zwölf. Bis dahin müsste es fertig sein. Außerdem haben wir ja noch den Hauptgang.«

Ich werfe einen Blick auf die Uhr, es ist kurz nach halb elf. Bevor Werner und Annabelle kommen, muss ich dringend noch unter die Dusche springen und meinen Flanellschlafanzug gegen das Kleid tauschen, das nur einmal im Jahr zum Einsatz kommt.

»Wann willst du eigentlich dein Geschenk?«, ruft Hannes aus der Küche und lässt irgendetwas klirrend zu Boden fallen. »Autsch!«

»Alles okay?«

Ich öffne die Tür zum Badezimmer und schnappe mir ein Handtuch aus dem Schrank.

»Ja, ja, alles okay. Mir ist nur der Topfdeckel auf den Zeh gefallen.«

Ich schmunzle und ziehe meinen Schlafanzug aus.

»Also? Wann willst du es haben?«

»Ach so, das Geschenk. Heute Abend?«

Ich schlüpfe aus der Unterwäsche und werfe sie zusammen mit dem Schlafanzug in die Wäschetonne hinter der Tür.

»Da sind doch meine Eltern da!«

»Die kommen doch schon um zwölf«, rufe ich aus dem Bad.

»Was soll das denn wieder heißen? Dass meine Eltern nicht bis abends bleiben dürfen? Willst du sie dann rausschmeißen?«

»Blödsinn«, schreie ich. »Aber ich dachte eigentlich schon, dass wir Weihnachten zu zweit feiern. Nur wir … beide, verstehst du?«

Ich warte seine Antwort nicht ab, steige in die Duschkabine und drehe voll auf. Das Wasser strömt mir eiskalt entgegen und raubt mir einen Moment lang den Atem. Ich japse nach Luft und stelle sofort auf heißes Wasser um. Als ich das Shampoo im Haar verteile, setze ich mich auf den Boden der Duschkabine und lehne mich an die kühlen Kacheln. Wie ein Blitz fährt die Kälte durch meinen Körper. Ich schließe die Augen und denke an den vergangenen Sommer, an den Unfall, das Krankenhaus. An Ben. Reflexartig fahre ich mit dem Finger über meine Narbe, die feine Wulst auf meiner Stirn. Es ist lange her, dass ich an ihn gedacht habe. Die Enttäuschung war zu groß, der Schmerz zu gewaltig gewesen. Doch mit der Zeit ist es besser geworden. Die Arbeit und Hannes haben mich abgelenkt, haben dabei geholfen, Ben aus meinen Gedanken zu verbannen, ihn zu einer Erinnerung werden zu lassen. Ob diese Erinnerung gut oder böse ist, kann ich nicht genau sagen. Womöglich ein wenig von beidem.

»Da steckst du!«, meint Hannes, als er die Tür zum Badezimmer öffnet. Ein kalter Schwall Luft dringt herein. Ich stehe hastig auf und verteile den Schaum in meinen Haaren.

»Ich bin gleich fertig. Wollte mich nur schnell frisch machen, bevor deine Eltern kommen«, murmle ich fahrig und fühle mich ertappt. Diesen Moment hätte ich gerne für mich gehabt.

»Nur keine Eile. Ist ja noch nicht mal elf. Genug Zeit, um zusammen zu duschen.«

Er öffnet die Kabine und grinst mich herausfordernd an.

»Ich passe. Ein andermal, okay? Ich muss mich noch anziehen und schminken. Und der Salat ist auch noch nicht fertig. Nicht böse sein.«

Ich ziehe die Kabine demonstrativ zu und spüle mir den Schaum von den Haaren. Könnte ich doch nur dasselbe mit der Erinnerung machen.

Ben erzählt

DEZEMBER

29.

»Holst du mir mal bitte das Kochbuch?«, tönt es aus der Küche, während es scheppert und klirrt.

»Welches Kochbuch?«

»Das mit dem Süßkartoffel-Rezept. Oberstes Regal. Dunkelblauer Einband.«

Ich nicke skeptisch und trotte ins Wohnzimmer. Im obersten Regal reihen sich etwa zehn Koch- und Backbücher aneinander. Mindestens fünf davon sind blau, mindestens fünf habe ich noch nie geöffnet.

»Welches von den Blauen?«, rufe ich unsicher.

Gekichere in der Küche.

»Das Dunkelblaue.«

»Dunkelblau«, murmle ich und gehe Buch für Buch mit dem Zeigefinger durch. »Toskanisches Kochbuch, Basic Baking, Das große Buch der Aufläufe, Leckere Tortenträume. Die sind ja alle blau!«

»Duuuunkelblau«, kommt es seufzend aus der Küche, während ein Deckel geräuschvoll auf den Topf gesetzt wird. »Das kann doch nicht so schwer sein. Sind das deine oder meine Kochbücher?«

Ich ziehe ein unschlüssiges Gesicht und suche weiter nach

dem dunkelblauen Kochbuch. Die meisten dieser Bücher habe ich von meiner Mutter. Ich bringe es nicht übers Herz, sie wegzuschmeißen, obwohl ich sie eigentlich nie brauche.

»Festliche Menüs für Familie und Gäste? Meint ihr das?«

Wieder wird gekichert.

»Wenn es dunkelblau ist … ja.«

Ich ziehe das Wunschexemplar übereifrig aus dem Regal und reiße zwei weitere Bücher mit in die Tiefe. Eines davon knallt geräuschvoll auf den Boden. Das andere landet direkt in meinen Armen.

»Die Entdeckung des Himmels«, murmle ich und starre auf den Titel. Dann schlage ich das Buch auf Seite 632 auf, wo ein kleines Kalenderblatt an mein letztes Leseerlebnis erinnert.

»Auch sein Vater hatte ihn einmal gefragt, was er werden wolle. Architekt, hatte er damals geantwortet, aber die Vorstellung, für den Rest seines Lebens dies oder jenes zu machen und nichts anderes, kam ihm immer noch idiotisch vor. Um Sicherheit und geordnete Verhältnisse sollten sich besser andere kümmern. Auf ihn wartete etwas anderes, das und nur das war seine Sicherheit.«

»Was sagst du da?«

Ich klappe das Buch zusammen und stelle es zurück ins Regal.

»Nichts. Ich habe nur … gelesen.«

»Du liest?«, kommt es skeptisch zurück, und ich erröte ein wenig.

»Kommt vor.«

»Hast du das Buch gefunden?«

»Welches Buch?«

»Na … das Kochbuch!«

»Ach so«, hasple ich. »Ja, hab ich.«

Ich werfe einen Blick zurück ins Regal und ringe mit mir. Zwischen Kochbüchern hat es eigentlich nichts verloren. Ich ziehe es heraus und stelle es zu Beckys Kunstbänden. Aber irgendwie passt es dort auch nicht hin.

»Es ist nur ein Buch«, flüstere ich mir selbst zu. »Nur ein Buch.«

Ich schlage es wieder auf und streiche mit der Hand über die Seiten, jene Seiten, die ich in einem Krankenhausbett gelesen habe.

»Nein, es ist nicht nur ein Buch«, murmle ich nachdenklich und lasse es zufallen. »Es ist ein Kapitel meines Lebens.«

Becky und Lilly stehen im Türrahmen und grinsen. Sie tragen beide weiße Küchenschürzen und haben Mehlstaub im Haar, was bei Lillys hellen Haaren weniger auffällt als bei Beckys dunklen. Sie trägt sie seit ein paar Monaten braun, und es steht ihr gut – im Gegensatz zur Schürze, die bei ihr wie ein Fremdkörper aussieht.

»Das ist das falsche«, sagt Becky mit einem Schmunzeln und zieht die Augenbrauen hoch, während sie auf den blauen Band deutet. »Das mit dem Kochbuch ist eine Nummer zu groß für dich, oder? Da habe ich dir wieder eine Aufgabe gegeben! Tut mir leid.«

Sie drückt mir grinsend einen Kuss auf den Mund und schlingt die Arme um meinen Hals. Ihre Haare und ihr Duft sind plötzlich überall. Ich verstecke mein Gesicht in ihren Haaren und inhaliere ihren Geruch.

»Männer, die lesen, sind sexy«, haucht sie in mein Ohr. »Sehr sexy!«

»Ach ja?«

»Hmmm.«

Sie beginnt, an meinem Ohrläppchen zu knabbern, und bedeckt meinen Hals mit Küssen. Ich atme den würzigen Geruch ihres Parfums ein und spüre ihren heißen Atem auf meiner Haut. Einen Moment lang will ich sie ins Schlafzimmer ziehen und nur für mich haben.

»Becky«, flüstere ich. »Jetzt nicht.«

Sie lässt nicht nach und sucht meinen Mund mit ihren kirschroten Lippen. Ein Hauch von Lavendel liegt in der Luft. Es ist ihr Duft.

»Becky, nicht«, murmle ich abwehrend und versuche, mich von ihr loszulösen. »Lilly ist nebenan.« Ich befreie mich aus ihrer Umarmung und ernte einen verdutzten Blick. Dann hauche ich ihr einen entschuldigenden Kuss auf die Wange und lasse sie stehen. Ich gehe ins Schlafzimmer hinauf, schließe die Tür hinter mir und setze mich aufs Bett. Einen Moment lang starre ich an die Decke. Dann schlage ich das Buch auf Seite 632 auf und mache da weiter, wo ich vor langer Zeit aufgehört habe.

Anni erzählt

DEZEMBER

30.

Ein intensives Schokoladenaroma hat sich in der Wohnung ausgebreitet, als ich aus dem Badezimmer komme. In der Küche klappert und klimpert es noch immer, und ich habe die böse Vorahnung, dass Hannes unseren gesamten Küchenbestand durchforstet.

»Ich finde den Puderzucker nicht«, jammert er.

»Vielleicht weil wir keinen haben.«

»Wie, wir haben keinen?!«

Ich zucke ahnungslos mit den Schultern und wickle mir ein kleines Handtuch wie einen Turban um den Kopf. Für einen kurzen Moment sehe ich mich wieder im Krankenhausbett sitzen und über meinen Verband jammern.

»Wann brauche ich bitte Puderzucker?«

»Na … jetzt. Für das Soufflé. Ich muss es damit … bestäuben.«

»Tja, dann muss es wohl ohne Bestäubung auskommen«, seufze ich lächelnd und marschiere schnurstracks ins Schlafzimmer.

»Das sieht aber nur halb so schön aus. Ich wollte es genau so wie im Backbuch machen.«

»Hättest du mal lieber Pudding gemacht«, rufe ich schelmisch und öffne den Kleiderschrank. Hannes kommt ins Schlafzimmer und nickt anerkennend, als wolle er mir sein Einverständnis zu meiner Kleiderwahl geben.

»Und was mache ich jetzt? Ohne Puderzucker sieht es nach nichts aus.«

»Oh Mann, ist doch egal. Dann hat dein Soufflé eben keine Deko. Hauptsache, es schmeckt.«

Er rümpft kritisch die Nase und versucht erst gar nicht, den Perfektionisten in sich zu verbergen. Halbe Sachen mag er nicht. »100 Prozent« prangt wie ein unsichtbares Tattoo auf seiner Stirn, ein Mantra, das mich zuweilen einschüchtert.

»Warum ist dein Soufflé überhaupt schon fertig?«, frage ich beiläufig, beuge den Kopf nach vorne und beginne, meine feuchten Haare zu kämmen.

»Warum nicht?«

Er sieht prüfend in den Spiegel und streicht über sein glattrasiertes Kinn.

»Na, isst man Soufflés nicht warm?«

Stille breitet sich im Raum aus, und ich ahne schon, was kommt.

»Warum sollte man die warm essen?«, fragt Hannes unsicher.

»Hm, ich bilde mir ein, das mal gelesen zu haben. Aber wenn nichts in deinem schlauen Buch steht, wird es wohl auch nicht so sein. Du bist der Ernährungswissenschaftler.«

Unter der Fülle meiner Haare beobachte ich ihn von der Seite und kann mir ein Grinsen nicht verkneifen, als ich das Entsetzen in seinen Augen sehe.

»Nein … da steht nichts. Gar nichts. Und außerdem ist das

ja auch nichts anderes als ein Kuchen. Also ein Minikuchen, meine ich. Und Kuchen isst man auch nicht … warm.«

»Na, wenn du das sagst.«

Für einen Moment ringt er mit sich, dann murmelt er leise vor sich hin und geht hastig aus dem Schlafzimmer. Wenige Sekunden später klappert es wieder in der Küche. Ich kann mir ein Grinsen nicht verkneifen und freue mich, dass auch Perfektionisten manchmal zu flüchtig über Rezepte lesen.

Als ich kurz darauf in die Küche komme, strömt mir ein herrlicher Kakaoduft entgegen. Hannes kämpft mit vier unförmigen Schokobergen, die aus weißen Förmchen quellen.

»Sag jetzt bloß nichts Falsches«, murrt Hannes, während er die Spülmaschine einräumt.

»Es riecht köstlich.« Ich tapse auf ihn zu und drücke ihm einen Kuss auf die Stirn. »Sehr lecker.«

Er brummt etwas Unverständliches vor sich hin und setzt die Spülmaschine in Gang.

»Also, was ist jetzt? Bekomme ich mein Geschenk?«

»Dachte, du wolltest es erst heute Abend?«

»Hm, hab's mir anders überlegt. Geschenke! Sofort!«

Er schüttelt den Kopf und holt die Geschenktüte, die er am Eingang deponiert hat. Mit ihren pinkfarbenen Rentieren sieht sie gleichermaßen bescheuert und niedlich aus, aber an Weihnachten ist alles schön, was das restliche Jahr über vollkommen daneben ist.

»Für die Tüte kann ich nichts«, meint Hannes entschuldigend, als könne er meine Gedanken lesen. Er zieht ein goldenes Päckchen heraus und hält es mir unter die Nase. »Frohe Weihnachten.«

Für eine Ringschatulle ist es zu groß – ich weiß nicht, ob ich darüber enttäuscht oder froh bin. Hannes und ich haben nie darüber gesprochen, in welche Richtung unsere Beziehung gehen soll. Ich lasse mich mit meinem Geschenk auf die Couch fallen und packe es langsam und sorgfältig aus.

»Ich hoffe, es gefällt dir«, sagt Hannes unsicher – was daran liegen könnte, dass er mit seinem letzten Geschenk nicht bei mir punkten konnte. Aber wer einer Frau mit Silberallergie ein Silberarmband schenkt, ist selbst schuld.

»Die Entdeckung des Himmels«, murmle ich bestürzt, als ich das Papier abstreife und sehe, was sich darunter verbirgt. Für einen kurzen Moment bin ich sprachlos, und schon wieder weiß ich nicht, ob ich weinen oder lachen soll.

»Das ist doch das Buch, das dir so gefällt … oder?«

Ich starre auf den dicken Wälzer in meiner Hand und bringe keinen Ton hervor.

»Nicht? Ist es das falsche Buch? Habe ich wieder was verwechselt?«

Ich streiche über den festen Einband und schlage die erste Seite auf. Ein kritzeliger Schriftzug prangt auf dem weißen Papier.

»Es ist handsigniert«, meint Hannes mit gedämpfter Stimme und sucht meinen Blick. Ich kann seine Anspannung fühlen. Ich spüre förmlich, dass er sich nach einer Reaktion sehnt. Es ist nicht fair, ihn derart hinzuhalten, aber ich weiß nicht, was ich sagen soll.

»Ich weiß zwar nicht, warum eine Kritzelei auf der ersten Seite so dermaßen viel ausmacht, aber da bist du die Fachfrau.«

Ich klappe das Buch wieder zu und fahre die gestanzten

Buchstaben auf dem Cover nach. Es ist ein schönes Exemplar.

»Gefällt es dir wenigstens? Ich meine, ist es das Buch, das du so magst?«

Ich nicke stumm und beginne, im Buch zu blättern. Wie in Trance gleiten meine Augen über die einzelnen Seiten. Hier und da bleiben sie hängen, schnappen Wörter oder ganze Sätze auf.

»Über den Tod zu reden heißt, Zeit zu verschwenden. Solange du lebst, bist du nicht tot, und wenn du nicht mehr lebst, bist du nur für andere tot.«

Für einen Moment bilde ich mir ein, dass ich meine Emotionen ausblenden kann, dann füllen sich meine Augen mit Tränen, und ich kann nichts dagegen tun. Es ist eine Last, die von mir fällt und mich gleichzeitig erdrückt.

»Anni«, flüstert Hannes erschrocken. »Was ist los?«

Ich kann ihm nicht in die Augen sehen, so sehr hasse ich mich in diesem Augenblick. Ich hasse mich für meine Tränen, meinen Kummer, meine Erinnerung. Ich hasse mich dafür, dass er mir das schönste Geschenk der Welt macht und ich an jemand anderen denke.

»Anni, sag doch was. Du weinst ja.«

Er legt mir den Arm um die Schulter und drückt mich an sich. Ich spüre die Wärme seines Körpers und kann sie doch nicht annehmen, so fremd erscheint sie mir plötzlich. Eine einsame Träne kullert auf das Buch und hinterlässt einen kreisrunden Tropfen.

»Ist es wegen dem Buch? Bist du enttäuscht, weil ich dir nur ein Buch schenke? Mist, ich war mir auch nicht sicher, ob … na ja.«

Ich schüttle heftig den Kopf und unterdrücke ein Schluchzen. Du hast gar nichts falsch gemacht, denke ich verzweifelt. Das ist es ja. Du machst alles richtig, und ich benehme mich wie eine dumme Nuss, die von der Vergangenheit eingeholt wird.

»Anni?«

Der besorgte Ton seiner Stimme quält mich, lässt mich noch lauter schluchzen. Er streicht mit der Hand über mein Haar und wischt mir sanft eine Träne von der Wange. Ich fühle mich grässlich, verabscheue mich zutiefst. Warum jetzt? Warum heute? Warum kommt alles zurück? Warum holt es mich ein? Warum fällt mir ausgerechnet heute dieses Buch in die Hände? Dieses verdammte Buch.

»Ist schon gut«, flüstert er.

Nichts ist gut. Gar nichts. Ich muss mich zusammenreißen. Wenn nicht für mich, dann für Hannes. Ich darf mich nicht gehenlassen. Nicht heute, nicht nach so langer Zeit.

»Tut mir leid.« Es ist nur ein Flüstern. »Das Buch … es ist … einfach unglaublich. Das ist das schönste Geschenk, das ich je … bekommen habe. Ich bin irgendwie überwältigt.«

Die Falten auf seiner Stirn legen sich, und er strahlt mich an.

»Das freut mich. Wirklich. Es war gar nicht so leicht, ein signiertes Exemplar aufzutreiben.«

Ich lächle gequält und tupfe mir die Tränen mit einer Serviette ab. Die schwarze Farbe meiner Wimperntusche bleibt zurück.

»Ich war einfach sentimental. Du hast mich … voll erwischt.«

»Ich habe nicht gewusst, dass dir das Buch so viel … bedeutet. Ich meine, es ist dein Lieblingsbuch, aber trotzdem … Es ist ja nur ein Buch. Das hatte ich jetzt nicht erwartet.«

»Ich bin eben eine Heulsuse.« Meine Stimme ist plötzlich laut und aufgedreht, aber Hannes scheint es nicht zu bemerken. Er wirkt erleichtert und gelöst, seit wieder Worte aus meinem Mund kommen. »Jetzt geht es mir wieder gut.«

»Okay, gut. Dann muss ich mir keine Sorgen machen?«

Ich setze ein künstliches Grinsen auf und schüttle den Kopf.

»Alles okay?«

»Alles okay.«

Er nickt befreit und drückt mir einen Kuss auf die Stirn. Dann steht er hastig auf und läuft zum Geschirrschrank.

»Ich werde jetzt den Tisch decken. Meine Eltern müssten in einer halben Stunde kommen. Bleib du einfach sitzen und … äh … wirf vielleicht noch mal einen Blick in den Spiegel. Du siehst ein bisschen aus wie ein Goth.«

Er grinst, und ich tupfe mir die Mascarareste aus dem Gesicht. Während hinter mir Geschirr klirrt, nehme ich das Buch zur Hand und schlage es auf einer beliebigen Seite auf.

»Müsste, um die Welt zusammenzuhalten, nicht eigentlich immer jemand ununterbrochen auf sie schauen?«

»Hast du was gesagt?«, fragt Hannes und sortiert das Besteck.

»Nein, nur gelesen.«

Ben erzählt

DEZEMBER

31.

Wenn mich der vergangene Sommer eines gelehrt hat, dann, dass alles Schlechte immer auch etwas Gutes mit sich bringt. Das mag eine abgedroschene Phrase sein, weniger wahr ist sie deswegen noch lange nicht. Ich kann mich noch genau an den Moment erinnern, als ich im Krankenhaus aufgewacht bin und enttäuscht feststellen musste, dass ich es nicht auf die Reihe gekriegt habe, mich aus dem Leben zu schleichen. Und genauso gut erinnere ich mich an den Moment, in dem ich froh darüber war. Weil ich zwar viel verloren, aber Anni bekommen hatte. Einen Menschen, dem ich alles anvertrauen konnte, der so weit weg und so nah an mir dran war wie kein zweiter.

»Könntest du jetzt bitte dieses verdammte Ding zur Seite legen? Heute ist Weihnachten, falls du es vergessen hast.«

Ich sehe von meinem Buch auf, und Becky straft mich mit einem mürrischen Blick. Sie sitzt mir gegenüber auf der Wohnzimmercouch, die Arme vor der Brust verschränkt und lässt ihre Augen zum Kamin wandern, wo ein gemütliches Feuer lodert und den Raum in ein ewiges Lichtspiel aus tanzenden Flammen taucht.

»So habe ich mir das nicht vorgestellt«, brummt sie und

knabbert lustlos an einem Zimtstern, der schon einen Zacken verloren hat. Ich schiebe einen zerfledderten Notizzettel zwischen die Seiten 826 und 827, bevor ich das Buch zuklappe und weglege.

»Wo ist dein Problem? Du wolltest doch einen gemütlichen Abend.«

Eigentlich passen Becky und »gemütlich« von vornherein nicht zusammen. Gemütliche Abende schlägt sie höchstens vor, wenn sie krank ist, und das Bild von ihr in einer schlabberigen Jogginghose wirkt ein bisschen verstörend auf mich.

»Ja, einen gemütlichen Abend. Aber was ist daran gemütlich, wenn du liest und ich dumm auf dem Sofa sitze?«

»Du kannst doch auch lesen.«

»Ich will aber nicht lesen«, erwidert sie gereizt und kneift die Augen zusammen. Wenn sie mich so ansieht, ist sie unwiderstehlich – trotz Jogginghose. »Nicht jetzt. Es ist Weihnachten.«

»Und … an Weihnachten darf man nicht lesen, oder wie?«

Ich kann mir ein Stirnrunzeln nicht verkneifen und schlage das Buch wieder auf – allein um sie zu reizen und diesen Ausdruck auf ihrem Gesicht zu konservieren.

»Sag mal, was ist eigentlich los mit dir? Du bist so … so … komisch. Den ganzen Tag schon. Was ist dein Problem?«

»Gar nichts«, flüsterte ich leise. »Alles bestens. Ich weiß nicht, was du meinst.«

»Gut, dann leg dieses blöde Buch jetzt weg und komm zu mir aufs Sofa. Wir könnten uns den Film ansehen.«

Sie zeigt auf eine DVD, die sie sich von mir zu Weihnachten gewünscht hat.

»Das ist ein spanischer Film.«

»Wozu gibt es Untertitel?«

»Ich will jetzt aber keinen Film mit Untertiteln ansehen. Warum können wir hier nicht einfach gemütlich am Kamin sitzen und …«

»Lesen?«, wirft sie spöttisch ein und legt die Stirn in Falten. Wieder dieser Blick. Ich setze mich neben sie und lege meine Arme um ihre Schultern. Ihre Haare duften fruchtig. Für einen Moment sehe ich sie wieder auf der Parkbank sitzen und Ameisen zeichnen, in einem Kleid, das mich an Erdbeeren denken lässt. »Du liest doch sonst auch nicht.«

»Warum so zickig?«, flüstere ich ihr ins Ohr.

»Zickig?! Ich bin also zickig? Vielleicht solltest du dich mal fragen, was heute mit dir los ist. Du warst doch überhaupt nicht bei uns. Körperlich vielleicht. Aber in Gedanken …«

»… war ich nur bei dir«, hauche ich und streiche mit der Hand über ihre vom Feuer erhitzte Wange. Eine Lüge. Es gab Augenblicke – Minuten, Sekunden – an diesem Tag, in denen ich definitiv woanders war.

»Hey.«

Ich stupse sie in die Seite und ziehe sie an mich, atme ihren Duft ein, den Geruch ihrer Haut. Meine Hände wandern unter ihren Pullover, suchen ihren Körper.

»Lass das«, murrt sie und schiebt meine Hände weg. »Das ist nicht fair. Du weißt genau, was mir das bedeutet.«

»Auf einmal …«, setze ich an und bereue es noch im selben Moment.

Sie richtet sich kerzengerade auf und starrt mich fassungslos an. Was ich in diesem Moment in ihren Augen lese, lässt mich innerlich erstarren.

»Das ist unterste Schublade, Ben. Wie kannst du nur jetzt damit anfangen. Es ist doch Weihnachten.«

Sie stößt mich energisch von sich und erhebt sich vom Sofa.

»Ach, jetzt einfach abhauen, oder wie? Das ist ja mal wieder typisch für dich. Wenn es ernst wird, machst du dich aus dem Staub. Schön, dass sich daran nichts geändert hat.«

Ich kann dabei zusehen, wie meine Worte sie mitten ins Herz treffen, und weiß nicht, ob ich diesen Moment genießen oder beschämt sein soll. Es ist eine dieser Situationen, in denen man genau weiß, welchen Schaden man anrichtet, und trotzdem nicht aufhören kann.

»Du machst gerade alles kaputt.«

»Na, dann passen wir ja wenigstens in dieser Hinsicht zusammen.«

Sie schüttelt ungläubig den Kopf.

»Was soll das? Was redest du da? Ich erkenne dich ja gar nicht wieder. Warum bist du so? So … kalt? Ich dachte, wir hätten die Vergangenheit hinter uns gelassen. Das wollten wir doch. Neu anfangen. Ein neues Leben beginnen. Zusammen.«

»Ja, das wollten wir«, seufze ich nachdenklich und wende meinen Blick von ihr ab. »Aber die Vergangenheit … ist überall. Sie lässt sich nicht einfach vergessen, Becky.«

»Warum denn plötzlich? Bisher lief es doch so … gut zwischen uns, besser denn je. Ich verstehe dich nicht.«

Ich verstehe mich selbst nicht, würde ich gerne antworten, aber ich lasse es bleiben. Die Wärme des Kaminfeuers lässt meine Wangen glühen. Mein Kopf fühlt sich schwer und heiß an. Ich weiß, dass ihre Augen in diesem Moment meinen Blick suchen. Ich weiß, dass sie auf eine Reaktion wartet.

»Vielleicht haben wir uns etwas vorgemacht«, flüstere ich leise.

»Das glaub ich jetzt nicht. Das … ist nicht dein Ernst. Ich habe alles aufgegeben für dich. Ich habe … mich geändert.«

In ihrer Stimme schwingt ein Anflug von Verzweiflung mit. Ich bereue meine Worte und kann sie doch nicht zurücknehmen. Vielleicht weil ich sie genau so meine. Sie schüttelt verstört den Kopf und macht Anstalten, das Wohnzimmer zu verlassen.

»Ich … es … ich wollte dir nicht weh tun«, bringe ich stockend hervor, doch sie hört es nicht mehr. Statt ihr nachzugehen und um Verzeihung zu bitten, bleibe ich regungslos sitzen und starre ins Feuer. Die Flammen tanzen wild vor meinen Augen umher. Eine Tür im Dachgeschoss knallt geräuschvoll zu. Jetzt ist der Moment gekommen, an dem ich aufstehen und zu ihr gehen sollte, doch ich lasse ihn vorbeiziehen.

Anni erzählt

DEZEMBER

32.

Vielleicht sollte ich diesen Tag einfach vergessen. Vielleicht sollte ich die Augen schließen und schlafen, nicht mehr daran denken, dass die Geister der Vergangenheit in meinem Kopf spuken. Irgendetwas spukt immer in meinem Kopf umher. Wenn es nicht Ben ist, sind es die Erinnerungen an ihn. Es fühlt sich falsch an, neben Hannes zu liegen, seine warme Hand auf meiner Hüfte zu spüren, seinem Atem zu lauschen, sein Bein an meinem zu fühlen und dabei in Gedanken so weit weg zu sein. Seine Nähe, die ich eigentlich so liebe, erdrückt mich auf einmal. Sie lässt mich nicht schlafen, löst Schweißausbrüche bei mir aus. Manchmal schließe ich die Augen, nur um zehn Sekunden später wieder aufzuschrecken. Vielleicht ist es das schlechte Gewissen, das mich plagt. Die gerechte Strafe für meine Doppelmoral.

»Also du bist ziemlich hart zu dir selbst.«
»Das war ja mal wieder klar.«
»Nette Begrüßung.«
»Das war sooo klar. Den ganzen Tag geisterst du mir durch den Kopf und verfolgst mich mit dämlichen Karten und ... Büchern. Und dann bist du auch noch in meinen Träumen.«

»Was ist los, Anni?«

»Hör auf, mit mir zu sprechen. Du bist gar nicht da, und ich will auch nicht von dir träumen. Ich will dich nie wiedersehen und nie wieder hören.«

»Das ist eine Ansage.«

»Nein, das ist ein ätzender Traum, und wenn ich aufwache, geht's mir beschissen.«

»Das kenn ich gut. Aber es ist kein Traum.«

»Klar, dass du das sagst. So läuft das immer in Träumen …«

»Das ist kein Traum, Anni. Ich kann's zwar selbst nicht ganz glauben … aber ich bin wieder da.«

– Schweigen –

»Ich glaub dir kein Wort.«

»Warum?«

»Weil Träume immer lügen.«

»Träume vielleicht schon. Aber ich nicht. Ich bin hier. Ich rede mit dir. Jetzt, in diesem Moment. Ich bin wieder da, Anni. Das hörst du doch.«

– Schweigen –

»Na gut, dann spielen wir dieses Spiel eben weiter. Ich habe gerade auch so richtig Lust auf Spiele.«

»Das ist kein Spiel, Anni. Aber diese Ironie habe ich vermisst.«

»Ja, ja, schon klar. Das ist alles real … Bla, bla, bla … Kommt mir bekannt vor. Hab ich so schon tausendmal geträumt. Ist nichts Neues, glaub mir. Aber was soll's. Dann spielen wir eben das alte Spiel.«

»Welches alte Spiel?«

»Das ›Was ich Ben fragen würde, wenn … -Spiel‹.«

»Anni …«

»Doch, lass es uns spielen. Ich bin gut darin. Hab es jede zweite Nacht gespielt. Macht Spaß.«

»Anni, du begreifst nicht …«

»Also, Frage Nummer 1: Verdammt noch mal, warum warst du nicht da?!«

»Anni …«

»Frage Nummer 2: Verdammt noch mal, warum warst du nicht da?!«

»Hör auf damit …«

»Frage Nummer 3: Verdammt noch mal, warum warst du nicht da?!«

»Anni, hör auf zu schreien, verdammt! Das hier ist kein Traum. Es ist real. ICH bin real. Begreif das doch endlich!«

– Schweigen –

»Warum auf einmal?«

»Weinst du?«

»Nein!«

»Du klingst aber so.«

»Da bildest du dir ein bisschen zu viel auf dich selbst ein.«

»Sorry.«

– Schweigen –

»Ach, Anni. Ich freu mich so, dass ich dich wieder hören kann. Warum kannst du das nicht auch?«

»Warum solltest du plötzlich wieder … da sein? Warum sollte ich dir das abnehmen? Du warst ewig weg.«

»Äh, du auch.«

– Schweigen –

»Anni, du musst mir vertrauen. Ich weiß auch nicht, was gerade mit mir … mit uns passiert. Aber das spielt auch keine Rolle.«

»Ach nein?!«

»Warum das passiert, ist mir egal … solange es passiert. Solange es bleibt.«

– Schweigen –

»Oh Gott …«

»Anni …«

»Oh Gott … Das ist kein Traum, oder? Das ist echt …?«

»Na endlich …«

»Du bist's wirklich? Du bist wieder da? In meinem Kopf?«

»Schätze schon.«

»Kein Traum?«

»Kein Traum.«

»Ben … Oh Gott … Wie …? Was …?«

»Keine Ahnung, Anni. Keine Ahnung. Es ist einfach so passiert. Ich habe dich plötzlich wieder … gehört. Deine Gedanken. Alles.«

– Schweigen –

»Geht es dir gut? Was ist passiert? Liegst du wieder im Koma? Bist du verletzt? Irgendwas muss doch passiert sein.«

»Ich bin zu Hause.«

»Zu Hause?!«

»Ja, zu Hause. Es geht mir … gut. Ich meine, ich bin nicht krank oder verletzt. Ich liege einfach hier … auf dem Sofa.«

»Auf dem Sofa?!«

»Ja, auf dem Sofa.«

»Aber ich liege im Bett.«

»Ja und?«

»Na, das geht nicht … Ich im Bett und du auf dem Sofa? Kein Krankenhaus, kein Koma? Das kann nicht sein.«

»Warum nicht?«

»Na … na … weil wir Extremsituationen brauchen. Oder so was in der Art.«

»Extremsituationen?«

»Mann, Ben, jetzt stell dich doch nicht so an … Du weißt doch, was ich meine.«

»Endlich wieder die Alte. Hab dich schon vermisst …«

»Hä?«

»Na, du motzt und zickst und maulst …«

»Klappe, Ben.«

»Da, siehst du. Schon wieder.«

– Schweigen –

»Du bist wirklich zurück, hm?«

»Sieht so aus.«

»Oh Mann, ich glaub das nicht.«

»Ich auch nicht. Und jetzt kannst du auch mit dem Weinen aufhören.«

»Ich weine nicht!«

– Schweigen –

»Für wie lange? Was glaubst du? Nur heute Nacht?«

»Ich weiß es nicht. Vielleicht.«

– Schweigen –

»Oh Gott, ich glaube das einfach nicht. Ich … Das ist so lange her. Ich weiß auch nicht.«

»Ein halbes Jahr.«

»Ja, ein halbes Jahr …«

– Schweigen –

»Wie geht es dir, Ben?«

»Es … geht mir … gut.«

»Schön.«

»Und dir? Wie geht's dir?«

»Hm … gut.«

»Schön.«

– Schweigen –

»Ich dachte, ich höre nie wieder was von dir.«

»Ging mir genauso.«

– Schweigen –

»Es ist wohl zu spät, um dir frohe Weihnachten zu wünschen …«

»Nö, es ist nie zu spät. Hattest du ein schönes Fest?«

»Ja, es war … schön. Und bei dir?«

»Auch … schön.«

– Schweigen –

»Also mein Fest war eigentlich Durchschnitt, um ehrlich zu sein.«

»Meins auch.«

»Warum hast du das nicht gleich gesagt?«

»Die Frage gebe ich zurück.«

– Schweigen –

»Ich war in Gedanken woanders.«

»Hm, ich auch.«

– Schweigen –

»Warum bist du nicht gekommen?«

»Was meinst du?«

»Na, warum warst du nicht da? Damals im Juli … am Bahnhof.«

»Ich WAR da, Anni.«

»Nein, warst du nicht.«

»Doch, natürlich. Ich war da … aber du nicht.«

»Du warst NICHT da … ICH war da.«

»Nein, das stimmt nicht. ICH war da.«

»ICH auch.«

– Schweigen –

»Einer lügt. Und da ich stundenlang am Bahnhof gewartet habe …«

»Was soll das?! Wieso sollte ich lügen?«

»Na, weil du nicht da warst.«

»War ich schon.«

»Warum bist du nicht einfach ehrlich und gibst es zu?! Sag doch einfach, dass du mich nicht sehen wolltest …«

»Was redest du da?! Natürlich wollte ich dich sehen. Ich habe auf dich gewartet. Eine halbe Ewigkeit …«

»Tja, seltsam. Ich nämlich auch.«

– Schweigen –

»Ich war wirklich da, Anni.«

»Ich auch.«

»Das kann nicht sein.«

»Ist aber so.«

– Schweigen –

»Okay, an welchem Bahnhof warst du?«

»Hamburg.«

»Okay, zu welcher Uhrzeit?«

»Na, um eins. Das hatten wir doch so ausgemacht.«

»Und wo hast du gewartet?«

»Auf Gleis 1. Was soll das, Ben?«

»Ich will doch nur herausfinden, was schiefgelaufen ist.«

»Gar nichts. Ich war da … du nicht. Ich habe das akzeptiert.«

»Anscheinend nicht, sonst würdest du dich anders verhalten.«

»Und wie verhalte ich mich, du Frauenversteher?«
»Gekränkt.«
»Pah, dass ich nicht lache! Erst dichtest du mir Tränen an, und jetzt soll ich ausgerechnet wegen dir gekränkt sein? Ziemlich überheblich.«
»Also dieses ›pah‹ hat mir gefehlt, Anni.«
– Schweigen –
»DU hast mir gefehlt …«
»Du mir auch, Ben.«
»Ich war wirklich da.«
»Ich auch.«
– Schweigen –
»Ben?«
– Schweigen –
»Ben, bist du noch da?«
– Schweigen –
»Ben?«
– Schweigen –
»Bitte nicht …«
– Schweigen –
»Komm zurück!«

33.

Als ich die Augen öffne, ist alles weiß. Der Schnee fällt in dicken Flocken vom Himmel und setzt sich auf die Fensterscheibe, die mit kristallartigen Eisblumen bedeckt ist. Die mächtige Tanne im Garten trägt schwere Schneelasten auf ihren Armen. Ich ziehe mir die Bettdecke bis zum Kinn und sehe dem weißen Treiben eine Weile lang zu.

Tage danach, egal wonach, sind immer merkwürdig. Sie sind schlimmer als das, was ihnen vorausgeht. Sie sind gefürchtet. Vielleicht weil sie eine Art Ernüchterung mit sich bringen. Weil all das, was zuvor war, plötzlich keine Rolle mehr spielt und das Ziel wegfällt. Weil Menschen das Gefühl brauchen, auf etwas hinzuarbeiten. Sie brauchen eine nächste Etappe, die es zu nehmen gilt. Und wenn man aufwacht und diese Etappe verloren hat, ist alles um einen herum wie Schnee.

Ich hasse diese Tage danach. Ich hasse es, aufzuwachen und nicht zu wissen, worauf ich mich freuen kann. Ich hasse es, wenn Weihnachten vorbei ist und einen diese drückende Trägheit überfällt. Wenn man die Augen öffnet und keine Lust auf den Alltag hat. Wenn man lieber so weitermachen würde wie die Tage zuvor. Wenn man sich an die Gemütlichkeit und Ruhe gewöhnt hat und allein der Gedanke an Arbeit und Hektik einen innerlich aufschrecken lässt. Vielleicht hat es auch gar nichts mit Weihnachten zu tun, dass ich hier liege und versuche, unter der Decke zu verschwinden. Dass ich mich reglos und starr fühle. Dass ich mir nicht vorstellen kann, je wieder mein Bett zu verlassen. Vielleicht ist es der Gedanke an gestern, an die letzte Nacht. Und die Angst, dass all das heute nichts mehr bedeutet. Denn der Tag danach kommt immer. Und was ist dann …?

»Du Faultier«, frotzelt Hannes, als er seinen hochroten Kopf durch den Türspalt schiebt. »Es ist schon nach elf, und du liegst immer noch im Bett.«

Ich richte mich auf und schenke ihm ein gequältes Lächeln. Er kommt zu mir ans Bett und drückt mir einen feuchten Kuss auf die Stirn. Ein angenehmer Duft aus Tannen, Erde und Schweiß strömt mir entgegen. Ich streiche sachte über seine Wange und spüre die von der Kälte aufgeraute Haut unter meiner Hand.

»Du warst lange weg.«

»Eineinhalb Stunden. Im Wald war ordentlich was los. Lauter Jogger und Spaziergänger. Du hättest mitkommen sollen.«

»Heute nicht«, murmle ich schläfrig und halte mir die Hand vor den Mund.

»Was ist los? Bist du krank?«

Ich schüttle abwehrend den Kopf.

»Nur müde.«

»Du hast doch ewig gepennt. Und gestern bist du um zehn ins Bett«, sagt Hannes mit einem leicht vorwurfsvollen Ton.

Er zieht sich den dunkelblauen Pulli über den Kopf und schlüpft aus seiner Laufhose. In seinen engen Boxershorts wirkt er unheimlich drahtig und trainiert. Feine Muskelpartien zeichnen sich bei jeder Bewegung auf seinem Oberkörper ab. Aber was eigentlich anziehend auf mich wirkt, stößt mich nun geradezu ab. Das Bild des perfekten Adonis nervt mich. Es passt nicht zu der jämmerlichen Figur im Bett, zu der Frau, die sich die Decke bis zum Kinn zieht und müde aus dem Fenster stiert. Ich kann weder diesen Elan noch diese Perfektion ertragen.

»Weiß nicht. Bin einfach müde.«

»Komm jetzt, raus aus den Federn!«

»Nein, ich will liegen bleiben«, murre ich und mache keine Anstalten, das Bett zu verlassen. Ich fühle mich nicht wach genug, um mich zu bewegen, und weiß, dass es nichts gibt, wofür es sich an diesem Tag lohnt, aufzustehen.

»Wir wollten doch in die Stadt und die CD umtauschen. Oder willst du sie jetzt doch behalten?«

»Mach du das«, flüstere ich gähnend. »Tausch du sie für mich um.«

»Ach, Anni. Jetzt stell dich nicht an. Spring unter die Dusche, und komm mit mir in die Stadt. Ich gebe dir auch einen Kaffee aus.«

»Nö.«

»Heute ist unser letzter freier Tag. Ich muss morgen wieder in die Uni, und die nächsten Wochen wartet nur Arbeit auf mich.«

»Mir ist irgendwie nicht nach Stadt.«

»Aha«, murmelt er säuerlich. »Muss ich das verstehen?«

»Ich will jetzt einfach nicht in die Stadt fahren, sondern im Bett bleiben. Du kannst doch allein gehen.«

Er runzelt die Stirn und schüttelt den Kopf.

»Was ist denn mit dir los? Du warst gestern schon so komisch. Geht es mal wieder um deinen Job? Ist es das?«

»Hä?«

»Na ja, deine Launen haben meistens was mit deinem Job zu tun, und ich kann dir nur immer wieder sagen …«

»Bla, bla, bla«, spotte ich und verdrehe die Augen. »Ich kann's nicht mehr hören. Ich weiß, du würdest alles ganz anders machen. Ich weiß, du kannst nicht verstehen, dass ich meine Unzufriedenheit hinnehme, dass ich so wenig Ehrgeiz an den Tag lege. Bla, bla. Ich kann's nicht mehr hören, Herr Professor.«

Wortlos schüttelt er den Kopf, sammelt seine verschwitzte Wäsche vom Boden auf, wirft sie in den Korb neben der Tür und läuft nackt aus dem Schlafzimmer. Ich müsste aufstehen, ihm nachgehen, mich für meinen spöttischen Ton entschuldigen, aber ich fühle mich außerstande, irgendetwas zu tun. Meine Glieder sind schwer wie Blei und schmerzen bei jeder Bewegung. Ich schließe gequält die Augen und ziehe mir die Decke über den Kopf. Dann wird es schnell dunkel um mich. Das ewige Weiß wird zum ewigen Schwarz.

Als ich wieder aufwache, ist Hannes nicht mehr da. Ich rufe kurz nach ihm, gebe es aber schnell auf. Ich könnte nachsehen, ob er einen Zettel auf dem Tisch hinterlassen hat, aber der Weg ins Wohnzimmer erscheint mir zu lang. Seit ich eingeschlafen bin, sind gut drei Stunden vergangen. Ich kuschle mich in die Decke und sehe eine Weile aus dem Fenster. Die Sonne hat sich durch die Wolken gekämpft und lässt den Schnee glitzern. Ein paar einzelne Flocken rieseln vom Himmel und schmelzen sogleich auf der Scheibe. Die Eisblumen sind verschwunden.

Meine Augen wandern zum Nachttisch, auf dem »Die Entdeckung des Himmels« wie eine Mahnung liegt. Im selben Moment ärgere ich mich über mich selbst. Hätte ich es doch einfach im Wohnzimmer liegen lassen. Zwischen Hemden, DVDs, Parfum und Süßigkeiten hätte ich es leichter übersehen können. Demonstrativ liegt es da, als würde es sagen: »Sieh mich an, ich bin dein schlechtes Gewissen.« Ich schüttle seufzend den Kopf und drehe mich weg, obwohl ich weiß, dass es ohnehin zu spät ist. Der Gedanke an letzte Nacht ist sofort wieder da, das Gespräch in meinem Kopf, die Ungewissheit in meinem Herzen. Irgendwie ist es ja immer so. Wenn man etwas vergessen will, ist es plötzlich überall.

Aber will ich überhaupt vergessen? Will ich diese Begegnung der letzten Nacht vergessen? Ja, wenn es die letzte war. Nein, wenn … Ach, ich sollte aufhören, mir den Kopf zu zerbrechen. Die Sache mit Ben war von Anfang an zum Scheitern verurteilt. Es gab ja nicht einmal eine Sache. Es gab gar nichts. Nur dieses blöde Treffen am Bahnhof, das mich in eine riesengroße Krise gestürzt hat.

»Nicht noch einmal«, murmle ich vor mich hin und schließe die Augen.

34.

Weil ich den ganzen Nachmittag verpennt habe, kann ich nachts nicht schlafen. Ich drehe mich von rechts nach links und wieder zurück, beobachte Hannes neidisch dabei, wie er tief und fest schläft, starre aus dem Fenster und immer wieder auf meinen Wecker, der die Uhrzeit in Signalrot anzeigt, wie eine weitere stille Mahnung. Noch sieben Stunden, bis ich aufstehen und mich in den Kampf mit Kobolden, Dämonen und Trollen stürzen muss. Sieben Stunden, bis ich Ulf beichten muss, dass ich es wieder nicht geschafft habe, »Die Wächter von Pangasolien« zu lesen. Sieben Stunden, bis ich mir ein weiteres Mal eingestehe, dass ich für immer in diesem Witz-Verlag arbeiten werde, zwischen Männern, die sich einbilden, in Mittelerde oder Azeroth geboren worden zu sein, und sich alberne Zöpfe in ihre Bärte flechten. Das Jahr wird zu Ende gehen, wie es angefangen hat – mit der quälenden Gewissheit, nichts erreicht zu haben und in Lächerlichkeit zu versinken.

Wenn Hannes mich jetzt hören könnte, würde er mir ein weiteres Mal vorhalten, dass ich es genieße, mich in Selbstmitleid zu suhlen, dass ich mich daran gewöhnt habe, dauerunzufrieden zu sein. Und dann würde er mich mit klugen Sprüchen wie »Man hat immer eine Wahl im Leben« oder »Du hast selbst in der Hand, wie es weitergeht« malträtieren und dabei seinen Ich-kann's-nur-immer-wieder-betonen-Blick aufsetzen. Und ich würde mir denken, was ich immer denke, wenn er so drauf ist: dass von dem aufsässigen Studenten, der mir Traubensaftschorle über die Hose gekippt hat, nicht mehr viel übrig ist.

»Anni? Bist du da?«

»Ben?!«

»Hey.«

»Ben! Du bist … da. Gott, bin ich froh.«

»Was ist denn los?«

»Ich dachte, du kommst nicht mehr.«

»Jetzt bin ich ja da.«

»Ja. Jetzt bist du da. Puh.«

»Ist alles okay?«

»Ja, ich dachte nur … na ja, ich wusste nicht, ob du noch kommst. Es ist schon ziemlich spät und …«

»Ist wirklich alles okay? Du bist total aufgedreht.«

– Schweigen –

»Na ja, kein Wunder, oder? Wäre nicht das erste Mal, dass du … nicht mehr kommst.«

»Was ist denn los?«

– Schweigen –

»Anni? Was ist los?«

»Nichts …«

»Sicher?«

»Gar nichts. Es ist nur … egal. Vergiss es.«

»Nein, sag schon. Was ist los?«

– Schweigen –

»Oh Mann, Ben. Ich habe einfach auf dich gewartet. Zufrieden?«

»Na, und jetzt bin ich doch hier.«

»Du sagst das, als sei es selbstverständlich.«

»Ist es ja irgendwie auch.«
»Nein, ist es überhaupt nicht. Ich habe die ganze Zeit darauf gewartet, etwas von dir zu hören. Und ich hatte verdammt noch mal eine beschissene Angst davor, dass du wieder einfach weg bist.«
– Schweigen –
»Sorry, das war mir nicht bewusst.«
– Schweigen –
»Du hast echt auf mich gewartet?«
»Ja!«
»Okay, dann ging es dir wie mir.«
»Den Eindruck habe ich nicht. Für dich ist es ja offenbar die normalste Sache der Welt, dass wir uns hier unterhalten.«
»Bist du jetzt eingeschnappt?«
»Nein! Vergiss es.«
– Schweigen –
»Ach, Anni. Ich war einfach fest davon überzeugt, dass das gestern nicht unsere letzte … Begegnung war. Verstehst du? Ich hatte das einfach im Gefühl. Weil es sonst keinen Sinn machen würde …«
»Was macht denn hier überhaupt Sinn?«
»Also jetzt übertreibst du.«
»Ich übertreibe gar nicht.«
– Schweigen –
»Was da … passiert, verstehe ich genauso wenig wie du. Aber es muss einfach einen Sinn haben … Ich glaube fest daran, dass es etwas zu bedeuten hat, dass wir uns immer wieder … hören.«
– Schweigen –

»Hätte es einen Sinn, wären wir uns am Bahnhof begegnet, Ben. Davon bin ICH überzeugt.«

»Fängst du schon wieder damit an. Das hatten wir doch schon.«

»Ich fange noch hundertmal damit an. Weil ich einfach nicht begreife, warum du nicht zugibst, dass du nicht da warst.«

»Ich war doch da! Wie oft denn noch? Wir drehen uns im Kreis. Was ist denn nur los mit dir?«

»Gar nichts ist mit mir los. Du warst nicht da. Du wolltest mich nicht ... sehen, und ich möchte endlich, dass du das auch zugibst.«

»Ich WAR da. Wie oft denn noch?! Ich WAR da. Punkt.«

»Du hast recht. Lassen wir dieses Thema. Es macht sowieso alles keinen Sinn. Was kümmert's mich, ob du da warst oder nicht. Scheiß drauf ... Alles egal.«

– Schweigen –

»Das ist doch albern.«

– Schweigen –

»Ist das dein Ernst?«

– Schweigen –

»Meinst du das wirklich ernst, oder bist du gerade einfach unmöglich drauf?«

– Schweigen –

»Anni?!«

»Ich weiß es nicht. Ich weiß es wirklich nicht ... Ich sehe nur keine ... Ich weiß nicht.«

– Schweigen –

»Ach, Anni ...«

– Schweigen –

»Hör zu. Ich weiß, es ist kompliziert. Und ich weiß, dass es nicht leichter wird, je länger wir miteinander reden. Aber ich weiß auch, dass ich unsere Gespräche unheimlich … vermisst habe. Ich habe mir geschworen, dir alles zu erzählen, was es zu erzählen gibt, wenn ich noch ein einziges Mal die Möglichkeit bekomme, mit dir zu reden. Und deshalb bitte ich dich jetzt, Anni: Lass uns all die Bedenken einen Moment lang vergessen. Nur einen Moment. Lass uns einfach reden … wie Anni und Ben. Wie Freunde.«

– Schweigen –

»Okay.«

»Gut.«

– Schweigen –

»Erzähl mir was von dir, deinem Leben. Was ist passiert in den letzten Monaten? Was hast du gemacht? Ich will alles wissen.«

»Puh, da muss ich überlegen. Ich habe viel gearbeitet.«

»Also gelesen.«

»Ja, lesen ist auch Arbeit.«

»Schon klar. Ich bin ja schon still.«

»Ich arbeite immer noch in dieser Chaos-Bude, unser Sortiment ist noch schlechter geworden. Ich … bin umgezogen. In eine neue Wohnung. Mit Hannes. Wir wohnen jetzt zusammen.«

»Dann seid ihr also noch zusammen.«

»Ja.«

»Sehr gut.«

»Sehr gut?«

»Warum lachst du so?«

»Na, weil du gerade wie ein Lehrer mit mir sprichst.«

»Ich freu mich einfach für euch.«
– Schweigen –
»Ehrlich gesagt weiß ich nicht, was ich dir noch erzählen kann. Die vergangenen fünf Monate waren … kein Abenteuer oder so. Man erwartet immer, dass sich alles ändert, wenn man jemanden eine Weile nicht sieht. Aber das ist selten der Fall. Ich habe immer noch denselben Scheiß-Job und immer noch denselben Freund.«
»Wenigstens gibst du dem nicht auch das Attribut ›scheiß‹.«
»Haha.«
– Schweigen –
»Und bei dir? Was hat sich bei dir so getan?«
»Joa … also … ziemlich viel.«
»Okay … erzähl.«
»Na ja, ich bin wieder mit Becky zusammen.«
»Oh …«
»Was hat dieses ›Oh‹ zu bedeuten?«
»Äh … nichts. Ich bin nur überrascht. Mehr nicht. Das hatte ich nicht erwartet. Du warst so sehr davon überzeugt, dass es nie mehr was werden würde.«
»Ja, war ich auch. Aber dann stand sie vor meiner Haustür. Wir haben geredet, sie hat versprochen, sich zu ändern … und …«
»Und hat sie das? Sich geändert?«
»Ja. Sie ist ruhiger geworden. Sesshafter – auch wenn das schrecklich klingt. Unsere Leben waren so verschieden, ihr konnte nichts schnell genug gehen. Immer Abenteuer und Action. Das hat nicht zu mir gepasst.«
»Und jetzt passt es?«
»Eigentlich schon.«

»Da fällt mir nur ein: sehr gut.«
»Haha.«
»Sorry, das konnte ich mir nicht verkneifen.«
– Schweigen –
»Also bist du glücklich?«
»Schätze schon.«
»Schön.«
– Schweigen –
»Du hältst nichts davon, oder?«
»Das geht mich nichts an.«
»Doch, du bist meine Freundin.«
»Bin ich das? Die letzten sechs Monate war unsere Freundschaft nicht sonderlich … präsent.«
»Das lag aber nicht an uns.«
»Und wenn es anders gekommen wäre? Wenn wir uns damals nicht verloren hätten?«
»Was meinst du?«
»Na ja, hättest du weiterhin Interesse gehabt, mit mir zu sprechen, wenn Becky da gewesen wäre? Hättest du sie belügen wollen? Heimlich mit mir gesprochen, während sie neben dir liegt?«
»Ich weiß nicht … Ja, wahrscheinlich schon. Wir sind doch nur Freunde.«
»Ja, aber wir haben uns in einer Zeit kennengelernt, in der es Becky nicht gab.«
»Du bist doch kein Becky-Ersatz für mich!«
»Bist du dir da sicher?«
»Ja!«
– Schweigen –
»Warum ist das plötzlich so komisch zwischen uns?«

»Keine Ahnung.«
– Schweigen –
»Was machst du gerade?«
»Eine unpassendere Frage fällt dir nicht ein, oder?«
»Was soll ich denn sagen?! Ich versuche einfach, ein normales Gespräch zu führen.«
»Keine Ahnung …«
»Oder soll ich besser gar nichts mehr sagen?«
»Nein.«
– Schweigen –
»Friede?«
»Friede.«
– Schweigen –
»Ich liege im Bett. Und du?«
»Um diese Zeit? Ich liege in der Badewanne.«
»Im Ernst?«
»Ja … Ist das ein Problem?«
»Äh, nein. Nur … seltsam. Ich habe was an. Du nicht.«
»Tja, so macht man das in Badewannen, Anni. Wirst du jetzt rot?«
»Pah, ich habe überhaupt kein Problem mit Nacktheit.«
»Ich wette, du stellst dir das jetzt vor.«
»Dass du nackt in der Badewanne liegst? Wovon träumst du nachts?!«
»Von Anni in ihrem Teddybären-Flanell-Schlafanzug.«
»Haha, witzig …«
»Keine Teddybären?«
»Nein, sicher nicht … Sterne. Auf meinem Schlafanzug sind Sterne.«
»Astro-Girl! Ist das dein Chatname?«

»Haha.«
– Schweigen –
»Ich habe dein Buch gelesen.«
»Welches Buch?«
»›Die Entdeckung des Himmels‹.«
»Das weißt du noch?«
»Natürlich, es ist dein Lieblingsbuch.«
»Ja, richtig.«
– Schweigen –
»Und? Was sagst du? Hat's dir gefallen?«
»Hm, es war … interessant.«
»Interessant heißt scheiße.«
»Nein, so habe ich das nicht gemeint.«
»Wie dann?«
»Das Buch war … aufschlussreich.«
»Aufschlussreich?«
»Ja. Die vielen Gegensätze. Das Schicksal. Die Bestimmung. Irgendwie hat mich das … fasziniert.«
»Also fandest du es gut?«
»Nein.«
»Nein?«
»Nein.«
»Das verstehe ich jetzt nicht.«
»Mir hat das Ende nicht gefallen.«
»Warum?«
»Es war kein Happy End. Das gefällt mir nicht.«
»Das macht es doch real. Im wahren Leben gibt es auch nicht immer ein Happy End.«
»Eben. Deswegen sollte es wenigstens in Büchern eins geben.«
»Ach, Ben, dann solltest du lieber die Brüder Grimm lesen.«

»Nein, im Ernst. Ich finde das wirkliche Leben traurig genug. Bücher sollten doch Hoffnung schenken.«
»Und das meinst du jetzt ernst?«
»Klar.«
»Du meine Güte …«
– Schweigen –
»Wie ist das bei Filmen? Siehst du dir da auch nur Liebesschnulzen an? Happy End und so …«
»Nein, natürlich nicht. Aber ich finde es einfach schön, wenn es gut ausgeht. Das macht Hoffnung.«
»Oh Mann, du hast als Kind zu viele Disneys gesehen, Ben.«
»Zu viele Disneys kann man gar nicht schauen.«
»Sagst du.«
»Ich bin ja nach wie vor Schneewittchen-Fan.«
»Die stirbt doch auch.«
»Nur vorübergehend.«
»Na dann …«
»Es gibt ein Happy End, und das zählt.«
»In welchem Disney-Film gibt es keines?!«
»Mir fällt gerade keiner ein.«
»Na also.«
– Schweigen
»›Arielle‹. Mein Favorit.«
»Obwohl es ein Happy End gibt? Du überraschst mich, Anni.«
»Na, wenn es bei Walt Disney keins gibt, wo dann?!«
– Schweigen –
»Bist du eigentlich allein?«
»Wie kommst du jetzt darauf?«

»Nur so.«
»Ich bin in der Badewanne!«
»Allein?«
»Natürlich! Was denkst du denn von mir?! Dass ich hier eine wilde Nummer schiebe und nebenbei mit dir über Happy Ends plaudere?«
»Na ja, du könntest es ja ohnehin nicht beeinflussen. Hast du selbst immer gesagt.«
»Ja, schon. Aber dann würde ich trotzdem nicht mit Becky planschen. Bist du denn allein?«
»Ja. Hannes ist nicht da. Ich glaube, er ist sauer.«
»Oh … warum?«
»Er ist beleidigt, weil ich heute nichts mit ihm unternehmen wollte und lieber im Bett geblieben bin. Ich kann ihn ja auch verstehen, aber … mir war einfach nicht danach. Das hat mich alles ziemlich aufgewühlt und beschäftigt.«
»Kann ich verstehen. Becky und ich haben uns auch gestritten.«
»Worum ging es bei euch?«
»Um … ein Buch. Na ja, das war eigentlich nur der Auslöser. Es ging um viel mehr, aber das lässt sich schwer beschreiben.«
– Schweigen –
»Bist du glücklich, Ben? Mit ihr?«
»Das hast du doch schon gefragt.«
»Ja, aber ich frage noch mal.«
»Und wenn die Antwort dieselbe ist?«
»Dann ist es so …«
»Und wenn nicht?«
»Dann frage ich mich, warum du nicht ehrlich zu mir warst.«

– Schweigen –

»War es die richtige Entscheidung, wieder mit ihr zusammenzukommen?«

»Ich liebe sie.«

»Das ist nicht die Antwort auf meine Frage.«

»Keine Ahnung … Klar hab ich manchmal Zweifel. Dass sie sich nur mir zuliebe verändert hat und das nicht wirklich selbst will. Dass sie irgendwann wieder einfach abhaut. Und das Timing war scheiße.«

»Das Timing?«

»Ja, vielleicht hab ich diese Entscheidung nicht zum besten Zeitpunkt getroffen.«

»Wie meinst du das?«

»Ach … schwer zu erklären.«

»Versuch's.«

»Kompliziert.«

»Hä? Muss ich das verstehen?«

– Schweigen –

»Ich war damals … unschlüssig und nicht sicher, was ich will.«

»Damals?«

– Schweigen –

»Was meinst du damit?«

– Schweigen –

»Ben?«

– Schweigen –

35.

Seit den Weihnachtstagen ist die Stimmung zwischen Hannes und mir angespannt. Keiner spricht es aus, aber irgendetwas steht zwischen uns. Zu wenig, um sich zu streiten, zu viel, um es zu ignorieren. Wir gehen uns nicht aus dem Weg, aber ich habe das Gefühl, es stört uns beide nicht, dass sich unsere Wege nur selten kreuzen – morgens im Badezimmer, bevor ich zur Arbeit gehe und Hannes in Richtung Uni aufbricht, und abends, wenn wir nach Hause kommen und den Kühlschrank ansteuern. Am greifbarsten ist die Spannung, wenn wir im Dunkeln nebeneinander im Bett liegen und spüren, dass der andere genauso wenig schläft und ebenso oft an die Decke starrt. Als stünde dort die Lösung zu allen Problemen.

Wenn unser Leben ein Film wäre, würde Hannes mich wahrscheinlich fragen, ob es da einen anderen gibt, und in meinen Handtaschen nach Hinweisen suchen. In der Realität würde er nicht einmal auf diesen Gedanken kommen. In seinen Augen bin ich keine Frau mit Geheimnissen. Sein Vertrauen in mich ist grenzenlos. So grenzenlos, dass es schon fast beleidigend ist, und in schwachen Momenten bin ich mir nicht einmal sicher, ob es wirklich Vertrauen ist – und nicht doch Gleichgültigkeit.

»Hallo Astro-Girl.«

»Ich sitze in meinem Büro, du Scherzkeks. Aber schön, dich zu hören.«

»Ohne Sternen-Schlafanzug?«
»Leider.«
»Deine Kollegen hätten sicher ihren Spaß damit gehabt.«
»Ich bin mir nicht sicher, ob ihnen das überhaupt aufgefallen wäre.«
»Ich würde deinem Verlag ja zu gern mal einen Besuch abstatten. Stell mir das ein bisschen wie das Auenland vor.«
»Ja, das kommt hin.«
»Störe ich dich bei der Arbeit?«
»Würde dich das von irgendetwas abhalten?«
»Nein, nicht wirklich. Ich wollte nur höflich sein.«
»Das dachte ich mir schon. Im Übrigen bin ich froh, dass du mich ablenkst. Dann vergesse ich für einen Moment, dass ich den beschissensten Job der Welt habe und gerade googeln wollte, was ein Feirunfaux ist.«
»Ein was?«
»Ein Feirunfaux.«
»Und was ist das?«
»Keine Ahnung, Google kennt ihn auch nicht.«
»Warum willst du das wissen?«
»Weil ich hier ein Manuskript liegen haben, in dem ein Feirunfaux auf Rachefeldzug geht. Hör auf zu lachen!«
»Ich find's super …«
»Haha. Musst DU eigentlich nie arbeiten?«
»Was glaubst du, was ich gerade mache?!«
»Okay, okay … sorry.«

»Frau Wolkenstein«, tönt es hinter meinem Rücken, und ich zucke kurz zusammen. »Bist du am Dornberg-Manuskript dran?« Ich muss mich nicht umdrehen, um zu wissen, wer da gerade seinen imposanten Körperumfang durch die Tür schiebt.

»Frau Wolkenstein? So heißt du?«
»Pssst, das ist mein Chef.«
»Der kann mich doch eh nicht hören.«

»Jep, ich bin fast durch, Drako.«

Ich deute mit dem Zeigefinger auf den Blätterstapel neben meinem Telefon, als müsste ich ihm beweisen, was ich gerade gesagt habe. Dabei sieht der wuchtige Kerl mit dem Pferdeschwanz und dem ausgewaschenen Shirt nicht gerade nach Autorität aus.

»Frau Wolkenstein ... Was für ein Name.«
»Haha.«

»Das ist ein ganz heißes Ding, da müssen wir zuschnappen.«

Mit seiner Zunge befeuchtet er seine Oberlippe und zwinkert mir dabei siegesgewiss zu. Einen Moment lang glaube ich, dass er mir jetzt den Rücken zuwendet und geht, aber Drako macht selten das, was man von ihm erwartet. Er kommt auf mich zu und setzt sich auf die Schreibtischkante. Ich erwarte, dass sich die Tischplatte unter seinem Gewicht biegen und brechen wird, aber auch das passiert nicht.

»Warum nennt der dich Frau Wolkenstein?«
»Pssst.«
»Wenn du magst, nenn ich dich auch so.«
»Ben!«

»Klingt ein bisschen wie Frau Holle.«

»Ich habe Dornberg vorhin angerufen. Er schickt mir das ganze Manuskript per Mail. Sobald es da ist, geb ich dir Bescheid, Drako.«

»Das wird was Großes. Ich hab's im Gefühl«, tönt er und schnipst mit dem Finger, als sei ihm der Coup des Jahrhunderts gelungen. Ich würde ihm gerne sagen, dass die Abenteuer von Feirunfaux alles andere als groß sind, aber ich bin zu abgelenkt von den Runen auf seinem Schlabbershirt. Du passt hier rein, denke ich. Ich nicht.

»Drako? Du, wenn du noch einmal was gegen meinen Namen sagst.«
»Ich glaube, er heißt eigentlich Richard.«

»Wenn wir den für Herbst/Winter kriegen würden. Das wäre der Wahnsinn. Das Ding verkauft sich, sag ich dir. Geht weg wie warme Semmeln. Damit mischen wir bei den ganz Großen mit.«

Drako leckt sich wieder über die Oberlippe, und der Tisch ächzt unter seinem Gewicht. Ich überlege gequält, wie viele Namen ich noch googeln muss, wenn ich das Manuskript zu Ende lesen soll.

»Wer ist dieser Dornberg?«
»Ein Autor.«
»Kenne ich was von dem?«
»Hoffentlich nicht.«

»Noch da?«

Drako wedelt mir mit den Händen vor der Nase herum.

»Äh, ja, sorry«, stammel ich vor mich hin. »Ich habe nur überlegt, ob …«

»Ob?«

»… ob wir den Titel vielleicht ändern sollten.«

»Gut gerettet.«

»Du bringst mich in Schwierigkeiten!«

»Vielleicht wirst du dann gefeuert und bist gezwungen, dir einen neuen Job zu suchen.«

»Haha.«

»Mir gefällt der Titel. *Die Rache des Feirunfaux* – das hat was«, sagt Drako mit einer gewissen Theatralik in der Stimme.

»Vielleicht hast du recht.«

»Ich wünschte, das würdest du mal zu mir sagen.«

»Bist du jetzt mal still.«

Drako hievt sich von der Tischplatte und zieht vergeblich sein T-Shirt glatt. Er bittet mich darum, sofort Bescheid zu geben, wenn das Manuskript da ist, zieht ein Mars aus seiner Hosentasche – das dort tatsächlich heil geblieben ist – und geht pfeifend aus meinem Büro. Wieder so eine Sache, die überhaupt nicht zu ihm passt.

»Ist er jetzt weg?«

»Ja. Und überraschenderweise habe ich meinen Job noch – trotz dir, du Pappnase.«

»Ich weiß nicht, ob das gute Nachrichten sind.«
»Ein Job ist besser als keiner.«
»Wer hat dir das erzählt? Die Arbeitsagentur?«
»Ich muss auch von irgendwas meine Miete zahlen.«
»Und dafür nimmst du es in Kauf, dauergenervt zu sein?«
»Oh Mann, du klingst wie Hannes.«
»Und DAS klingt wie eine Beleidigung aus deinem Mund.«
»Weil ich's nicht mehr hören kann. Ich hätte auch lieber einen anderen Job, aber die gibt es nicht wie Sand am Meer. Und es frustriert mich, dass ich in einem beschissenen Fantasy-Verlag gelandet bin und von morgens bis abends mit Zwergen und Trollen zu tun habe. Und dass hier nur Menschen arbeiten, die diesen Wesen verdammt ähnlich sehen. Hör auf zu lachen, Ben!«
»Hör du erst mal auf zu jammern.«
– Schweigen –
»Wenn du nicht glücklich bist, solltest du kündigen.«
»Das sagt sich so leicht.«
»Es ist so leicht. Einen Wisch unterschreiben, und du kannst gehen.«
»Jetzt klingst du schon wieder wie Hannes.«
– Schweigen –
»Okay. Themenwechsel. Wie geht es jetzt weiter mit Dornbusch?«
»Dornberg.«
»Dornbusch klingt irgendwie schöner, findest du nicht? So biblisch …«
»Ich werd's ihm ausrichten, wenn ich ihn das nächste Mal sehe. Vielleicht sieht er das ja genauso und ändert seinen Namen.«

»Haha. Also?«

»Keine Ahnung, ich schätze, wir veröffentlichen diesen Blödsinn.«

»Vielleicht ist es besser, als du denkst?«

»Wer kauft ein Buch namens ›Die Rache des Feirunfaux‹?«

»Ich vielleicht.«

»Du kaufst gar keine Bücher.«

»Das würde ich so nicht sagen.«

»Wie auch immer. Der Titel ist scheiße. Niemand kauft ein Buch mit diesem Titel.«

– Schweigen –

»Worum geht es in diesem Buch?«

»Tja, lass mich mal überlegen … um Feirunfaux und seine Rache?!«

»Hm, klingt gut.«

»Bitte?!«

»So was liegt doch voll im Trend. Denk an Harry Potter.«

»Harry Potter?! Willst du mich verarschen?«

»Der ist doch auch ein Fabelwesen oder so.«

»Ben, wenn du nicht sofort die Klappe hältst, muss ich schreien.«

»Ist ja schon gut … Aber Harry ist doch …«

»Nein. Er ist ein Zauberer.«

»Zauberer, Fabelwesen. Kein großer Unterschied, oder?«

»Ben!«

»Okay, okay … Ich hab die Bücher nie gelesen. Lilly hat ein paar davon im Regal stehen.«

»Seit wann weißt du, was im Bücherregal deiner Schwester steht?«

»Ha! Da staunst du! Wir verstehen uns neuerdings sehr

gut. Ich geh jetzt sogar manchmal zu ihren Volleyballspielen.«
»Echt? Wow, das ist super.«
»Ich hab nur auf dich gehört.«
»Brav.«
»Das hätte ich viel früher machen sollen.«
»Ja, wahrscheinlich. Aber es ist nie zu spät, was zu verändern.«
»… was auch für den Job gilt.«
»Ben!«
»Ja, ja, ich hör schon auf.«
»Ich find's schön, dass ihr euch nähergekommen seid.«
»Das war auch Beckys Verdienst. Sie hat einen guten Draht zu ihr. Die zwei sind wie Freundinnen.«
»Dann seid ihr jetzt so eine Art kleine Familie?«
»Wenn du den spöttischen Unterton weglässt … ja.«
»Sorry.«
– Schweigen –
»Ich freu mich für dich. Und für Lilly. In diesem Fall war das … Timing wohl besser.«
»Das Timing, ja.«
»Du warst gestern einfach weg.«
»Wie immer.«
»Du gehst nie im richtigen Moment.«
»Den gibt es nicht.«
»Aber es gibt den falschen.«
– Schweigen –
»Ben?«
– Schweigen –
»Hm.«
– Schweigen –

36.

In meinem Kopf habe ich ein Bild von Ben. Ich habe auch eins von Rebecca. Und von Lilly. Manchmal sehe ich die drei zusammen auf der Couch sitzen, Rebecca in Bens rechtem Arm, Lilly in seinem linken. Sie sehen fern und lachen, greifen in die Chipstüte und schieben sich gegenseitig Gummibärchen in den Mund. Ein anderes Mal sitzen sie beim Abendessen und unterhalten sich darüber, wie der Tag so war. Ich stelle mir vor, wie sie zusammen zum Volleyballspiel fahren, bummeln gehen oder sonntags spät frühstücken, wie sie Brettspiele spielen und sich kabbeln. Dass meine Vorstellung eher einer Nutella-Werbung entspricht, weiß ich, aber sie ist in meinem Kopf verankert, und ich rufe sie mindestens einmal am Tag ab.

Als ich Ben gesagt habe, dass ich mir kein Bild von ihm gemacht habe, war das dreist gelogen. Ich hatte von Anfang an eine Vorstellung von ihm, von seinem Leben. Ich bin nur nicht stolz darauf, dass sie so oft vor meinen Augen auftaucht und ich sie Stück für Stück ausbaue, je mehr ich von seinem Leben erfahre. Es ist wie ein Puzzlespiel in meinem Kopf, ein Bild, das immer mehr Gestalt annimmt.

Manchmal weiß ich nicht, was schlimmer ist: zuzugeben, dass ich auf Bens Stimme warte, oder das Gefühl, mir dabei wie seine kleine Mätresse vorzukommen. Wie ein Eindringling in sein nettes, kleines Familienleben. Wie »die andere Frau«. Ich hätte nie gedacht, dass ich mich mal so fühlen würde.

»Dass du dich wie fühlen würdest?«

»Hey! Du lauschst schon wieder.«

»Hab nur den letzten Satz gehört.«

»Wirklich?«

»Ja, klingt, als hätte ich den brisanten Teil verpasst.«

»Quatsch. Aber ich möchte nicht unbedingt jeden meiner Gedanken mit dir teilen.«

»Schon klar. Was treibst du gerade?«

»Ich sitz im ›Moccacino‹.«

»Allein?«

»Allein.«

»Immer noch Stress mit Hannes?«

»Hm, irgendwie schon.«

»Mist.«

»Und bei dir und Becky?«

»Alles okay. Wir sind gerade einkaufen.«

»Jetzt?!«

»Äh … ja. Warum?«

»Dann ist sie gerade bei dir?«

»Nein, im Moment sucht sie nach Backhefe.«

»Das hatten wir noch nie.«

»Wir waren doch schon öfter zu dritt.«

»Ja, aber nie mit Becky.«

»Ist das ein Problem?«

»Nein, nur komisch. Ungewohnt.«

– Schweigen –

»Für dich nicht?«

»Nö, mich kann irgendwie nichts mehr schocken.«

»Du nimmst das alles ziemlich locker.«

»Und das passt dir nicht?«

»Doch, aber …«
»Aber?«
»Ich komme mir vor wie deine kleine Geliebte.«
»Vorhin hast du es noch Mätresse genannt.«
»Du hast doch mitgehört!«
»Sorry.«
»Du bist echt ein mega Arsch. Und dein blödes Gelächter kannst du dir sparen.«
»Ach, Anni … Reg dich nicht so auf.«
»Du hast mich angelogen!«
»Ich dachte, es wäre dir vielleicht unangenehm.«
»100 Punkte. Nur dass es jetzt noch zehnmal schlimmer ist.«
»Quatsch.«
– Schweigen –
»Bist du jetzt beleidigt?«
– Schweigen –
»Anni, komm schon. Ich find's nicht schlimm, dass du so denkst. Ist doch nichts dabei.«
»Gott, bist du selbstgerecht.«
»Na, immerhin redest du wieder mit mir.«
»Nein.«
»Doch, tust du gerade.«
»Das war das Letzte, was ich heute zu dir gesagt habe.«
»Anni, das ist doch albern.«
– Schweigen –
»Ist dir das so peinlich?«
– Schweigen –
»Warum denn? Ich habe von Anfang an gesagt, dass ich eine bestimmte Vorstellung von dir habe. Nichts dabei, oder?«
– Schweigen –

»Willst du jetzt zehn Minuten lang schweigen?«
– Schweigen –
»Wirklich?«
– Schweigen –
»Du willst die einzigen zehn Minuten, die wir am Tag haben, mit Schweigen verschwenden?«
– Schweigen –
»Ach, Anni … Du machst da gerade ein Riesending draus. Das ist doch überhaupt nicht schlimm.«
– Schweigen –
»Gut, dann eben nicht.«
– Schweigen –
»Dann geh ich jetzt auch zur Hefe.«
– Schweigen –
»Und zu den Eiern.«
– Schweigen –
»Dem Frischkäse.«
– Schweigen –
»Dem Olivenöl.«
– Schweigen –
»Dem Reis.«
– Schweigen –
»Den Kartoffeln.«
– Schweigen –
»Dem Knoblauch.«
– Schweigen –
»Der Ananas.«
– Schweigen –
»Dem Meersalz.«
– Schweigen –

37.

Hannes ist für drei Tage auf einem Symposium in Koblenz. Ich weiß nicht genau, was er dort macht, und zum ersten Mal habe ich auch keine Ahnung, wie das Hotel heißt, in dem er wohnt. Von der Tagung habe ich erst erfahren, als der Koffer schon gepackt im Flur stand, aber das hat mir nichts ausgemacht. Ich habe mich nicht einmal erschrocken, als ich ihn dort stehen sah.

»Wenn ich wieder zurück bin, müssen wir reden«, hat Hannes gesagt, bevor er gegangen ist. Er wirkte angespannt und irgendwie unschlüssig. Ich habe wortlos genickt, wahrscheinlich die falsche Reaktion. Vielleicht hätte ich »unbedingt« sagen sollen oder »Ich will nicht mehr mit dir streiten«, aber nichts davon ist mir über die Lippen gekommen. Hannes hat leise geseufzt und die Tür hinter sich geschlossen, und ich habe mich den ganzen Nachmittag über gefragt, ob die Tür für etwas steht, das größer ist als ein Symposium in Koblenz.

»Redest du wieder mit mir, wenn ich zugebe, dass ich der größte Arsch bin, der rumläuft?«
– Schweigen –
»Okay, du lachst. Das deute ich als ›ja‹.«
»Es war mir einfach unangenehm. Was ich gedacht habe und dass du es mitbekommen hast.«
»Ich hätte es dir gleich sagen sollen – auch wenn ich nach wie vor der Meinung bin, dass es nicht dramatisch war.«

– Schweigen –

»Was ist aus dem Knoblauch, der Ananas und dem Meersalz geworden?«

»Du hast die Hefe, die Eier, den Frischkäse und das Olivenöl vergessen.«

»Und du die Kartoffeln und den Reis.«

»Wenigstens hast du mir zugehört.«

»Es bleibt einem ja nichts anderes übrig.«

»Sind wir wieder Freunde?«

»Natürlich sind wir das.«

»Das klingt jetzt aber nicht gerade überzeugend.«

»Was willst du hören?«

»Na schön. Ich brauch nämlich dringend deinen Rat. Es geht um Becky.«

»Ich glaube nicht, dass …«

»Lass mich erst mal ausreden. Also … gestern hab ich in Beckys Nachtkästchen einen Reiseführer für Südamerika gefunden.«

»Und?«

»Er war neu.«

»Heißt?«

»Dass sie ihn erst gekauft hat.«

»Okay, und was genau …?«

»Warum kauft sie einen Südamerika-Reiseführer?«

»Pfff, keine Ahnung. Schätze, sie will mit dir verreisen?«

»Im Reiseführer habe ich einen Zettel gefunden, auf dem sie eine Route erstellt hat. Für ungefähr drei Monate.«

»Dann will sie eben drei Monate mit dir verreisen.«

»Und wenn nicht?«

»Okay, worum geht es hier eigentlich?«

»Drei Monate klingen nicht nach Urlaub.«
»Kann es sein, dass du Angst hast, dass sie wieder abhaut?«
»Und wenn ja? Wenn sie sich in Wirklichkeit nie geändert hat und mir nur was vorspielt? Ich kann sie nicht noch mal verlieren, das halte ich nicht aus.«
»Ben … Ich hab dazu keine Meinung.«
»Hä? Du hast dazu keine Meinung? Du hast immer eine Meinung. Ist das alles?«
– Schweigen –
»Schätze schon.«
»Was ist denn jetzt mit dir los?«
– Schweigen –
»Was soll ich denn dazu sagen? Sie ist deine Frau.«
»Und du bist meine Freundin … meine beste Freundin.«
»Als ob du sooo viele hast.«
»Na ja, schon zwei … drei.«
»Das sind aber Männer.«
»Du bist komisch, Anni …«
– Schweigen –
»Ich bin nicht komisch. Aber ich kann dir nicht helfen. Du musst selbst entscheiden, wie du das alles bewertest.«
»Aber Freunde helfen sich für gewöhnlich, wenn sie in Schwierigkeiten sind.«
»Das, mein lieber Ben, sind keine Schwierigkeiten. Schulden sind Schwierigkeiten, Drogenprobleme, der Weltuntergang, die Finanzkrise … Aber das … sicher nicht.«
»Na schön, dann sind es eben keine Schwierigkeiten. Aber ich weiß trotzdem nicht, was ich machen soll. Und ich brauche einen Rat.«
»Ich habe aber keinen.«

»Also irgendwie hätte ich eine andere Reaktion von dir erwartet.«

»Inwiefern?«

»Ich weiß nicht genau, aber du klingst so … kühl. Nicht wie Anni.«

»Ben, was willst du denn hören? Ich kenne deine Frau nicht. Ich kenne DICH nicht.«

»Warum sagst du das?«

»Weil es so ist.«

»Warum schreist du so?«

»Ich habe nur einfach keine Lust, deinen beschissenen Beziehungstherapeuten zu spielen.«

– Schweigen –

»Okay, das habe ich jetzt mal überhört. Ich will nur deine Meinung hören. Ich bin so durcheinander. Du bist die Einzige, die neutral auf diese Sache blicken kann.«

»Neutral?! Ich bin neutral? Das ist … Ich bin nicht neutral. Ich bin weit davon entfernt.«

– Schweigen –

»Aber warum denn? Du bist meine beste Freundin.«

»Ich kann dir deine Entscheidungen nicht abnehmen.«

»Darum geht es doch nicht. Ich bin nur verunsichert, weil sie schon mal einfach abgehauen ist.«

»Das hab ich nicht vergessen.«

»Warum bist du dann so komisch?«

»Weil … weil ich …«

»Ja?«

»Vergiss es, Ben. Vergiss es einfach.«

»Ich versteh's nicht. Erklär's mir. Wo ist auf einmal das Problem?«

»Du raffst es wirklich nicht, oder?«

»Nein.«

»Ich bin nicht neutral, Ben. Ich bin einfach nicht mehr neutral. Und wenn du das nicht kapierst, dann …«

– Schweigen –

»Ben?«

– Schweigen –

»Ben?«

– Schweigen –

»Pfff, das war ja klar. Aber heute macht es mir nichts aus. Gar nichts, hörst du. Gar nichts.«

38.

Von manchen Dingen muss man sich trennen, wenn man sie behalten möchte. Denn manchmal ist Trennung auch Liebe. Weil sie rechtzeitig rettet, was sonst verloren gehen würde. Die gute Zeit, die schönen Momente, die besten Erinnerungen. Wer sich trennt, zerstört und bewahrt zugleich.

Und wer eine Wohnung verlässt, wird schmerzlich erfahren, wie leicht ein Leben in Kisten verschwinden kann. Und wie wenig Spuren man doch hinterlässt, wenngleich es genügend sind für den, der zurückbleibt.

Kleiderschränke zu leeren ist einfach. Es ist, als würde man auf eine Reise gehen und den Koffer packen. Nur dass es keine normale Reise ist. Bücher aus dem Regal zu nehmen und in Kisten zu verstauen ist viel schwerer. Weil eine große Lücke bleibt, die nicht hinter Türen verschwindet. Weil man nicht weiß, wie lange sie in den Kisten bleiben müssen, bis sie einen ähnlich schönen Platz gefunden haben. Weil man nicht weiß, ob sie je wieder einen ähnlich schönen Platz finden. Zu gehen ist immer schwer. Gehen heißt zurücklassen. Und wenn wir die Wohnung verlassen, einen letzten Blick zurückwerfen und die Tür hinter uns schließen, dann ist es nicht die Last der Koffer, die uns plagt. Es ist das seelische Gepäck.

»Das ist alles, ja?«

Der Klang seiner Stimme lässt mich zusammenzucken. Ich habe nicht mit ihm gerechnet. Er lehnt am Treppengeländer, seine Haltung so trotzig wie seine Stimme, und sieht mich mit müden Augen an. Ich blicke auf die Koffer und Kisten zu meinen Füßen und nicke schwach.

»Das ist alles.«

Es ist nur ein Flüstern.

»Alles«, wiederholt er monoton und sucht meinen Blick. Auf seinem Kinn zeichnen sich Bartstoppeln ab. »Und jetzt?«

»Jetzt ziehe ich erst einmal wieder zu meinen Eltern.«

»Und dann?«, wirft er trotzig ein.

»Was dann ist, weiß ich noch nicht.«

Meine Stimme ist leise. Ich räuspere mich. Es ist ein Automatismus, um die Stille zu unterbrechen. Dann taste ich mit der Hand nach dem Griff meines Koffers und bin erleichtert, als ich ihn finde. Das gibt mir Halt.

»Und du hast dir das alles gut überlegt, ja?«

Der Spott in seiner Stimme lässt mich frösteln. Ihm in die Augen zu sehen, könnte ich in diesem Moment nicht ertragen. All der Zorn, der mir entgegenströmen würde. Die Wut, die Kränkung, die Demütigung. Und das Unverständnis.

»Es ist besser so«, flüstere ich. »Im Moment ist es besser so.«

»Im Moment?«, spottet er. »Im Moment ist es besser so? Du müsstest dich mal hören, Anni! Als würde man mal eben so sein Leben hinschmeißen – für den Moment.«

Eine merkwürdige Art von Sprachlosigkeit überwältigt mich. Ich suche nach den richtigen Worten und weiß zugleich, dass es sie gar nicht gibt. Ich habe das Gefühl, in einem riesigen Teich aus Buchstaben zu schwimmen und keinen einzigen davon greifen zu können.

»Ich schmeiße mein Leben nicht hin, nur weil ich aus unserer Wohnung ausziehe.«

Es klingt trotziger als beabsichtigt.

»Und ob du das machst. Du benimmst dich wie ein Teenager. Nur weil es gerade nicht so gut läuft, schmeißt du alles hin, was wir uns aufgebaut haben.«

Die Verbitterung in seiner Stimme lässt mein Herz schwer werden. Für einen kurzen Moment ringe ich mit dem Gedanken, auf ihn zuzugehen und meine Arme um seinen Hals zu legen, über seine Wange zu streichen, in sein Ohr zu flüstern, den Duft von Mojito einzuatmen. Ich sehe den Studenten, der mir Saft über die Hose kippt, der zu viel Geld von mir verlangt, an der Garderobe steht und Jacken entgegennimmt. Ich sehe den Mann, der mich mit Sonnenöl eincremt, meinen Rücken massiert, meine Einkaufstüten trägt.

Ich sehe mich selbst, wie ich Koffer und Kisten wieder auspacke, Klamotten und Bücher verstaue, mich umentscheide.

»Wir sind zu verschieden.«

»Das fällt dir jetzt auf?«

Er lacht spöttisch und schüttelt dabei den Kopf. Der Ausdruck in seinem Gesicht ist mir fremd.

»Du erdrückst mich mit deiner Perfektion. Deinen Ambitionen, deiner Karriere. Ich fühle mich wie ein Versager neben dir.«

»Das ist doch Blödsinn. Du könntest genauso erfolgreich sein wie ich. Aber du ziehst es ja vor, unzufrieden zu sein und zu jammern.«

»Merkst du nicht, dass du dir selbst alle Antworten gibst?«, frage ich mit einem Seufzen.

Für einen Moment herrscht Schweigen. Dann fällt eine Tür geräuschvoll ins Schloss und bricht die unheimliche Stille. Ich zucke zusammen und sehe mich suchend um. Im Erdgeschoss ruft ein kleiner Junge nach seiner Mutter. Vielleicht ist jetzt der richtige Zeitpunkt, um zu gehen, denke ich. Wenn ich hierbleibe, geht das nur ewig so weiter. Die Blicke, die Worte, der Hass, der Gram, die Verzweiflung.

»Es passt einfach nicht mehr zwischen uns. Seit Weihnachten ist alles so komisch.«

»Weil du komisch bist, Anni«, fährt er mich an. »Weil du anders bist.«

»Vielleicht hab ich mich einfach verändert.«

»Ach, auf einmal … Das hast du doch nie hören wollen. Du wolltest doch nie etwas ändern, für immer in diesem Drecksverlag versauern.«

Seine Worte hallen laut in meinem Kopf. Doch es ist, als würden sie durch mich hindurchrasen.

»Anni?«

»Nicht jetzt.«

»Was ist los?«

– Schweigen –

»Lass mich bitte. Geh. Das ist der falsche Moment.«

»Oh, du bist nicht allein, oder?«

– Schweigen –

»Anni?

»Ich kann so einfach nicht weitermachen. Zwischen uns ist was kaputtgegangen.«

»Ja, aber was? Und warum? Vor Weihnachten war doch alles in Ordnung.«

Hannes sieht mich fragend an und schüttelt den Kopf.

»Anni, ist alles in Ordnung?«
»Ben, ich kann jetzt nicht. Lass mich bitte in Frieden.«
»Wo bist du?«
– Schweigen –
»Ich mache mir Sorgen, Anni.«

»Komm mit rein. Lass uns noch mal reden.«

»So einfach ist das nicht, Hannes.«

»Doch, es ist ganz einfach. Du musst es nur wollen.«

Er kommt auf mich zu und setzt sich neben mich auf den Boden. Ich ziehe meine Beine an mich und stütze den Kopf auf die Knie. Am liebsten würde ich die Augen schließen und alles um mich herum vergessen.

»Anni? Jetzt sag endlich, was los ist!«
– Schweigen –
»Anni! Ich werde gleich sauer.«
– Schweigen –
»Anni!!!«
»Oh Mann, Ben, jetzt halt endlich die Klappe und lass mich in Frieden! Dich kann ich jetzt absolut gar nicht gebrauchen.«
»Wie meinst du das?!«
»So, wie ich es gesagt habe. Hau ab. Lass mich in Ruhe.«
»Du meine Güte … Du spuckst ja Feuer!«

»Ich kann nicht hierbleiben und auf heile Welt machen.«

»Wieso denn heile Welt, verdammt noch mal?!«, schreit er aufgebracht und schlägt mit der Faust gegen den Türrahmen, so heftig, dass die Haut auf seinen Fingerknöcheln aufplatzt und blutet. »Was ist denn nur passiert? Irgendetwas muss doch vorgefallen sein. Ich erkenne dich ja kaum wieder. Gibt es jemand anderen? Ist das der Grund? Wenn ja, dann sag's doch einfach und erspar mir den ganzen Quatsch.«

So wütend habe ich ihn lange nicht mehr erlebt, und ich wünschte, ich hätte diese Emotionen häufiger bei ihm gesehen. Auf einmal flackert in ihm wieder der widerborstige Student auf, den ich so vermisst habe.

»Nein«, sage ich ruhig und bemühe mich, gefasst zu wirken. Wenn ich jetzt auch noch anfange zu schreien, endet dieses Szenarium in einem einzigen Fiasko. Außerdem will ich nicht, dass das Haus, in dem ich kurze Zeit gewohnt habe, jedes Detail aus meinem Leben erfährt. »Du wolltest doch immer, dass ich was anpacke, was ändere. Das mach ich jetzt.«

»Warum so plötzlich? Von einem Tag auf den anderen?«

»Das war nicht von heute auf morgen. Ich frage mich schon eine Weile, was mit mir los ist. Und ich hätte viel früher mit dir sprechen müssen. Das tut mir sehr leid, Hannes. Das musst du mir glauben. Ich wollte dich nicht verletzen.«

»Zu spät«, murmelt er höhnisch.

»Ich weiß.«

»Anni, was ist da los? Zwischen dir und Hannes … Habt ihr Streit? Gibt es Probleme? Wenn ja, musst du es mir sagen.«

»Ich muss gar nichts.«

»Aber ich will dir doch helfen.«
»Glaub mir, du bist der Allerletzte, der das kann.«
»Was ist passiert?«

Die Kälte der Wand hat sich auf meinem Rücken ausgebreitet. Ich müsste längst aufstehen, müsste gehen, diesen Ort verlassen.

»Ich brauche jetzt einfach Zeit für mich«, beginne ich leise. »Um mir über gewisse Dinge klarzuwerden.«

»Und dann?«

»Dann sehen wir weiter.«

Er nickt nachdenklich, als würde er verstehen, was ich meine, doch ich kann in seinen Augen erkennen, dass das nicht der Fall ist.

»Kann ich dich anrufen?«

»Das führt doch zu nichts. Ein bisschen Abstand tut uns gut.«

»Abstand?«
»Mann, Ben, das geht dich absolut nichts an.«
»Soll ich so tun, als würde ich es überhören?«
»Von mir aus. Hauptsache, du hältst die Klappe.«
»Will ich aber nicht. Du sagst mir jetzt endlich, was passiert ist.«

»Ich liebe dich, Anni«, flüstert er sanft und streicht vorsichtig über meinen Handrücken. Seine Fingerknöchel sind blutig, und ich möchte einen Moment lang darüberstreichen.

Eine kleine Träne kullert aus meinem Auge und rollt langsam die Wange hinab. Der Wunsch, mich an seine Schulter zu lehnen und dabei seine Hand zu halten, ist groß in diesem Moment. Doch die Gewissheit, dass es falsch wäre, ist größer.

»Ich sollte jetzt gehen.«

Er nickt schweigend und wandert mit seinen Augen von Koffer zu Koffer und Kiste zu Kiste.

»Was ist da los zwischen euch?«

»Ich kann jetzt nicht, Ben. Ich kann nicht.«

»Meldest du dich?«

»Vielleicht …«

»Ich will dich nicht gehen lassen«, wispert er und streicht dabei über meine Wange. Ich lasse es geschehen und weiß doch, dass es so für uns beide nur schwerer wird.

»Wenn du mich liebst, lässt du mich gehen.«

Meine Stimme ist nur noch ein Flüstern und wird mit jeder Silbe leiser.

»Warum hast du mir nichts davon gesagt? Und warum …?«

»Ben! Ich will dich jetzt einfach nicht hören.«

Er steht auf und drückt mir einen zarten Kuss auf die Stirn. Als seine Lippen mich berühren, schließe ich ein letztes Mal die Augen, doch da ist nichts, woran ich in diesem Moment denke, kein nostalgisches Bild flackert auf, keine sentimentale Erinnerung. Dann ziehe ich den kleinen Messingschlüssel aus meiner Hosentasche und lege ihn behutsam in seine Hand. Er nimmt ihn wortlos an sich, kehrt mir den Rücken zu und öffnet die Tür zu unserem alten Leben. Als er dahinter verschwindet und das Türschloss klackt, sitze ich noch immer auf den kalten Fliesen.

»Du hättest mir was sagen müssen. Warum … ich dachte, du wärst glücklich mit ihm.«
»War ich ja auch.«
»Aber?«
»Nicht glücklich genug? Was weiß ich …«
»Anni …«
»Hör auf mit diesem dämlichen Getue. Ich bin kein kleines Kind.«
»Ich will dir doch nur helfen.«
»DU kannst mir sicher nicht helfen.«
»Was soll das jetzt wieder heißen?«
»Na, wem hab ich denn die ganze Scheiße zu verdanken?!«
»Bitte?!«
»Du hast mich schon richtig verstanden.«
»Was ist denn dein Problem?«
»Mein Problem? DU bist mein Problem. Du … dämliche Stimme in meinem Hirn.«
»Hallo?! Ich bin keine dämliche Stimme.«
»Ohne dich wäre alles im Lot.«
»Bist du noch ganz dicht? Warum schreist du mich so an?«
»Ich habe die Schnauze voll von dir … und diesem ganzen Chaos, das du mit dir bringst.«
»Das ist doch nicht meine Schuld! Ich kann doch nichts dafür, dass einiges in deinem Leben nicht so läuft, wie es soll.«
»Nicht so läuft, wie es soll?! Seit du da bist, geht alles drunter und drüber. Mein Leben ist ein einziges Chaos!«
»Ja, was soll ich denn jetzt tun, damit du dich besser fühlst?!«

»Hau endlich ab und lass mich wieder in Ruhe.«
»Würde ich ja gerne! Aber ich weiß nicht WIE!*«*
»Hör auf, so zu schreien, Ben!«
»Du schreist doch genauso!«
»Ja, verdammt. Weil alles scheiße ist. Mein ganzes Leben.«
»Du badest ja in Selbstmitleid …«
»Halt die Klappe, Ben. Halt einfach die Klappe. Du richtest ohnehin nur Unheil an.«
»Was bildest du dir eigentlich ein?«
»Mein Leben ist total im Arsch. Und das nur wegen dir. Mein Freund ist weg …«
»Na, DU *hast ihn doch davongejagt!«*
»Natürlich hab ich das! Aber doch nur wegen DIR*, du blöder Arsch!«*
– Schweigen –
»Wie, wegen mir?«
– Schweigen –
»Anni?«
– Schweigen –
»Anni, verdammt noch mal. Was hast du da eben gesagt?«
»Vergiss es.«
»Nein!«
»Schrei nicht so.«
»Anni!«
»Du sollst nicht so schreien!«
»Sag mir jetzt sofort, was das zu bedeuten hat! Sonst bring ich dein Trommelfell zum Platzen, das verspreche ich dir.«
»Vergiss es. Es hat nichts zu bedeuten.«
»Du lügst.«
»Nein.«

»Du hast dich wegen mir von Hannes getrennt?«

»Wie kommst du denn darauf?«

»Anni! Ich habe Ohren …«

»Die anscheinend nicht funktionieren … denn du irrst dich. Und zwar gewaltig.«

»Ich habe doch gehört, was du gesagt hast.«

»Dann hast du dich verhört.«

»Sei doch nicht albern.«

– Schweigen –

»Anni, ich muss das wissen.«

– Schweigen –

»Hast du dich wegen mir von Hannes getrennt?«

– Schweigen –

»Anni …«

– Schweigen –

»Wenn es so wäre, dann …«

– Schweigen –

»Bitte, Anni.«

– Schweigen –

»Sprich mit mir.«

– Schweigen –

»Wenn du dich wegen mir von Hannes getrennt hast … dann … dann …«

»Hab ich nicht.«

»Hast du nicht?«

»Nein.«

»Aber …«

»Das war im Affekt. Weil ich irgendetwas Gewaltiges sagen wollte. Irgendetwas, was dich zum Schweigen bringt.«

»Du lügst …«

»Nein, ich lüge nicht. Das ist mein voller Ernst. Ich hab das nicht so gemeint. Die Trennung von Hannes hat rein gar nichts mit dir zu tun. Gar nichts. Und jetzt will ich endlich meine Ruhe haben.«
»Sicher?«
»Ja, Ben. Nimm dich mal lieber nicht so wichtig. Die Erde dreht sich nicht nur um dich.«
– Schweigen –
»Du hast das alles nur gesagt, um mich zu ...«
»Zu bremsen, richtig. Und jetzt Schluss damit.«
»Das glaube ich dir nicht.«
»Ben, wie deutlich muss ich denn noch werden?! Du wärst NIE *ein Grund, mit Hannes Schluss zu machen. Du bist nicht mal real. Kapiert?«*
– Schweigen –
»Kapiert.«
»Gut, dann wäre das ja geklärt.«
– Schweigen –
»Kann man so sagen. Du fängst ein neues Leben an, und ich habe ...«
– Schweigen –
»Becky?«
»Ja, Becky.«
– Schweigen –
»Also haben wir beide unseren Neuanfang.«
»Hm.«
– Schweigen –
»Anni, was du da vorhin gesagt hast ...«
»... hab ich nicht ernst gemeint.«
»Und wenn ich dir das nicht glaube?«

»Was spielt das für eine Rolle? Du liebst Becky.«

»Ja, ich liebe Becky.«

»Na also.«

– Schweigen –

»Bist du noch da?«

– Schweigen –

»Ben?«

– Schweigen –

Ben erzählt

MAI

39.

Es heißt, die Zeit heilt alle Wunden. Wer auch immer das behauptet, lügt. Sie heilt keine Wunden. Sie hinterlässt nur tiefe Narben, die dafür sorgen, dass der Schmerz nie in Vergessenheit geraten kann, dass er immer präsent ist und die Erinnerung an die Qualen aufrechterhält. Die Zeit ist grausam. Die Zeit ist die wahre Krankheit. Nur dass wir keine Medizin gegen sie haben. Kein Mittel, das helfen würde. Wir haben keinen Einfluss auf die Zeit und keine Macht über sie. Die Zeit macht, was sie will. Sie vergeht oder sie vergeht nicht. Die Zeit ist taktlos. Sie nimmt keine Rücksicht. Sie begleitet uns ein Leben lang und bleibt uns dennoch immer fremd.

»Noch eins?«

Tim deutet auf den Kasten Bier, der sich im glasklaren Wasser unter unseren Füßen abzeichnet.

»Hab noch.«

Ich nehme einen großen Schluck aus meiner Flasche. Die kalte Flüssigkeit rinnt meinen Hals hinunter und hinterlässt einen bitteren Nachgeschmack auf der Zunge. Ich frage mich, warum ich etwas trinke, das mir nicht schmeckt, um kurz darauf ein weiteres Mal anzusetzen. Die Wirkung ist dieselbe, der Geschmack ebenso.

»Unglaublich, dass es im Mai schon so warm ist.«

Tim taucht seine Füße ins kühle Wasser. Die letzten Sonnenstrahlen spiegeln sich auf der Oberfläche des Sees und lassen ihn silbrig glitzern. Ich schließe die Augen und lehne mich zurück. Das warme Holz unter meinem Rücken fühlt sich angenehm an.

»Du denkst schon wieder an sie, oder?«

Seine Stimme hat einen kritischen Ton angenommen, aber ich habe keine Lust, darauf einzugehen, und nehme noch einen Schluck von der bitteren Brühe.

»Na gut, dann ignorierst du mich eben.«

Er zieht die Füße aus dem Wasser und lässt sich neben mir auf dem warmen Holz nieder. Ein paar Minuten vergehen, ohne dass einer von uns beiden etwas sagt.

»Ich ignoriere nicht dich, sondern deine Bemerkung.«

»Schon okay. Ich weiß, dass das ein heikles Thema ist. Und du weißt, wie ich dazu stehe.«

»Eben«, murmle ich schwach und greife blind nach meiner Bierflasche, die neben mir auf dem Steg steht.

Für einen Moment gibt er sich zufrieden und schweigt. Dann richtet er sich energisch auf und hält eine Rede, die ich längst auswendig kenne.

»Du kannst nicht auf sie warten – du musst sie vergessen – sie ist nicht real – du kannst nicht alles hinschmeißen – du musst dich damit abfinden – du musst dieses – du musst jenes – triff dich doch mal mit Vera – bla, bla …«

Wie ein Schnellzug rasen seine Worte durch das eine Ohr hinein und durch das andere Ohr hinaus. Ich habe gelernt, sie auszublenden. Ich habe sie zu oft gehört, als dass sie irgendeine Art von Wirkung auf mich haben könnten.

»Bist du fertig?«, brumme ich gleichgültig und leere die Flasche auf einen Zug. Es ist die dritte oder vierte oder fünfte.

»Alter, ich mach mir Sorgen um dich. Wir machen uns alle Sorgen.«

Ich frage mich, wer »alle« sind, und kann nicht verhindern, dass meine Stimme einen aggressiven Ton annimmt.

»Ich habe niemanden darum gebeten, sich Sorgen zu machen. Es geht mir gut. Und wenn es nicht so wäre, dann wäre es auch nicht euer Problem, sondern meins. Wann kapiert ihr das endlich?«

»Wenn du kapierst, dass es keinen Sinn macht, auf eine Phantasiefrau zu warten«, bemerkt er seufzend.

»Sie ist keine Phantasiefrau.«

»Meinetwegen. Dann ist sie eben keine Phantasiefrau. Aber eine Fremde.«

»Für mich nicht«, zische ich, doch es klingt eher wie ein Fauchen. Ich richte mich auf, schnappe mir die leere Bierflasche und beginne, nachdenklich das Etikett abzuzupfen.

»Ben«, sagt er vorsichtig, und ich erinnere mich daran, wie Anni das immer gesagt hat, manchmal genervt, manchmal lachend.

»Wie lange hast du jetzt nichts von ihr gehört? Vier Monate? Fünf?«

Beharrliches Schweigen.

»Wer weiß, ob du je wieder etwas von ihr hörst.«

»Ich kann warten.«

»Aber doch nicht ewig. Ich meine, das ist doch albern. Du wartest womöglich völlig umsonst. Niemand kann dir garantieren, dass sie sich noch einmal … meldet.«

»Dieses Risiko nehme ich in Kauf.«

Er schüttelt ungläubig den Kopf.

»Alter, du sprichst wie eine Kriegswitwe im Zweiten Weltkrieg! Du weißt doch gar nicht, was du da sagst.«

Ich zupfe störrisch das Etikett ab und schnipse die kleinen Papierfetzen in den See. Warum verspüre ich immer den Drang, Etiketten von Flaschen zu reißen?

»Du bist mir echt keine Hilfe, wenn du so drauf bist. Da kann ich gut drauf verzichten, wenn du's genau wissen willst. Ich werde auf sie warten. Und wenn es Jahre dauert. Ich werde warten.«

Ein schwacher Seufzer. Ich rechne damit, dass er mich jeden Moment in den See schubst.

»Warum?«

»Weil sie es wert ist. Sie ist nicht irgendeine Frau.«

»Du kennst sie doch gar nicht. Du hast sie noch nie gesehen. Sie ist nicht real, Ben. Sie existiert in deinem Kopf. Als Phantasieprodukt. Als Vorstellung.«

»Das weißt du nicht.«

»Stimmt, ich könnte dich auch einweisen lassen, und dann nehmen sie dir Lilly weg. Die hat schon genug von deinem Beziehungschaos abbekommen.«

Es ist nicht fair von ihm, Lilly ins Spiel zu bringen, aber er hat recht mit dem, was er sagt. Seit ich meine Schwester bei mir habe, war ich keine fünf Stunden die Bezugsperson, die ich hätte sein sollen, die Familie, die meine Mutter sich für sie gewünscht hat. Ich habe ihr nicht die Aufmerksamkeit geschenkt, die sie verdient hätte, habe mich stattdessen besoffen ins Auto gesetzt und ein On-off-Drama mit meiner Frau vor ihren Augen zelebriert. Meine Frau. Meine Exfrau – Worte, die mir schwer über die Lippen kommen.

Ich muss an Becky denken, an ihre erdbeerroten Lippen, die jetzt vielleicht ein anderer küsst.

»Warum tust du dir das an? Warum wartest du auf eine Phantasiefigur? Du hattest deine große Liebe direkt neben dir.«

»Seit wann verteidigst du Becky? Du mochtest sie nie.«

»Aber du mochtest sie. Du hast sie geliebt.«

»Nicht genug.«

»Das glaube ich dir nicht. Du redest dir da was ein. Sie war immer deine Traumfrau. Deine große Liebe. Und plötzlich soll all das weg sein? Wegen einer Spinnerei in deinem … Kopf?! Weil da plötzlich eine andere Traumfrau ist?!«

Ich stupse die leere Flasche mit dem Finger um und warte darauf, dass sie in Scherben zerbricht. Aber sie bleibt heil, und ich drehe sie mit dem Zeigefinger im Kreis. Es gab eine Zeit in meinem Leben, da habe ich regelmäßig Flaschen im Kreis gedreht. Beinahe jedes Wochenende. Ich muss schmunzeln, wenn ich an all die Geburtstagsfeiern und Feste denke, an all die albernen Wahrheiten und peinlichen Pflichten. Ich sehe Tim vor mir, wie er Jennifer Lang seine Zunge in den Hals steckt, sehe mich selbst, wie ich Anna Falk aus der Neunten an den Hintern fasse.

»Kannst du dich noch an Wahrheit oder Pflicht erinnern?«

»Wie kommst du denn jetzt darauf?«, seufzt Tim und schüttelt den Kopf.

»Ich wollte immer nur Pflicht.«

»Ja, die Wahrheit hast du wohl noch nie sonderlich gerne gehört«, meint er spöttisch und verschränkt die Arme vor der Brust. Auf einmal fühle ich mich wie ein Schuljunge, der von seinem Vater getadelt wird.

»Du bringst mich wirklich nicht weiter mit deiner scheiß Art. Ich meine, was soll das?! Du bist mein Freund. Du solltest mir helfen, mich unterstützen. Nicht niedermachen. Ich habe da jetzt keinen Bock drauf. Das kann ich mir echt sparen.«

Ich schleudere die leere Flasche ins Wasser und höre einen dumpfen Platscher. Danach stehe ich wortlos auf und klopfe mir flüchtig die Hose ab, obwohl ich das nicht müsste, weil der Steg nicht dreckig und die Hose alt ist.

»Hey, jetzt hau doch nicht gleich ab«, murrt Tim. »Ich ... will dich wirklich nur vor einem großen Fehler bewahren.«

»Der große Fehler wäre gewesen, mit Becky zusammenzubleiben«, entgegne ich prompt. »Sie hat sich für mich verbogen. Im Grunde hatten wir immer unterschiedliche Vorstellungen vom Leben.«

»Okay, das akzeptiere ich. Ist ja deine Sache. Aber hör bitte auf, permanent an diese Unbekannte zu denken. Geh unter Leute, triff dich mit Vera.«

»Ich will nichts von Vera.«

Wenn ich eines in meinem Leben nicht brauchen kann, dann ist es ein weiterer Frauenname – auch wenn er zu einer hübschen Frau gehört. Vera ist eine Arbeitskollegin von Tim. Sie hat ein nettes Lächeln und erzählt gern von ihrem Hund Hugo.

»Sie wird wiederkommen. Das weiß ich.«

»Und für wie lange? Ein paar Wochen? Ein paar nette Gespräche? Ben, diese Frau existiert in deinem Kopf. Sie ist kein ... Mensch aus Fleisch und Blut.«

Einen Moment lang schweigen wir beide.

»Sie wird wiederkommen. Und ich werde auf sie warten.

Egal, wie lange. Diese Frau ist mein Schicksal, Tim. Ich werde auf sie warten. Und wenn es Jahre dauert.«

Auf seinem Gesicht zeichnet sich Mitleid ab, doch dieses Mitleid ist voller Hohn. Er muss nicht aussprechen, was er denkt, so deutlich ist sein Blick. Ich drehe mich wortlos um und gehe, lasse ihn zurück, lasse den Steg und den See hinter mir, in der Hoffnung, mit meinem bedingungslosen Glauben an das Unmögliche richtigzuliegen.

40.

Im Leben läuft nie etwas nach Plan. Ich schmiede trotzdem gern Pläne, weil sie mir Halt und Sicherheit geben. Ich plane, um mich zu schützen – und weil ich wissen will, was kommt, nicht überrascht werden möchte. Das macht mich nicht nur zu einem kleinen Kontrollfreak, sondern auch zum Gegenteil aller Beckys dieser Welt.

Ich hatte schon immer Pläne. Nicht alle haben ihren Zweck erfüllt. Mit neunzehn war da zum Beispiel der Plan, Jura zu studieren, der einherging mit dem Plan, später einmal viel Geld zu verdienen. Dann gab es den Plan, mit dem Rucksack durch Indien zu reisen und die wahre Freiheit kennenzulernen. Nicht zu vergessen der Plan, Fallschirm zu springen. Aus Jura wurde Architektur, aus Indien Paris und aus dem Fallschirm ein kleiner Heißluftballon. Was auch immer man plant, es kommt anders. Das Leben lässt sich nicht planen. Es passiert. Wäre es nicht so, hätte ich Marla geheiratet, statt ein wildfremdes Mädchen aus dem Park mit nach Hause zu nehmen. Ich hätte meine Eltern mit ihren vier Enkelkindern besucht, statt Blumen auf ihre Gräber zu legen, hätte mir einen Hund gekauft, statt meiner kleinen Schwester ein Zimmer einzurichten – und würde nicht hier sitzen und einer Stimme in meinem Kopf hinterherweinen.

»Du könntest jetzt wirklich mal aufhören, Trübsal zu blasen. Das passt nicht zu dir.«

Mit gerümpfter Nase steht sie vor mir, einen Volleyball unter dem Arm. In einer halben Stunde beginnt ihr Training.

»Du kommst zu spät«, brumme ich mürrisch und rühre mit dem Löffel in meiner Kaffeetasse.

»Kannst du mal damit aufhören?«

Lilly schenkt mir einen genervten Blick und zeigt auf die Tasse. Ich ziehe den Löffel aus der braunen Brühe und lege ihn demonstrativ auf den Tisch.

»Soll ich noch mit irgendetwas aufhören, oder bist du jetzt zufrieden?«

Sie zieht eine Schnute und setzt sich zu mir an den Tisch.

»Ich muss was mit dir besprechen«, setzt sie an – in einem Ton, der mich aufhorchen lässt. Ich frage mich, was jetzt kommt, was 17-jährige Mädchen meinen, wenn sie etwas besprechen wollen.

»Ich will nach den Abschlussprüfungen ins Ausland. Länger.«

Damit habe ich nicht gerechnet. Aber besser als ein Auto, eine Tätowierung oder eine ungewollte Schwangerschaft.

»Okay.«

Mehr fällt mir in diesem Moment nicht ein.

»Nach Argentinien. Auf eine Rinderfarm. Für ein Jahr.«

Sie wartet angespannt auf eine Reaktion, und ich stelle mir das zierliche blonde Mädchen zwischen Tausenden von Rindern vor.

»Okay.«

»Wenn du das noch mal sagst, stehe ich auf und gehe«, sagt sie eingeschnappt.

»Und wann? Nach den Prüfungen … das wäre ja … bald?«

»Im Oktober. Ich möchte diese Woche noch den Flug buchen, eine Rinderfarm habe ich schon. Ich könnte dort mitarbeiten, Kühe melken und ausmisten und so was.«

Ich stelle mir Lilly vor, wie sie an den Eutern von Kühen zieht, und verwerfe das Bild sofort wieder.

»Und warum eine Rinderfarm?«

Ich könnte sie auch fragen, warum sie ausgerechnet nach Argentinien will, aber insgeheim weiß ich, warum. Becky hat ihr oft von ihren Erlebnissen in Süd- und Mittelamerika erzählt. Ich erinnere mich an einen Abend, an dem die beiden Fotos auf dem Computer angesehen haben.

»Ich mag Rinder«, kommt es von Lilly.

»Ist es wegen Becky? Vermisst du sie? Willst du deswegen weg von mir … und dorthin?«

Sie lächelt und schüttelt den Kopf, als wäre das der absurdeste Gedanke der Welt.

»Quatsch. Ich mag Becky. Und ich find's schade, dass ihr euch getrennt habt. Aber das ist nicht der Grund. Ich will einfach mal raus. Was von der Welt sehen. Papa hat auch immer gesagt, dass ich das machen soll.«

Papa. Ein kleiner Stich im Herzen. Wir haben nie über unsere Eltern gesprochen, seit sie bei mir lebt. Das Wort »Papa« hat keiner von uns beiden in den Mund genommen. Es hört sich seltsam an.

»Das versteh ich.«

»Dann ist es okay?«, fragt sie ein wenig überrascht.

»Klar. Du bist fast erwachsen. Wir müssen noch mal in Ruhe über alles sprechen. Ich will mir die Farm mal ansehen, wir müssen über deine Versicherung, Geld und so einen Kram sprechen, aber grundsätzlich solltest du das machen.«

»Cool.«

Sie grinst, und ihr blonder Zopf fliegt ihr dabei auf die rechte Schulter.

»Kann ich dich denn überhaupt allein lassen?«, fragt sie schelmisch, und ich muss lachen, weil sie plötzlich wie meine große Schwester klingt.

Lilly wirft einen Blick auf ihre Uhr, stellt fest, dass es schon viel zu spät ist, und schnappt sich ihren Volleyball.

»Ich hoffe, dass sie sich bald meldet«, sagt sie und bleibt noch einmal in der Tür stehen.

»Becky?«

»Nein, die andere Frau.«

Ich nicke schweigend.

»Anni. Sie heißt Anni.«

»Wie lange wartest du schon?«, beginnt sie vorsichtig.

»Vier Monate«, murmle ich leise und spüre doch einen Stich in der Brust. Die Wahrheit tut manchmal unheimlich weh. Sie auszusprechen ist dabei härter, als sie nur zu denken.

»Da geht noch was«, meint sie und grinst.

Im Radio läuft »Dancing in the dark« von Bruce Springsteen. Ich liebe diesen Song, doch in diesem Moment lässt er das Loch, in dem ich mich befinde, noch schwärzer erscheinen. Wenn das Radio nicht so weit weg wäre, würde ich den Sender wechseln. Aber ich bin zu träge und faul, um von meinem Stuhl aufzustehen. Ich bin also gezwungen, Bruce' Wahrheiten weitere zwei Minuten zu ertragen. *I get up in the evening and I ain't got nothing to say. I come home in the morning, I go to bed feeling the same way. I ain't nothing but tired, man, I'm just tired and bored with myself.*

»Ich hasse diesen Kerl«, murrt Lilly.

»Bruce Springsteen kann man nicht hassen. Das ist so eine Art … Gott.«

Message keeps getting clearer, radio's on and I'm moving round the place. I check myself in the mirror; I wanna change my clothes, my hair, my face.

»Für mich nicht. Der singt nur Scheiße.«

»Bruce Springsteen ist eine Legende. So weit muss es Justin Timberlake erst mal bringen.«

»Äh, den höre ich schon eine Weile nicht mehr«, sagt sie stirnrunzelnd.

»Findet sie den auch gut?«

Ich sehe sie fragend an.

»Na, diese Anni! Findet sie Bruce Springsteen auch gut?«

»Äh … keine Ahnung. Ich weiß es nicht.«

»Also, das solltest du herausfinden.«

»Ja, ja«, seufze ich kopfschüttelnd.

»Das musst du sie unbedingt fragen.«

»Sollte ich sie je wiedersehen, werde ich sie sicherlich nicht zu Bruce Springsteen befragen«, entgegne ich.

»Ich dachte, er wäre Gott.«

»So eine Art Gott, habe ich gesagt.«

»Frag sie«, murmelt sie mit einem zufriedenen Lächeln im Gesicht.

41.

Lilly ist an einem sonnigen Oktobernachmittag in den Flieger nach Buenos Aires gestiegen, und ich habe von der Besucherplattform aus beobachtet, wie ihr Flugzeug in den Himmel steigt. Ich hatte erwartet, dass ich mich in diesem Moment leer und einsam fühlen würde, aber da war vor allem ein anderes Gefühl. So eine Art Stolz, es doch noch irgendwie hinbekommen zu haben.

Ich musste an meine Mutter denken, wie glücklich sie darüber gewesen wäre. Und an Anni. Es wäre eine Lüge, zu behaupten, dass ich lange nicht mehr an sie gedacht habe, aber ein paar Wochen habe ich es immerhin hinbekommen. Unsere Gespräche verblassen langsam in meinem Kopf. Manchmal will ich das nicht wahrhaben, ein anderes Mal fühlt es sich wie ein Neustart an. Ich kann mich für keines der beiden Gefühle entscheiden, und gelegentlich habe ich deswegen ein schlechtes Gewissen.

Vor ein paar Wochen habe ich Tims Drängen nachgegeben und mich mit Vera getroffen. Wir waren ganz unspektakulär einen Kaffee trinken, haben geredet – vor allem über ihren Hund Hugo – und am Ende überlegt, uns vielleicht mal wiederzutreffen. Ein in den Raum geworfener Vorschlag, und das wird er auch bleiben. Vera ist nett, sie ist hübsch und klug, über ihre Witze kann man lachen – aber sie ist weder Anni noch Becky.

Von Becky habe ich das letzte Mal vor drei oder vier Wochen gehört – oder gelesen. Sie hat ein Foto aus Lima auf

Facebook gepostet, kurz darauf eines aus einer Stadt namens Trujillo. Seit unserer Trennung haben wir kein Wort miteinander gewechselt, und manchmal habe ich das Gefühl, dass ich sie nie wiedersehen werde.

»Täusch dich nicht, das hab ich bei dir auch schon oft geglaubt. Und dann – zum Beispiel jetzt – kommt alles ganz anders.«
»Ich hoffe, ich bilde mir das nicht ein.«
»Tust du nicht.«
»Wirklich nicht?«
»Nein.«
»Anni?«
»Ja.«
»Das kann nicht wahr sein. Du bist wieder da. Du bist … wiedergekommen. Oh Gott.«
»Ja.«
»Warum …? Du bist so … ruhig. So entspannt.«
»Na ja, ich hatte ein paar Minuten länger Zeit, mich an die Situation zu gewöhnen.«
– Schweigen –
»Ich kann's nicht glauben. Es ist so lange her.«
»Ja, es ist wirklich lange her.«
– Schweigen –
»Ich hab nicht mehr damit gerechnet, dich je wiederzusehen.«
»Ja, das hab ich mitbekommen, du Weiberheld. Das letzte Mal, als wir uns unterhalten haben, warst du glücklich verheiratet, und ein paar Monate später bandelst du schon mit Vera an.«

»Ein paar Monate sind eigentlich neun, und ich bandle auch nicht mit ihr an. Vera ist nur … eine Bekannte.«

»Ja, ja …«

»Hör auf zu lachen.«

»Was ist mit dir und Becky passiert?«

»Lange Geschichte.«

»Ich hab Zeit.«

»Da wär ich mir nicht so sicher.«

– Schweigen –

»Gott, Anni, ich hab dich so vermisst. Neun Monate lang hab ich nichts gemacht, als dich zu vermissen. Das ist eine lange Zeit.«

»Immerhin hast du dich mit Vera amüsiert.«

»Haha.«

– Schweigen –

»Ich hab dich auch vermisst, Ben.«

– Schweigen –

»Es ist so viel passiert seitdem.«

»Das kannst du laut sagen.«

– Schweigen –

»Wie geht' s dir so? Ich weiß, das ist eine ziemlich banale Frage … aber …«

»Ganz gut.«

»Und dir?«

»Auch … ganz gut.«

– Schweigen –

»Und jetzt die ehrliche Antwort!«

»Es geht so.«

»Bei mir auch. Also … es geht so.«

– Schweigen –

»Das ist irgendwie komisch, sich nach so langer Zeit wiederzusehen.«
»Oder wiederzuhören.«
»Ja, das trifft es wohl eher.«
– Schweigen –
»Wo bist du gerade?«
»Im Park. Ich habe heute frei.«
»Arbeitest du noch in diesem Verlag?«
»Ja. Irgendwie frustrierend, am gleichen Punkt zu stehen wie damals. Aber ich habe Bewerbungen geschrieben und warte jetzt mal ab, was bei rauskommt.«
»Das ist gut. Ein Anfang.«
»Ja, besser als jammern und nichts tun.«
»Und wie geht's Hannes?«
»Das musst du Hannes fragen.«
»Es ist bei eurer Trennung geblieben?«
»Ja. Es hat einfach nicht mehr gepasst.«
»Hm, und wie geht's dir damit?«
»Inzwischen ganz gut. Klar fühlt es sich anfangs scheiße an, allein zu sein, aber ich habe mich damit arrangiert. Und im Moment bin ich zufrieden so, wie es ist. Hannes hat angeblich schon wieder eine neue Freundin. Zumindest habe ich ihn neulich mit ihr gesehen.«
»Mistkerl!«
»Sehr solidarisch von dir, herzlichen Dank. Aber ich glaube, wer abgeschossen wird, hat das Recht auf eine neue Freundin.«
»Ich hätte dich nicht hergegeben.«
– Schweigen –
»Tut mir leid, ich wollte nicht …«

»Schon okay. Es fühlt sich einfach so seltsam an.«
»Und du? Hast du auch jemand Neuen?«
»Nein, nicht wirklich.«
»Ich muss dich dringend was fragen.«
»Ja?«
»Wie findest du Bruce Springsteen?«
»Was?«
»Wie findest du Bruce Springsteen?«
»Wie kommst du denn jetzt darauf?«
»Sag einfach.«
»Also Ben … du spinnst.«
»Jetzt sag doch.«
»Bruce Springsteen, ja? Hm, den finde ich eigentlich ganz gut. Zumindest hat er einige richtig gute Songs. Warum?«
»Nur so.«
»Aha.«
»Die Antwort war super, Anni.«
»Na, dann bin ich ja beruhigt.«
– Schweigen –
»Du musst mir was versprechen, Anni.«
»Hat das jetzt auch was mit Springsteen zu tun?«
»Quatsch. Auf die Gefahr hin, dass du gleich wieder weg bist und nicht wiederkommst – denn ich warte nicht noch mal zehn Monate auf dich.«
»Pah, wie das klingt.«
»Dieses ›pah‹ hat mir gefehlt. Also, wir müssen hier und jetzt einen Treffpunkt ausmachen.«
»Oh nein, nicht noch mal.«
»Doch. Bitte.«
»Und dann kommst du wieder nicht.«

»Ich bin gekommen.«

»Das hatten wir schon tausendmal.«

»Bitte, Anni, wir müssen uns treffen. Ich muss dich sehen. Und ich halt's nicht noch mal aus, dich zu verlieren. Ich brauche dich in meinem Leben, und wenn es nur fünf Minuten am Tag sind.«

»Das ist das Schönste, was du je zu mir gesagt hast.«

»Und ich mein es ernst.«

»Okay, von mir aus. Treffen wir uns noch mal.«

»Am Samstag?«

»Okay.«

»Gleicher Ort, gleiche Zeit?«

»Okay.«

»Gut, dann hätten wir das ja geklärt.«

»Haha, jetzt fühl ich mich wie eine Klausel in einem Vertrag.«

»Tut mir leid, ich wollte das einfach fixmachen.«

»Ich fühl mich immer noch wie eine Klausel in einem Vertrag.«

»Hör auf zu motzen und erzähl mir was. Irgendwas aus den letzten neun Monaten.«

»Puh, ich bin Single, habe eine neue Wohnung – allein – war drei Wochen auf Hawaii.«

»Hawaii?«

»Ja, Urlaub.«

»Mit Hula-Röckchen?«

»So, jetzt schaltest du das Kopfkino wieder aus.«

»Mit wem?«

»Allein.«

»Das glaub ich dir nicht.«

»Ich war aber allein.«

»Wetten, bei dir gibt es auch eine Vera …«

»Nein, gibt es nicht. Im Gegensatz zu dir habe ich die Zeit nur mit mir selbst verbracht, und das hat extrem gutgetan. Ich habe jetzt außerdem einen Hamster. Er heißt Frederick.«

»Ha, du konntest doch nicht allein sein!«

»Frederick ist ein Hamster. Das zählt nicht. Jetzt zu dir.«

»Ich hab mich von meiner Frau getrennt, vielleicht auch sie sich von mir, so genau kann ich das nicht sagen. Lilly ist für ein Jahr auf einer argentinischen Rinderfarm, und ich lebe allein in einem viel zu großen Haus.«

»Willst du den Mitleids-Brownie dafür?«

»Haha.«

»Und was ist aus der alles umfassenden, niemals endenden Liebe zu Becky geworden?«

»Der ist was dazwischengekommen.«

– Schweigen –

»Oder jemand.«

– Schweigen –

»Anni?«

– Schweigen –

»Bist du noch da?«

– Schweigen –

»Komm wieder. Bitte komme wieder.«

42.

Der Tag, nachdem ich Anni wiederbekommen habe, ist der schlimmste seit langem. Ich verschlafe meinen 8-Uhr-Termin mit der Stadtbaurätin und rutsche, als ich gehetzt aus der Dusche steige, auf den nassen Fliesen aus. Danach schneide ich mich beim Rasieren, tropfe mein weißes Hemd mit Blut voll und verbrühe mich am viel zu heißen Kaffee, den ich in einer halben Minute in mich reinkippen muss.

Irgendwann sitze ich dann zerstreut in meinem Büro und habe das Gefühl, »Was für ein Tag!« in der Endlosschleife jammern zu müssen. Und immer wieder werfe ich einen Blick auf die Uhr, frage mich, wann die Stimme in meinem Kopf auftaucht. Der Gedanke, dass sie nicht auftauchen könnte, löst Herzrasen und Übelkeit in mir aus. Ich will mir nicht vorstellen, was dann passiert, will nicht daran denken, dass ich sie ein weiteres Mal verlieren könnte. Die Erinnerungen an die ersten Monate nach Annis Verschwinden kommen hoch, und die Verzweiflung ist sofort wieder abrufbar.

In der Mittagspause treffe ich mich mit Tim. Ich bin kurz davor, ihm abzusagen, weil die Wahrscheinlichkeit, dass Anni genau in dieser Stunde auftaucht, zu groß ist. Am Ende entscheide ich mich dagegen und mache Tim mit meiner Unruhe misstrauisch. Er fragt immer wieder, was los ist, und ich antworte einsilbig, dass es mir gutgehe. Er glaubt mir nicht und straft mich mit einem dauerhaft skeptischen Blick. Ich will ihm nicht von Anni erzählen, will mich nicht wieder rechtfertigen müssen – nicht, solange ich nicht weiß, ob sie wiederkommt.

Als ich nach einer Stunde bei »Antonio« und einer Pizza quattro stagioni wieder am Schreibtisch sitze, bin ich noch angespannter und sehe noch häufiger auf die Uhr, aber in meinem Kopf bleibt es still – den ganzen Nachmittag lang.

Abends ruft Vera an und fragt, ob wir am Samstag essen gehen wollen. Einen Moment lang bin ich frustriert genug, um »ja« zu antworten, dann muss ich an die Vereinbarung denken, die ich mit Anni getroffen habe und die auch noch dann steht, wenn ich sie nicht mehr hören sollte.

»Du verzichtest für mich auf ein Date? Pass lieber auf, sonst bilde ich mir noch was darauf ein.«

»Endlich! Weißt du, wie lange ich schon auf dich warte?«

»Ist das ein Vorwurf? Sorry, aber ich kann mir nicht aussuchen, wann ich in deinem Kopf auftauche.«

»Ich weiß. Aber ich habe die ganze Zeit darauf gewartet, was von dir zu hören.«

»Aber du weißt doch, wie das läuft.«

»Ja, aber …«

»Jetzt bin ich ja wieder da – wie ich's dir versprochen habe.«

»Ich dachte, du kommst nicht mehr … und hab mir die ganze Zeit überlegt, was ich dann mache. Und dann …«

»… hätten wir uns eben am Samstag gesehen. Deswegen wolltest du doch unbedingt ein Treffen.«

»Bist du dir da sicher? Im Treffenvereinbaren sind wir beide nicht gerade Meister.«

»Diesmal klappt es. Ganz bestimmt.«

»Vielleicht. Aber ich will kein Risiko eingehen. Also …«
»Du bist so nervös.«
»Natürlich bin ich nervös. Ich versuche die ganze Zeit, dir was zu sagen, und du unterbrichst mich permanent.«
»Ist alles okay mit dir? Du bist irgendwie …«
»Ja, und jetzt sei endlich mal still, sonst ist der Moment weg.«
»Welcher Moment denn?«
»Anni!«
»Okay, okay … ich bin eine Minute da, und du willst, dass ich still bin. Sehr nett. Wirklich.«
»Anni!«
»Ja, ja, schon gut.«
»Ich hab mir geschworen, die Chance zu nutzen, wenn sie sich mir noch einmal bieten sollte … und …«
»Und?«
»Du machst es mir schwer.«
»Ich mach doch gar nichts.«
– Schweigen –
»Lebst du noch?«
»Ja, ich … also … gestern hast du mich gefragt, was aus der alles umfassenden, niemals endenden Liebe zu Becky geworden ist.«
»Haha, hast du dir das aufgeschrieben?«
»Hör auf zu lachen.«
»Tut mir leid.«
»Ich hab dir geantwortet, dass was dazwischengekommen ist.«
»Ja …«
»Jemand.«

»Ja … Lilly.«
»Lilly?! Nein, doch nicht Lilly.«
»Nicht … Lilly?«
»Nein!«
– Schweigen –
»Ich kann nicht glauben, dass du denkst, ich hätte von meiner kleinen Schwester gesprochen.«
»Was ist daran so schlimm?«
»Was daran so schlimm ist?«
»Du klingst gerade ziemlich aufgekratzt, Ben.«
»Natürlich bin ich aufgekratzt!«
»Warum denn?«
»Weil ich die ganze Zeit versuche, dir zu sagen, dass ich dich liebe, verdammt!«
– Schweigen –
»Hm, so wollte ich das jetzt eigentlich nicht sagen.«
– Schweigen –
»Na ja, du kannst es noch zurücknehmen …«
– Schweigen –
»Ich könnte so tun, als hätte ich das nie gehört.«
– Schweigen –
»Wär dir das lieber?«
»Ich weiß nicht …«
»Autsch, jetzt drehst du das Messer in meinem Bauch auch noch hin und her.«
»Nein, das will ich nicht. Ich frag mich nur, ob dir bewusst ist, was du da sagst.«
»Ich habe dir gerade gesagt, dass ich dich liebe, Anni. Natürlich ist mir bewusst, was das bedeutet. Es bedeutet, dass du die Frau bist, die mir alles bedeutet, auf die ich neun

Monate, nein, eigentlich viel länger, gewartet habe, mit der ich zusammen sein will.«

»Aber …«

»Kein Aber.«

»Du hast mich noch nie gesehen …«

»Das ist mir egal.«

»Du weißt nicht, ob du mich je sehen wirst.«

»Das wird sich am Samstag zeigen.«

»Du weißt nicht, ob das zwischen uns echt ist.«

»Es fühlt sich ziemlich echt an.«

»Du weißt nicht, ob wir zusammenpassen.«

»Gegensätze ziehen sich an. Bist du jetzt fertig?«

– Schweigen –

»Fällt dir bei all deinen Einwänden auch ein Grund ein, der dafür spricht, dass wir es versuchen?«

– Schweigen –

»Ja. Du kannst backen.«

– Schweigen –

»Sorry, den konnte ich mir nicht verkneifen.«

– Schweigen –

»Mir fällt nicht ein Grund ein, mir fallen Hunderte ein, Ben. Und sie sind alle dumm und unvernünftig und irrational. Und sie enden alle in der Erkenntnis, dass ich dich liebe, du Dummkopf. Ich liebe dich seit einer halben Ewigkeit.«

43.

»Wo zum Teufel steckst du?!«

»Anni?«

»Wer sonst?! Wo bist du? Ich warte hier seit Ewigkeiten. Wenn du mich jetzt wieder sitzen lässt, dann …«

»Soll das ein Witz sein?!«

»Hörst du mich vielleicht lachen?!«

»Nein.«

»Dann ist es auch kein Witz. Also, wo steckst du, Ben?«

»Die Frage ist wohl eher: Wo steckst DU?«

»Ja, wo wohl?! Am Bahnsteig. Besser gesagt sitze ich. Und das schon eine ganze Weile. Aber du hast es ja schon wieder nicht nötig, aufzukreuzen.«

»Bitte?! Ich stehe hier am Gleis und warte auf dich, Madame. Also hör mal auf, hier so rumzupampen.«

»Dann würde ich dich ja wohl sehen …«

»Vielleicht guckst du nicht richtig hin.«

»Haha. Witzig.«

»Also, wo steckst du? Ich bin am Bahnsteig und warte.«

»Ich auch.«

»Kann nicht sein.«

»Wieso sollte ich denn lügen?«

– Schweigen –

»Okay, auf welchem Bahnsteig bist du?«

»Eins. Wie vereinbart.«

»Ich auch. Dann müssen wir uns doch sehen. Wink mal oder so.«

»Winken? In welche Richtung?«

»Na, einfach winken.«

»Das ist doch total bescheuert.«

»Mann, Ben, jetzt stell dich nicht so an. Du wirst ja wohl noch wissen, wie man winkt.«

»Schon, aber wem soll ich denn zuwinken?«

»Na, mir.«

»Aber ich sehe dich nicht. Ich mach mich doch hier nicht zum Affen.«

»Du sollst doch nur mal kurz winken, damit ich dich erkennen kann. Vielleicht habe ich dich einfach übersehen zwischen all den Menschen.«

»Hier sind doch kaum welche …«

»Na ja, also ich finde schon, dass hier ziemlich viele Menschen sind.«

»Keine zwanzig.«

»Oh Ben, lern mal zählen. Das sind mindestens fünfzig.«

»Na, wenn du meinst.«

– Schweigen –

»Winkst du schon?«

»Nein, natürlich nicht.«

»Ben! Jetzt nerv mich nicht. Wink!«

»Na gut.«

»Winkst du jetzt?«

»Jaaa!!! Du machst mich noch wahnsinnig.«

»Ich sehe niemanden, der winkt.«

»Und ich sehe niemanden, der nach einem Winkenden Ausschau hält.«

»Also, Ben, jetzt mach's bitte nicht kompliziert.«

»Ich winke immer noch.«

»Hier ist niemand, der winkt.«
– Schweigen –
»Bist du wirklich da? Wenn nicht, musst du's nur sagen. Kein Weltuntergang. Ehrlich. Also enttäuscht wäre ich schon, zumal das jetzt das zweite Mal ist, aber …«
»Anni! Ich bin hier. Wie oft denn noch?«
»Aber ich sehe dich nicht.«
»Ich dich auch nicht.«
– Schweigen –
»Du bist aber schon am richtigen Bahnhof, oder?«
»Ich bin in … Hamburg.«
»Okay, ich auch. Und bist du auch am richtigen Bahnhof?«
»Anni, ich lebe in dieser Stadt! Da werde ich wohl kaum den Bahnhof verfehlen.«
»Ist ja schon gut. Ich dachte nur, na ja … egal. Das heißt also, wir sind beide am selben Bahnhof und können uns trotzdem nicht sehen.«
»Gut kombiniert, Sherlock Holmes.«
»Haha.«
– Schweigen –
»Ben?«
»Ja?«
»In welchem Jahr lebst du?«
»Anni, jetzt fang nicht an zu spinnen. Wir sind hier nicht in einem Kitschroman, und ich komme auch nicht aus der Zukunft.«
»In welchem Jahr?«
»Das ist albern.«
»In welchem Jahr!«
»2014. Zufrieden?«

»Hm, okay.«

»Das heißt wohl, dass auch du im Jahr 2014 lebst und die Wahrscheinlichkeit, in mir einen Zeitreisenden gefunden zu haben, gleich null ist.«

»Haha. Sehr witzig.«

– Schweigen –

»Winkst du immer noch?«

»Das hättest du wohl gerne …«

»Ach Ben, jetzt sei doch mal einen Moment lang ernst. Ich finde das gar nicht komisch.«

»Ich doch auch nicht. Aber das wird schon einen ganz simplen Grund haben. Wahrscheinlich haben wir einfach was übersehen.«

»Übersehen? Was könnten wir denn übersehen haben?!«

»Hm, keine Ahnung.«

– Schweigen –

»Und du bist wirklich da, ja?«

»Ja, verdammt. Was denkst du denn?! Ich war auch das letzte Mal da.«

»Ich auch. Aber das Thema lassen wir besser bleiben.«

– Schweigen –

»Vielleicht soll es einfach nicht sein.«

»Hä?«

»Vielleicht dürfen wir uns nicht treffen. Vielleicht ist das ein Zeichen.«

»So ein Blödsinn.«

»Nein, wirklich. Vielleicht dürfen wir nur mental kommunizieren und alles andere ist verboten.«

»Und wer hat diese Regel dann aufgestellt?!«

»Keine Ahnung. Aber irgendwie soll es einfach nicht sein.

Das ist jetzt schon das zweite Mal, und das wird schon was bedeuten.«

»Hör auf damit … wir waren uns doch einig.«

»Ja, aber jetzt bin ich mir nicht mehr sicher. Mein Bauchgefühl …«

»Anni …«

»Vielleicht war es eine blöde Idee.«

»War es nicht. Es war die einzige Möglichkeit.«

»Ja, aber …«

»Nichts aber. Wir wollten uns doch über unsere Gefühle klarwerden. Und das geht nur, indem wir uns endlich sehen. Uns gegenüberstehen, miteinander sprechen. Uns kennenlernen.«

»Ja … Du hast recht.«

– Schweigen –

»Okay, Vorschlag: Wir treffen uns in fünf Minuten an diesem Hotdog-Stand in der Eingangshalle.«

»Am Hotdog-Stand?«

»Ja, da ist so ein kleiner Kerl, der Hotdogs verkauft. Kann man eigentlich nicht übersehen.«

»Einen Hotdog-Stand habe ich hier noch nie gesehen.«

»Mensch, Ben. Dann mach die Augen auf. DU *wohnst doch hier und nicht ich.«*

»Ich wohne doch nicht im Bahnhof.«

»Na, aber in dieser Stadt. Und die ist nicht gerade klein. Da wirst du wohl einen Stand finden.«

»Ist ja schon gut. Dann gehe ich jetzt auf Hotdog-Suche.«

»Mach das. Immer der Nase nach. Ich bin schon unterwegs.«

»Was hast du denn an? Damit ich dich erkennen kann.«

»Einen pinken Minirock und eine gelbe Netzstrumpfhose.«
– Schweigen –
»Das war ein Scherz, Ben. Du kannst wieder atmen.«
»Gott sei Dank. Ich hatte einen Moment lang Augenkrebs.«
»Pink ist voll im Trend. Das hättest du überlebt.«
»Vielleicht bei Panthern.«
»Pah, jetzt fangen die schlechten Witze wieder an.«
»Ja … und die ›pahs‹.«
»Haha.«
– Schweigen –
»Also, was hast du an?«
»Eine dunkelblaue Jeans und einen bordeauxroten Cardigan.«
»Bordeauxrot … Cardigan … aha.«
»Das ist so eine Mischung aus lila und rot. Und ein Cardigan …«
»Schon gut, schon gut.«
»Was trägst du?«
»Auch eine Jeans. Und ein dunkelblaues Hemd.«
»Du hast ja wirklich Mut zur Farbe.«
»Halt die Klappe, Pink Lady.«
»Bordeauxrot. Ich trage Bordeauxrot.«
»Ja, ja, schon gut. Und einen Cardigan.«
– Schweigen –
»Ich bin jetzt da.«
»Am Hotdog-Stand? Ich müsste auch gleich da sein.«
»Okay, ich warte.«
»Bist du nervös? Du klingst irgendwie nervös.«
»Bild dir bloß nichts ein, du Supermacho. Ich bin gar nicht nervös. Beeil dich lieber mal ein bisschen.«

– Schweigen –
»Wo bist du noch mal? An einem Hotdog-Stand?«
»Ja.«
»Also, ich sehe hier keinen Hotdog-Stand.«
»In der Eingangshalle. Gegenüber von Burger King.«
»Burger King? Hier gibt es doch gar keinen Burger King.«
»Natürlich gibt es den. Direkt neben dem Blumenladen.«
»Blumenladen?«
»Ach, Ben. Jetzt hör auf damit. Du machst das doch absichtlich.«
»Anni, hier gibt es weder einen Burger King noch einen Blumenladen. Und Hotdogs sowieso nicht.«
– Schweigen –
»Okay, dann bist du definitiv am falschen Bahnhof.«
»Ich?! Warum ich?«
»Na, weil ich am richtigen bin.«
»Ich bin am Bahnhof in Hamburg, liebe Anni.«
»Ja, aber wohl am falschen.«
»Wieso am falschen?«
»Na, weil wir offensichtlich nicht am selben Bahnhof sind.«
»Ich bin am Bahnhof in Hamburg.«
»Ich auch. Bei mir gibt es einen Hotdog-Stand.«
»Bei mir nicht.«
»Ich kapier das nicht.«
»Ich auch nicht.«
– Schweigen –
»Wie spät ist es bei dir?«
»Na … ein Uhr.«
»Ein Uhr?«
»Ja.«

– Schweigen –

»Anni?«

– Schweigen –

»Anni, was ist los?«

– Schweigen –

»Anni?«

– Schweigen –

»Ein Uhr ist es bei dir, ja?«

»Ja. Das habe ich doch schon gesagt.«

– Schweigen –

»Was hast du denn auf einmal?«

»Was ich habe?! Gute Frage. Wieso ist es bei dir ein Uhr und bei mir sieben Uhr?«

»Hä? Wie meinst du das?«

»So, wie ich es gesagt habe. Auf meiner Uhr ist es sieben Uhr abends.«

»Das … das kann doch nicht sein.«

»Es ist sieben Uhr abends, Ben. Es ist dunkel.«

»Bei mir ist es nachmittags … und hell.«

– Schweigen –

»Moment mal. Das geht doch gar nicht. Wir wollten uns um ein Uhr treffen … wenn bei dir jetzt sieben Uhr ist … dann …«

»Ich habe doch gesagt, ich warte schon eine Weile.«

»Eine Weile?! Das sind sechs Stunden.«

»Ich wollte diesmal nicht einfach gehen. Ich war mir sicher, dass du kommen würdest.«

»Du sitzt seit sechs Stunden am Bahnhof? Ist nicht wahr!«

»Doch.«

– Schweigen –

»Ich verstehe das nicht.«

»Ich auch nicht.«

»Es ist ein Uhr bei dir?«

»Ja … ein Uhr.«

»Ich dachte, du wohnst in Hamburg.«

»Ist ja auch so.«

»In Hamburg ist es jetzt aber sieben Uhr.«

»Nein, es ist ein Uhr. Ich bin ja dort. Was soll denn das jetzt?!«

»Ben, es ist sieben Uhr. Das sagt meine Uhr … und die in der Eingangshalle.«

»Völlig unmöglich. Es ist nachmittags.«

– Schweigen –

»Oh mein Gott …«

»Was ist?«

»Das kann nicht sein …«

»Was ist denn?!«

– Schweigen –

»Anni, was ist los?«

– Schweigen –

»Anni?«

– Schweigen –

»Wo … wohnst du, Ben?«

»In Hamburg. Das habe ich dir doch …«

»Nein, WO genau.«

»Wie, wo genau? Ich wohne in Hamburg.«

»Ja, aber in welchem Hamburg.«

»In welchem Hamburg?! Anni, ich …«

»Ben! Hör mir bitte zu!«

»Ich höre dir doch zu. Aber ich finde diese Fragerei blöd. Du weißt doch, wer ich bin und wo ich wohne.«
»Wo … wo … liegt dieses Hamburg?«
»Wo dieses Hamburg liegt? Anni, jetzt machst du mir aber langsam Angst.«
»Ben! Beantworte meine Frage, verdammt noch mal. WO liegt dieses Hamburg?«
– Schweigen –
»In … New York. Wo sonst?«
»In New York?!«
»Äh, ja.«
»Ist das ein Witz? Du wohnst in New York?«
»Na ja, zumindest im Bundesstaat. Warum? Was ist los?«
– Schweigen –
»Anni? Noch da?«
– Schweigen –
»Anni? Alles okay?«
»Du stehst in diesem Moment in … New York?«
»Na ja, im Bundesstaat New York. Eigentlich stehe ich ja in Hamburg. Warum ist das jetzt so wichtig?«
– Schweigen –
»Anni? Sag doch was! Ich verstehe jetzt irgendwie nicht ganz, warum … also …«
»Warum das so wichtig ist?! Tja, weil … weil ich … in Hamburg stehe.«
»Ja … und ich … auch.«
»Schon … aber ich stehe in Hamburg in … Deutschland.«
– Schweigen –
»In … Deutschland? Aber wieso in Deutschland?«
»Na, weil ich da wohne.«

»Du kommst aus Deutschland?«

»Ja! Wie kommt es, dass du mich verstehst? Ich spreche Deutsch, und du müsstest doch …«

»Na ja, weil Deutsch meine zweite Muttersprache ist.«

»Bitte?«

»Meine Mutter stammte aus Heidelberg. Ich bin zweisprachig aufgewachsen.«

»Das ist jetzt nicht wahr, oder? Mir wird schlecht.«

»Puh. Deutschland. Ich glaub's nicht.«

»Warum haben wir das nie gemerkt? Warum hast du nie was gesagt?«

»Die Frage geb ich zurück.«

– Schweigen –

»Redest du jetzt nicht mehr mit mir?«

– Schweigen –

»Anni?«

– Schweigen –

»Oh nein.«

– Schweigen –

»Komm schon, bitte.«

– Schweigen –

»Nicht jetzt, Anni. Bitte nicht.«

– Schweigen –

»Anni! Nein … nein.«

44.

»Chicken oder Beef?«
»Verkochte Nudeln.«
»Kein Chicken oder Beef?«
»Anni, das ist ein Langstreckenflug. Wäre ja noch schöner, wenn die einem ein läppisches Sandwich auftischen würden.«
»Und verkochte Nudeln sind besser?«
»Hm … nicht wirklich. Aber immerhin warm.«
»Gibt's auch einen Nachtisch?«
»Ja, irgendwas Braunes, Weiches, Klebriges.«
»Danke für die Beschreibung.«
»Ich weiß nicht, was das sein soll.«
»Ein Brownie vielleicht?«
»Hallo? Ich komme aus Brownie-Country … den würde ich ja wohl erkennen.«
»Brownie-Country. Super. Na ja, du musst es ja nicht essen.«
»Mach ich auch nicht. Hab's meiner Nachbarin gegeben. Die sieht aus, als würde sie so was stündlich essen.«
»Oh.«
»Ja, eigentlich hätte ich nur den halben Preis bezahlen sollen. Ich habe nämlich nur einen halben Platz.«
»Oh.«
»Jetzt hör mal bitte mit diesem ›oh‹ auf! Da waren mir ja deine ›pahs‹ noch lieber.«
»Okay, okay …«
– Schweigen –

»Ist die Doppelfrau wenigstens auch doppelt nett?«
»Die Doppelfrau?! Oh, Anni …«
»Siehst du, jetzt sagst du auch ›oh‹.«
»Ja, die Doppelfrau ist ganz nett. Im Moment glotzt sie aber in diesen kleinen Fernseher.«
»Was läuft denn?«
»Was mit diesem Kerl aus ›Grey's Anatomy‹. Der mit den schönen Haaren.«
»So was weißt du?«
»Na ja, ich muss doch meine Konkurrenz da draußen kennen.«
»Immerhin weißt du, dass du eine hast.«
– Schweigen –
»Wo bist du gerade?«
»Blöde Frage. Im Flugzeug.«
»Haha. Und wo genau?«
»Hm, irgendwo über Europa, würde ich sagen.«
»Geht's ein bisschen genauer?«
»Ist Europa denn so groß? Scherz …«
»Du arroganter Yankee.«
»Hey, ich komm aus Hamburg.«
»Ja, ja, schon klar.«
– Schweigen –
»Wir landen in zweieinhalb Stunden. Zufrieden?«
»Ja.«
– Schweigen –
»Oh Mann, ich bin irgendwie aufgeregt.«
»Ich auch.«
»Und irgendwie hab ich Schiss.«
»Wie süß.«

»Haha …«
»Warum hast du Schiss?«
»Ich weiß es nicht … Vielleicht vor der ganzen Situation. Keine Ahnung, was mich erwartet. Vielleicht geht alles in die Hose.«
– Schweigen –
»Ich habe keine Angst.«
»Nein?«
»Nein. Wir haben so viel hinter uns … da kann die Zukunft nur einfacher werden.«
»Und wenn wir uns nicht verstehen?«
»Ich kann auch Englisch. Und zur Not sprechen wir einfach in Gedanken. Im Kopfgeflüster sind wir doch Weltklasse.«
»Kopfgeflüster … ja. Da sind wir Meister.«
– Schweigen –
»Warum sollten wir uns nicht verstehen?«
»Keine Ahnung … Bisher haben wir uns nur … im Kopf unterhalten. Aber jetzt …?«
»Ach, Ben. Mach dir keinen Kopf. Das wird schon, glaub mir.«
– Schweigen –
»Ich frage mich immer noch, warum uns das nie aufgefallen ist … Ich hier … du dort.«
»Na ja, wenn du kein Deutsch sprechen würdest, wäre uns das sehr schnell aufgefallen.«
»Ja, aber dass uns nie der Gedanke kam.«
»Weil es nicht wichtig war …«
»Nicht?«
»Nein. Es ist auch jetzt nicht wichtig.«
– Schweigen –

»Können wir heute noch Sauerkraut essen?«
»Ben ... Wie kommst du denn jetzt darauf?«
»Na ja, wenn ich schon mal wieder in der Heimat bin ...«
»Juhu, lasst uns die schönsten Klischees herauskramen. Der Amerikaner kommt!«
»Haha ... Warum regst du dich so auf?«
»Weil ich gar kein Sauerkraut mag.«
»Obwohl du aus Deutschland kommst?«
»Oh, Überraschung ... Stell dir vor, es gibt Deutsche, die kein Sauerkraut mögen.«
»Ist ja schon gut.«
»Ach ja, ich komme auch nicht im Dirndl zum Flughafen.«
»Nicht? Wie schade ...«
»Du machst dich über mich lustig.«
»Nein ... das bildest du dir ein.«
»Haha.«
– Schweigen –
»Möchtest du ein Parfum?«
»Ein was?«
»Ein Parfum ... Frauen mögen doch Parfum.«
»Ja ... und?«
»Die bieten hier gerade Düfte zum Sonderpreis an. Duty free ... ich könnte dir was kaufen. Original Lufthansa.«
»Nein, danke. Aber nett, dass du fragst.«
»Es gäbe auch ein aufblasbares Flugzeug ...?«
»Ben!«
»Okay, okay ... ich bin ja schon still.«
– Schweigen –
»Hoffentlich verteilen die noch mal Erdnüsse, bevor wir landen.«

»Ben!«
»Ich liebe Erdnüsse ...«
»Es gibt in jedem Supermarkt Erdnüsse. Auch bei uns. Und wenn du willst, kaufen wir heute noch welche.«
»Das ist nicht dasselbe! Im Flugzeug schmecken die einfach am besten ... Das ist dieses Tomatensaft-Phänomen.«
»Aha.«
– Schweigen –
»Was hast du heute an?«
»Nicht den bordeauxroten Cardigan.«
»Wie schade ...«
– Schweigen –
»Ein grünes Oberteil. Ich trage einen grünen Pulli und einen dunkelblauen Jeansrock.«
»Also Röcke finde ich ja immer sehr sexy ...«
»Hör auf zu sabbern, Ben!«
»Ach komm, lass mich doch mal ein bisschen Mann sein.«
»Na, wenn du das unter Männlichkeit verstehst.«
»Du kleine deutsche Zicke!«
»Diese Reduzierung auf meine Nationalität ...«
– Schweigen –
»Ich glaube, ich bestell mir jetzt dann noch was Hartes.«
»Was Hartes?! Spinnst du?«
»Ich brauch das jetzt.«
»Damit du hier besoffen antorkelst und kein Wort mehr herausbringst?«
»Nein ... damit ich ÜBERHAUPT *ein Wort herausbringe!«*
– Schweigen –
»Bist du wirklich so aufgeregt?«

»Ja … Ohne Ende.«
»Das musst du aber nicht. Es gibt keinen Grund.«
»Gibt es doch.«
»Nein, Ben. Es gibt keinen Grund.«
»Finde ich schon.«
»Ich nicht.«
– Schweigen –
»Anni?«
– Schweigen –
»Anni, bist du noch da?«
»Hm.«
»Du hast doch recht!«
– Schweigen –
»Du hast recht, habe ich gesagt. Normalerweise löst dieser Satz Glücksgefühle bei dir aus.«
»Auf einmal habe ich recht?«
»Ja.«
»Aha.«
»Es gibt wirklich keinen Grund.«
– Schweigen –
»Warum hast du deine Meinung geändert?«
»Na ja, es kann eigentlich nichts schiefgehen. Wir zwei … wir gehören zusammen. Und wir passen zusammen. Wir sind füreinander bestimmt.«
»Ich dachte, du glaubst an den Zufall.«
»Nicht mehr.«
»So?«
»Ja.«
»Und warum auf einmal?«
»Hm … weil …«

»Ja?«

»Weil wir ihn beide gut finden.«

»Ihn?«

»Ihn.«

»Wen?«

»Na, wen wohl? Bruce.«

»Bruce?«

»Bruce. Bruce Springsteen.«

»Das muss ich jetzt nicht verstehen, oder?«

»Nein, Anni. Es reicht, wenn ich es für uns beide verstehe.«

– Schweigen –

Epilog

Ein Jahr später

»Ben? Ben, bist du da? Hallo? Ben? Hallo? Aufwachen!«

»Es ist zwei Uhr morgens, Anni, und mein Anrufbeantworter kann sich nicht wehren«, sagt Ben, und es klingt wie ein langgezogenes Gähnen. Aber sogar sein schlaftrunkenes Nuscheln löst Herzklopfen und ein fast unerträgliches Gefühl der Sehnsucht bei mir aus. Ich stelle mir vor, wie er mitten in der Nacht in karierten Boxershorts neben seinem Telefon steht und sich müde den Schlaf aus den Augen reibt.

»Da bist du ja endlich. Ich muss dir unbedingt etwas sagen. Es ist ganz wichtig.«

»Du weißt schon, dass dieser Satz fast immer aus dem Mund einer schwangeren Frau kommt«, murmelt er schläfrig.

»Wäre das schlimm?«, necke ich ihn und werfe einen flüchtigen Blick auf meine Armbanduhr, die kurz nach acht Uhr morgens anzeigt. In einer Viertelstunde muss ich mich auf den Weg ins Büro machen. Vor mir auf dem Frühstückstisch steht eine Tasse Kaffee und eine halb ausgelöffelte Schüssel Müsli.

»Nein, nur etwas ungewöhnlich, wenn man bedenkt, dass wir uns das letzte Mal vor drei Monaten gesehen haben und ich dir zutraue, so etwas früher zu bemerken.«

Ich weiß, dass er in diesem Moment schmunzelt, und habe selbst ein Grinsen auf dem Gesicht.

»Also schwanger bin ich nicht.«

»Schade«, murmelt er ins Telefon.

»Meinst du das ernst?«

Seine Reaktion zaubert ein Lächeln auf mein Gesicht.

»Na ja, das wäre sicher ein einzigartiges Kind, wenn man bedenkt, welche außergewöhnlichen Fähigkeiten seine Eltern haben. Vielleicht käme da so was raus wie bei Lois Lane und Clark Kent.«

Seit unserer ersten Begegnung vor einem Jahr am Flughafen hat das Kopfgeflüster zwischen uns aufgehört. Manchmal frage ich mich, ob es irgendwann wieder so weit ist, irgendwann, wenn wir nicht mehr damit rechnen.

»Pah, Lois Lane und Clark Kent hatten gar kein Kind.«

»Doch, bestimmt«, protestiert Ben und gähnt.

»Vielleicht hätte ich dich doch lieber schlafen lassen sollen.«

»*The city never sleeps.*«

Es fühlt sich immer noch merkwürdig an, Ben in einer anderen Sprache, seiner eigentlichen Muttersprache, reden zu hören. Wenn wir zusammen sind, vermeidet er es, Englisch zu sprechen.

Ich höre, wie er den Kühlschrank öffnet, eine Flasche herausnimmt und einen Schluck trinkt, und sehe seine Küche vor mir mit ihren Holzschränken und Barhockern, dem Rezeptkalender an der Wand, den Gewürzen im Regal. Es ist drei Monate her, dass ich in dieser Küche mit ihm gekocht habe, und der Gedanke daran lässt mein Herz schwer werden. Bis ich das nächste Mal dort bin, vergehen noch Monate.

»Also? Was wolltest du mir erzählen?«

Die Müdigkeit in seiner Stimme hat sich verflüchtigt.

»Ich habe über das nachgedacht, was du gesagt hast, als ich bei dir war. Vor drei Monaten.«

»Dass du mit zu viel Salz kochst?«, zieht er mich auf.

»Haha. Nein, dass es egal ist, wo man wohnt, solange man die Menschen um sich hat, die man liebt.«

Einen Moment lang ist es still am Telefon, und ich spüre, dass mein Herz auf einmal schneller schlägt.

»Und ich finde, du hast recht.«

Ben sagt immer noch nichts.

»Ich will bei dir sein. Jeden Tag, jede Nacht. Ich will neben dir einschlafen und neben dir aufwachen, ich will für dich da sein, wenn du einen schlechten Tag hattest oder mit einer Erkältung im Bett liegst.«

»Anni, ich …«, beginnt er vorsichtig, aber ich lasse ihn nicht zum Zug kommen, weil ich meine Gedanken loswerden möchte.

»Ich will dich nicht nur alle drei Monate sehen, und ich will nicht, dass wir dafür stundenlang im Flieger sitzen müssen und unser ganzes Geld für Tickets draufgeht. Ich weiß, du kannst dein Leben nicht einfach aufgeben. Du hast ein Haus, du hast Lilly und dein Architekturbüro. Aber ich hab all das nicht.«

»Wie meinst du das?«

»Ich meine damit, dass mich nichts hier hält. Nichts, was mir wichtiger wäre als du. Nichts außer einem miesen schlechtbezahlten Job, den ich mir überall suchen kann.«

Ich glaube zu sehen, wie er schmunzelt, und würde alles geben, um in diesem Moment bei ihm zu sein.

»Soll das heißen, du willst zu mir ziehen? In die USA? So ganz?«, hakt er ungläubig nach.

»Ja, so ganz. Zumindest als erster Schritt. Dann bin ich bei dir, und wir können zusammen überlegen, wie und wo es weitergeht.«

»Du würdest alles für mich zurücklassen?«

»Ich kann nicht versprechen, dass es für die Ewigkeit ist. Aber ich würde es gerne versuchen und deiner Welt, deinen Freunden, deiner Familie, deinem Leben eine Chance geben. Wenn es nichts für mich ist, wenn ich Heimweh habe, können wir immer noch sehen, was wir machen.«

Er schweigt, und ich beginne, nervös mit den Fingern auf dem Küchentisch zu trommeln. Ich habe mir nie Gedanken darüber gemacht, was wäre, wenn ihm meine Idee nicht gefällt. In diesem Moment bereue ich das. Habe ich meine ohnehin schon viel zu komplizierte Beziehung gerade einem zu starken Druck ausgesetzt?

»Was sagst du denn dazu?«, frage ich unsicher und kaue auf meiner Unterlippe, während mir die Zeiger der Uhr mahnend andeuten, dass ich in wenigen Minuten zur Arbeit aufbrechen muss.

»Ich weiß nicht«, stammelt er perplex, und mein Magen beginnt sich zu drehen.

»Du weißt nicht?«

»Ich weiß nicht, was ich sagen soll, Anni. Das ist einfach unglaublich. Der zweitbeste Moment meines Lebens.«

Die Rührung in seiner Stimme besänftigt mich, und meine Zweifel sind sofort verflogen.

»Hallo? Nur der zweitbeste? Was war denn bitte der beste?«

Ben zögert nicht lange.

»Damals am Flughafen«, beginnt er, und ich habe es sogleich vor Augen, sehe uns beide zwischen Schaltern und Kofferbändern stehen, glücklich, aufgeregt, nervös. »Als wir uns zum ersten Mal gegenüberstanden und ich sofort gespürt habe, dass du mich genauso liebst wie ich dich. Das war der beste Moment meines Lebens.«

Käthe Lachmann

Ich bin nur noch hier, weil du auf mir liegst

Roman.
Taschenbuch.
Auch als E-Book erhältlich.
www.ullstein-buchverlage.de

Ann fällt ständig auf die falschen Männer rein. Ihre Freundin Caro versucht deshalb, sie mit einer »Beziehungsabschiedsfeier« auf der Reeperbahn von ihrer Sucht zu heilen. Einen langfristigen Therapieansatz hat sie auch schon: Sie will Ann mit ihrem Kumpel Tim verkuppeln. Doch das ist gar nicht so einfach, denn Ann hat sich schon ein neues Prachtexemplar ausgesucht: Yves hat zwar nur einen Hoden, aber dafür einen gesteigerten Geltungsdrang und akute Rechthaberitis. Da kann Tim nicht mithalten – oder vielleicht doch?

ullstein